全面解读一生不容错过的古典名著

·名家解读古典名著·

侠义公案小说（下）

侯忠义 主编

解读

《施公案》

《彭公案》

包公系列小说

海公系列小说

辽宁教育出版社

图书在版编目（CIP）数据

名家解读古典名著．侠义公案小说．下 / 侯忠义主编．—沈阳：辽宁教育出版社，2013.1

ISBN 978-7-5382-9964-9

Ⅰ．①名… Ⅱ．①侯… Ⅲ．①侠义小说—小说研究—中国—古代 Ⅳ．①I207.41

中国版本图书馆 CIP 数据核字（2013）第 018465 号

辽宁教育出版社出版、发行
（沈阳市和平区十一纬路 25 号 邮政编码 110003）
沈阳新华印刷厂印刷

开本：710 毫米×1010 毫米 1/16 字数：217 千字 印张：13
印数：1—5000 册
2013 年 1 月第 1 版 2013 年 1 月第 1 次印刷

责任编辑：唐日松 严中联 责任校对：金玉华
封面设计：谭慧丽 张 瑞 版式设计：王 萌

ISBN 978-7-5382-9964-9

定价：25.00 元

目 录

名家解读古典名著

侠义公案小说(下)

解读包公系列小说

李汉秋　朱万曙　著

有关包公这个家喻户晓的清官的故事，从宋朝到现在，连绵不断。描写包公的小说，形成了一个系列。本书从历史上的包公讲起，对描写包公的小说—从最早的三篇宋元话本到短篇包公小说集、中篇包公小说《清风闸》、长篇包公小说《万花楼演义》到影响最大的《三侠五义》，不但生动有趣地介绍了它们的内容，评析了它们的艺术特色，而且梳理了它们的源流和演变。

引　言

包拯—包公—包待制—包龙图—包青天，提起这些称呼，人们眼前会立即浮现出一个威严刚正的清官形象，一股崇敬之情也油然而生。中国的民众实在太熟悉他了！即便在文化最落后、地理位置最偏僻的地方，也可以听见关于他的种种故事和传说。

虽然包拯本是宋代的一个历史人物，但关于他的生平资料却十分有限，尽管《宋史》中有他的传记，却简而又简，野史所载轶事同样很少，因此要为历史上的包公勾勒一个详细的生平传记很难。然而，后世流传的包公的故事却有好多，当然，故事传说与真实事迹是两码事。换句话说，今天人们所津津乐道的包公，虽有历史人物包拯作依托，却已经不是历史人物，而是故事传说中的人物了。例如，包公的龙、虎、犬三种铡刀，包公断狸猫换太子案，包公打龙袍等故事，不仅没有史实根据，而且在封建社会中也是不可能有的事情，但在故事传说中它们却有声有色地铺演着。

这样的包公故事，起源于民间的传说和说书，又由知名或不知名的文学艺术家以此为素材，撰写成文学作品代代相传下来。开始的故事还比较简单，在流传过程中不断发展创造，故事便愈来愈丰满。从现存叙写包公故事的文学作品看，大致有三种形式：一是讲唱，例如现存明代成化年间刊印的说唱词话中就有八种包公故事；二是戏剧，包公戏自元代起就已相当丰富，历代均有搬演，以致形成了一个重要的题材剧类——包公戏；第三是小说，有的小说是直接将讲唱文学和戏剧中的包公故事记录、改编而成的，有的则属创作，所以现存的包公小说实际上囊括了绝大部分包公故事，读了它们，诸种包公故事基本上可以了然于胸。应该说，小说作为语言艺术，比起讲唱和戏剧来，又有着自己特殊的优势。在这里，我们解读现存的包公小说，是一件有趣的事情。

一 历史人物——包拯

包公是由真实的历史人物演化成为文学人物的。这种情况并非仅限于他一人，诸如曹操、刘备、关羽、诸葛亮也都如此。一部《三国演义》里的人物统统变成了文学形象。不过，《三国演义》毕竟还有“七实三虚”之说，像“三顾茅庐”“单刀赴会”等最动人的故事，仍然有一两句正史记载作为依据。而绝大部分包公故事都无据可稽。既然无据可稽，那又为什么要把这些故事依托在包拯身上呢？这就有必要对历史上的包拯作一简要的介绍。

包拯出生于宋真宗咸平二年（999年），字希仁，一字兼济（后世故事中称“文正”）；他的出生地是庐州虎山北篦（今安徽省合肥市肥东县谢集乡包村）（元杂剧中说“四望乡老儿村”，明代包公故事中称“凤凰桥畔小包村”，不知有无根据）；他的父亲包令仪，据《庐州府志》载，字肃之，“进士及第，授朝散大夫，行尚书虞部员外郎，出帅南京，上护军。赠刑部侍郎”（明清两代故事说他是胆小怕事的“包十万”“包百万”，不知是否有据）。包拯于宋仁宗天圣五年（1027年）才考取进士，时年已二十九岁，被授为建昌（今江西永修）知县。但是他为了孝养父母，没有赴任，直到景祐三年（1036年），双亲去世后才出任天长知县。此后历任端州、庐州知州及监察御史里行、监察御史、河北转运使、枢密副史等职，却未像《三侠五义》中所说的当上“相爷”。皇祐二年（1050年），他被封为“天章阁待制”，四年（1052年）又被封为“龙图阁直学士”。天章阁、龙图阁是分别藏放宋真宗和宋太祖时御书典籍之所，其管理者称学士，“直学士”“待制”只是一种名誉封号，并无权势；嘉祐元年（1056年）至三年（1058年），他以右司郎中的身份权知开封府。以上便是他在后世被称为“包待制”“包龙图”和“开封府尹”的历史根据。嘉祐七年（1062年）包拯病卒，赐赠礼部尚书，谥号“孝肃”。

作为历史人物，包拯在宋代实在算不上著名人物。论官职和政绩，他并不显赫，从三十七岁做天长县知县才正式踏入仕途，中间迁转多职，政绩平平，远远赶不上王安石兴利除弊的改革作为；论文章辞句，他仅传诗一首，幸赖门人张田辑成《包孝肃奏疏》流传于世，较之苏轼、欧阳修、范仲淹，他的文学才华更为逊色。就是由这样一个并不出众的历史人物引发出大量的故事，似乎是难以理喻的事情。不过，再深入地探寻便可发现，是他不同于常人的独特品格使他走进了故事传说之中。

包拯的独特品格大致有四个方面:

(一) 关心百姓疾苦的政治思想

包拯步入仕途之际，宋代社会表面上平静安宁，实际上却蕴藏着严峻的外患内忧。外患严重：由于辽、夏的进逼，“澶渊之盟”带来的苟安局面使得政府只有依靠老百姓每年进贡巨额资财方得以撑持。内忧严重：由于官僚机构臃肿庞大，“冗官”已成一大累赘。内外交困所造成的财政危机必然又转嫁到人民群众身上。包拯入仕之后，清醒地意识到这一问题，他说道：“方今诸路饥馑，百姓流离，府库空虚，财力匮乏，官有数倍之滥，廪无二年之蓄，兵卒骄惰，夷狄盛强。”因此，他提出“减冗杂而节用度”的政治主张(《包孝肃奏疏·论冗官财用等》)。这一主张从主观来说是为了挽救危机四伏的宋王朝，但其客观意义则减轻了百姓沉重的负担。

在其他方面，包拯也提出一些有利于人民的主张。例如，他抨击一些地方官府“非常暴敛”，使“小民重困”（《请免陈州添折现钱》）；他得知江淮、两浙一带受到灾害，立即上《请差灾伤路分安抚》疏，要求“选差臣僚，遍令体量安抚，从便宜而赈贷之”。包拯这种关心百姓疾苦的思想不是偶见的，而是一贯的。

包拯不仅有关心百姓的思想，还有关心百姓的具体行动。据《宋史·包拯传》记载，在他出任开封府尹之前，百姓申告冤屈，不得进入公堂直接呈递状纸，而只能由门吏来转递，多一道关口，也就多一道勒索民财的鬼门关。包拯上任后，革除了这一弊政，下令敞开正门，使百姓“得至前曲直，吏不敢欺”，这一做法受到百姓的欢迎。

(二) 刚直不阿的居官信条

《宋诗纪事》卷十一引《庐州府志·附录》所载包公的一首诗，朱熹《跋所刻包孝肃诗》认为那是“包孝肃公布衣时语”。诗的前四句道：“清心为治本，直道是身谋。秀干终成栋，精钢不作钩。”清心寡欲是为治之本，正直之道是立身之谋，这确实成了包公立身的准则和为政的官箴。

他不逢迎权贵，一身正气。景祐三年（1036年），他在京城等候朝廷委派官职，住的地方离宰相吕夷简的府第很近。吕夷简听说他颇有才干，很想见他，并以为他一定会前来拜见，然而包拯受了天长知县立即离京赴任去了，吕夷简得知后甚为惊异（《自警编》卷五）。

包拯刚正不阿，不仅不巴结逢迎权贵，而且与他们交锋斗争。“七弹王逵”“三劾张尧佐”是明显的事例。江南西路转运使王逵既贪且暴，臭名昭著，百姓人人痛恨，但是他凭着各种关系和政治靠山，反被委以重任。包拯七次劾奏，终使他被罢职。张尧佐是仁宗宠爱的张美人的父亲，裙带关系竟使他被任命为掌管财政大权的三司使，引起朝野震动。包拯三次上疏弹劾，甚至指责仁宗“有私昵后宫之过”，终于使仁宗做了让步。

（三）清正廉洁的品德情操

贪官污吏是封建社会的一大毒瘤。它直接损害人民群众利益，是引起历代农民起义的原因之一。包拯对这批丑类切齿痛恨，他专门写了一篇《乞不用赃吏》的奏疏，愤怒地说：“贪者，民之贼也！”请求仁宗严厉惩罚贪官污吏，“今后应臣僚犯赃抵罪，不从轻贷”。

包拯为官可谓清廉似水。广东端州的端砚十分有名，历任知州都要趁向朝廷进贡之机肆意搜刮，用作礼品结交权贵。包拯于康定元年（1040年）出任端州知州。他除了如数向朝廷进贡以外，不多拿一块，甚至在离任时都不带走一块端砚。《宋史·包拯传》说他做官后“衣服器用饮食如布衣时”，还立下一条“家训”：“后世子孙仕宦有犯赃者，不得放归本家，死，不得葬大茔中。不从吾志，非吾子吾孙也。”在任庐州知州期间，“有从舅犯法，希仁挞之，自是亲旧皆屏息”（见《包拯集》）。这样清廉的品格在封建社会的官僚中实属少见。

（四）善断疑案的智慧谋略

善断疑案是后世包公故事反复描写的一个中心内容。包拯做过多年知县、知州，断案不少，但《宋史·包拯传》只记载了一则“断牛舌”的案子。在任天长知县时，有人的牛舌头被人割去了。那人到县衙上告，包拯叫他回去把牛杀掉。几天后，有人来告状，说有人私宰耕牛。按当时法律，私宰耕牛要治罪，可是包拯劈头便问：“你为何割人牛舌又来告状？”一句话把告状人问懵了，只得如实回答：“与牛主人有仇，割其牛舌，使牛主人将牛宰杀从而受罚。”包公巧断此案，传为佳话。

当然，包拯断案并不像后世故事所夸张的那样神明，有时也出差错。沈括的《梦溪笔谈》就记载了一则包拯断错案子的轶事：有个囚犯要受脊杖的处罚，他买通了一个衙役。衙役为他出了一个主意：待包拯审讯后动刑时，囚犯要大声呼冤，衙吏自己则故意弄权，以惹怒包拯，这样就可以减轻对囚犯的处罚。果然，公堂上包拯命令衙役对囚犯用刑，囚犯连呼冤枉，衙役则故意大声斥责他：“脊杖完了就出去，罗嗦什么!”包拯立即感到衙役越权，将他杖打七十，对囚犯却从轻处罚了。这则故事说明，即便像包拯这样善断疑案之人，也不能案案分明，因为“小人为奸，固难防也”。

包拯上述四方面的禀性使他成为人民群众在黑暗社会里所期望的“清官”，所以在当时就受到人民的称颂。《宋史·包拯传》里说：

“拯立朝刚毅，贵戚宦官为之敛手，闻者惮之。人以包拯笑比黄河清，童稚妇女，亦知其名，呼曰‘包待制’。京师为之语曰：‘关节不到，有阎罗包老’。”他死后不久，西羌俞龙珂因慕其为人，归宋后乞赐姓包，神宗皇帝“如其请，名顺。”（王巩《甲申杂记》第二十事）

河州辖药归宋，亦赐姓包名约（李焘《续资治通鉴长编》），以示信任。到南宋初年，他的名字更远播民间。绍兴二十七年（1157年）吴祇若为包拯《奏议集》作序说：“孝肃包公，名塞宇宙，小夫贱隶，类能谈之”（见《包拯集》）。《癸辛杂识别集》还记载：“旧开封府有府尹题名，起建隆元年居润。继而晋王、荆王而下皆在焉。独包孝肃公姓名为人所指，指痕甚深。”杭州西湖岳王庙中的秦桧像被人打骂解恨，包拯的名字却被上指而敬仰，得到了人民的尊敬拥戴。这正是包拯能为后世众多清官故事所依托的原因所在。

二　最早的包公小说——宋元话本三篇

包公由历史人物演化成文学形象，先经历了一段时间的口头流传，后在宋元话本中得以完成。

有关包公的故事或许在他活在人世时就已经在民间散播开来了。《宋史·包拯传》引用了当时的两则比喻——“笑比黄河清”和“关节不到，有阎罗包老”，其中即已蕴含故事传说的因素。包拯敢于同张尧佐、王逵等权贵斗争，清正廉洁的种种事迹不胫而走，在民间口头流传中，免不了添枝加叶，发挥了想象和虚构——故事也就形成了。

金代著名诗人元好问的《续夷坚志》卷一有一条记录："世俗传包希仁以正直主东岳司，无不知者。"同时它还记录了一则轶事：泰安驻军抢掠了一名颇有姿色的妇女，准备将她高价卖给当地妓院，那女子自称是包公孙女，不愿为娼，于是受到抢掠者的百般笞打。有个女巫听说了这件事，便装出包公附体的模样，将抢掠者责骂一顿，口中念念有词地说："我是速报司，限你三天之内将女子嫁与良家，否则灭你满门！"这一招果然奏效，使那个女子终嫁良家。元好问说明了这件事发生在宣和二年（1120 年）秋，它上距包拯辞世的嘉祐七年（1062 年）仅 58 年，而且元好问又说包公"主东岳司"的故事为"世俗传""无不知者"，那么这个故事至少在他去世后不久就广泛流传开了。

民间艺人以此为素材，使包公故事从口头流传进入了文艺天地，包公向文学形象更靠近一步。在宋、金两代的都市中，随着商品经济的繁荣和市民队伍的不断扩大，出现了供市民娱乐的综合性游乐场所——瓦舍，它汇聚了来自四面八方的各路艺人，他们在瓦舍勾栏里向市民献艺，各呈所长，有的讲说故事，有的以杂技博得观众喝彩，其中的杂剧和院本是初期戏剧样式，它们已经开始搬演包公故事。

记录南宋时期杭州风土人情的《武林旧事》著录了一批"官本杂剧段数"，里面有一《三献身》剧名，它的内容很可能与后面将要介绍的话本《三现身包龙图断冤》相近。金院本名目在元代陶宗仪的《辍耕录》中亦有载录，其"打略拴搐"一项下有《刁包待制》的剧名，这个剧名明确告诉人们，它是演述包公的某一故事的。遗憾的是宋杂剧、金院本演出的内容、形式都比较简单，剧目虽然出现了，但剧本却未流传下来。

在宋、金时期的瓦舍伎艺中，最兴盛的恐怕要数"说话"了。《东京梦华录》《都城纪胜》《西湖老人繁胜录》诸书都记载了当时瓦舍伎艺内说话艺术的盛况。有些艺人甚至以讲说某种故事而著名，例如说"三分"的霍四究，讲《五代史》的尹常卖。杭州的"北瓦"有一座小张四郎勾栏，乃是因为艺人小张四郎长期在那里说书做场而得名。说话的种类有四：小说、讲史、讲经、合生或说诨话。

南宋罗烨《醉翁谈录》中的"小说开辟"，专门介绍了说话中的"小说"艺人的情况。罗烨把"小说"按题材内容分为八类：灵怪、胭粉、传奇、公案、朴刀、赶棒、妖术、神仙，并记载了这八类。"小说"的名目，在"公案"项下即有《三现身》名目。

说话艺人在讲说故事前往往有一个底本，我们称之为"话本"，它实际上就是早期白话小说。宋代的话本有一些被保留下来，《三现身》的话本就被明代冯梦龙加工后收入其《警世通言》中，名为《三现身包龙图断冤》；此外，《醒世恒言》中的《闹樊楼多情周胜仙》、明代洪楩辑录的《清平山堂话本》中所收的《合同文字记》，也是宋元流传下来的有关包公断案的话本，这三篇话本便是现存最早的短篇包公小说。

（一）谋杀案——《三现身包龙图断冤》

《三现身包龙图断冤》叙述的是一宗谋杀案。奉符县押司孙文在大雪天救活了一个同姓的青年，还介绍他做了同县押司，因此孙文被称为大押司，后者被称为小押司。小押司非但不思图报，反与孙文妻子通奸，合谋杀死孙文。孙文冤魂三次显现，留下谜诗一首。包公到该县任职，解开谜诗，破了这起凶杀案。

这篇小说在内容上重复着常见的谴责忘恩负义的主题，同时赞扬包公善于断案的智慧；小说中又夹杂着鬼魂显现、梦兆预示之类的情节，总体价值并不大，但它的“公案”色彩十分鲜明，有值得我们注目的特色。

作品一开始安排了一个卜卦先生为孙文算命的情节，预言他当夜三更必死，那语气十分肯定。这种对人生死的预言自然吸引人要看个究竟：孙文真的会死么？何时死？怎样死？晚上，孙文为此事闷闷不乐，多喝了几杯，早早地上床入睡了。孙文的妻子和使女迎儿为防万一，还特意在厨房灯下守护着，按说孙文不会出什么问题的了。然而三更鼓刚刚响过，睡在床上的孙文却突然一身着白跑了出来，以手掩面冲出大门，跳到奉符河里自杀了。奉符河水很急，尸体自然难以捞到。难道卜卦先生竟如此灵验，说孙文三更当死，没有灾病、没有谋害，他就死了？好奇心驱使人们还要看个明白。

到这里，话本却宕开一笔，说起三月以后有人来给守寡的押司娘子提亲，娘子却怕没有像先前丈夫那样好的人，向媒人提出了三个再嫁条件：一要再嫁个姓孙的，二要夫婿也像孙文一样是个押司，三要入赘自己家。这三个条件似乎带有怀念亡夫的意思，也很苛刻，谁知道县里恰恰就有一个完全符合三项条件之人，那就是孙小押司。既然如此，押司娘子也奈何不得，只好招赘新夫婿了。

看到这里，故事似乎已经结束，孙文之死想必是神鬼暗中驱使的；押司娘子虽然改嫁，但三项条件也显示了她对孙文的忠贞，自与孙文之死无涉，况且孙文跳河时正有迎儿陪伴着她哩。可是，话本却旧事重提：有一天，押司娘子和新夫喝醉，让迎儿到厨下烧醒酒汤，灶床下面却突然现出孙文的鬼魂，叫迎儿替他“做主”，吓得迎儿晕倒在地。

孙文是跳河自杀的，却为何向迎儿显魂，并且要她替自己“做主”？难道其中有什么隐情？这一笔自然又勾起本欲看个究竟的人们的满腹狐疑。接着，迎儿醒后将此事告知了押司娘子，岂知被娘子大骂一顿，娘子回到房中，对小押司说：“二哥，这丫头见这般事，不中用，教她离了我家罢！”随之急匆匆将迎儿嫁了出去。话本在这里又抛给读者一个不太清楚的路标——孙文之死与他们有关？

迎儿往嫁的王兴是一个专好赌博喝酒之徒，没有钱就逼迎儿到孙家借贷。这一天，迎儿又被逼到孙家告借，路上被一人叫住，原来又是孙文显身，接济了她一包散碎银两。过了两天，迎儿陪押司娘子到东岳庙进香，走到速报司跟前，迎儿因系裙带落在后面，孙文之魂第三次显现，嘱告她要为自己申冤，并递给她谜诗一首：“大女子，小女子，前人耕来后人饵。要知三更事，掇开水下火。来年二三月，句已当解此。”

这谜诗是什么意思？幸有包公解开谜诗，在孙家炉灶下挖出孙文尸体。直到结尾，话本才交待孙文被害的真相：小押司与孙文妻子一直通奸，孙文算卦回家时，他就在孙家，听说算卦先生预言孙文三更当死，就趁其酒醉沉睡之机将他勒死，抛尸于井中，三更时分，他伪装成孙文，以手掩面使迎儿看不清其面貌，跑出家门后将一块大石头扔进河里，制造了一个孙文应验自杀的假象，后来又把井填起来并造炉灶于其上，过了百日便遣媒说亲，与押司娘子成了夫妻。

这篇小说显然有较强的吸引力，原因在于它成功地运用了悬念、预示等侦探小说常用的技巧。美国戏剧理论家贝克在《戏剧技巧》一书中说，悬念“就是兴趣不断向前延伸和欲知后事如何的迫切要求。无论观众是否对下文毫无所知，但急于探其究竟；或对下文作了一些揣测，但渴望使其明确；甚至是已经感到咄咄逼人，对即将出现的紧张场面怀着恐惧——在这些不同情况下，观众都可能处在悬念之中，因为不管他愿意不愿意，他的兴趣都非要向前直冲不可”。小说开篇所写的卜卦预言和孙文奇死的巧合构成了一个中心悬念，像磁石一般牢牢吸引了读者的兴趣。

预示手法也起着重要作用。写孙文之死时有意含糊，把谜底留在结尾才揭晓，在中间部分则不断地以孙文显魂等情节丢给读者指路标，在悬念的吸引下不断诱发读者的猜疑思考，导引他们穿越众多偶然布成的迷阵，最后揭开孙文之死的真相。《三现身包龙图断冤》在公案故事的构撰上达到相当高的水平。

话本中的包公已经是一个虚构的文学形象。它介绍包公道：

“捻指间，到来年二月间，换个知县，是庐州金斗城人，姓包名拯，就是今人传说有名的包龙图相公——他后来官至龙图阁学士，所以叫做包龙图——此时做知县还是初任。那包爷自小聪明正直，做知县时就能剖人间暖昧之情，断天下狐疑之狱。”

这段介绍除对“包龙图”的解释尚有历史根据，其余均系虚构。话本显然采用了包拯死后主东岳速报司的传说，赋予他神异色彩，写他上任三日，即做一梦，梦见堂上有一副对联，曰：“要知三更事，掇开火下水。”在此基础上，话本又突出了他的“聪明”智慧。那副对联没头没脑，他百思不得其解，于是便将它写在牌子上悬示于县衙前，以十两赏银征求解意之人。这就自然引起持有孙文谜诗又缺酒资的王兴的出首，因为对联之句正是孙文谜诗中的两句话。于是包公既获得孙文谜诗，又了解了孙文奇死的具体情况。接着，包公又将谜诗破解出来：“女子”为外孙，“大女子、小女子”即指孙文和孙小押司；“前人耕来后人饵”自指孙小押司夺人妻产；“要知三更事，掇开火下水”是言孙文尸体埋于灶下井中；“来年二三月，句已当解此”中的“句已”合起来是个“包”字，正合包公前来断明此案。这桩很复杂的凶杀案终于由包公破解开了。话本最后写道：“包爷初任，因断了这件公事，名闻天下，至今人说包龙图日间断人夜间断鬼。”虚构色彩更浓厚了。

最后还要提及一下这篇话本的产生年代。美国学者韩南怀疑它不是宋代话本，我们认为它确是宋代作品。其“入话”道：“话说大宋元祐年间，一个太常太卿，姓陈名亚，因打章子厚不中，除做江东留守安抚使，兼知建康府。”这段话的语气和提及的地名、官职名均为宋人口吻。篇中还有宋代说话人套话，如叙及孙文卜卦回家后道：

“若还是说话的同年生并肩长，拦腰抱住，把臂夺回，孙押司只吃着酒消遣一夜。千不合万不合上床去睡，却教孙押司只就当年当月当日当夜，死得不如《五代史》李存孝，《汉书》里彭越。”

这类套话在确证为宋话本的《错斩崔宁》中也曾出现。再有，篇中叙及孙文冤魂在东岳庙“速报司”显灵，给迎儿留下谜诗，而诗又唯包公能破解，这种情节安排与元好问《续夷坚志》所记包拯死后“主东岳司”传说正相吻合，而这一传说在入元之后便极少出现。

综合以上三点可证明这篇话本确系宋代产生的。

（二）情爱案——《闹樊楼多情周胜仙》

这篇话本收于《醒世恒言》卷十四。它的开卷说道：

“如今且说那大宋徽宗年间，东京金明池边，有座酒楼唤做樊楼。”

篇中还有两段描述：

“婆子说儿子朱真不在，当时搜捉朱真不见，却在桑家瓦子看耍。”

“有一个常卖董贵，当日绾着一个篮儿，出城门外去。只见一个婆子在门前叫常卖，把着一件物事递与董贵。”

这三段文字中分别提及“樊楼”“桑家瓦子”两个地名及“常卖”一词。据宋人吴曾《能改斋漫录》记载，“白樊楼在东京东华门外景明坊，有酒楼，人谓之樊楼”；耐得翁《东京梦华录》云，“桑家瓦子在东京皇城东南角，东角楼街南”；“常卖”一语见于《铁围山丛谈》卷一及《云麓漫钞》卷七，系宋时对街市卖售零星什物小贩的特称。从地名、用语和人情风俗等综合来看，这篇话本也属宋代话本。

与《三现身包龙图断冤》不同，这篇话本叙说的是一件情爱案：商人女儿周胜仙在金明池边的茶坊里，与樊楼酒店的范二郎一见钟情，回家后便相思成病。她的母亲在她父亲不在家的情况下独自做主，请媒婆给他们订了婚约。然而她的父亲回来后却坚决反对这门亲事，要将胜仙许配“大户人家”，胜仙因此气绝身亡。有个叫朱真的人贪图她的陪葬珠宝，夜间前去盗墓，岂知打开棺木后，胜仙还魂复活了。朱真将她劫持回家，长期把她禁闭家中。一天，朱家邻居失火，殃及朱家，周胜仙便趁混乱之机逃了出去，她不跑回家，却寻到樊楼酒店找范二郎。范二郎突见她出现在眼前，不知原委，以为是鬼魂出现，慌乱之中失手将她打死。案子报到包公那里，他限令手下明察暗访，终于抓获盗墓的朱真，将他斩首，并释放了范二郎。

这篇话本虽然写的是一件人命案，但其内容的积极性却显而易见——它肯定了周胜仙对爱情的热烈追求，谴责了封建家长对儿女爱情婚姻的粗暴干涉，说明了周胜仙的父亲周大郎是个固守封建婚姻观念、冷酷无情的人物。

他外出归来听说妻子已为女儿和范二郎订亲，便骂道：“打脊老贱人！得谁言语擅便说亲！他高兴也只是个开酒店的，我女儿怕没大户人家对亲，却许着他！你倒了志气，干出这等事，也不怕人笑话！”他之所以不满于女儿与范二郎的亲事，是因为范家“只是个开酒店的”，而他却要将女儿许配“大户人家”，这正是封建门第观念作祟。

周胜仙在屏风后听得他骂母亲，一气而绝，他竟然不让妻子抢救，骂道：“打脊贼娘！辱门败户的小贱人，死便教他死，救他则甚？”为了维护自己的“家声”，他对女儿之死都如此冷漠，真正是冷血动物。作品虽然安排了朱真盗墓使胜仙还魂的情节，但是造成周胜仙与范二郎未成眷属反被后者误杀的悲剧结局者，正是周大郎。

周胜仙是话本中用墨最多的人物。她泼辣大胆，对爱情的热烈追求，显示了鲜明的性格特点。且看作品对她在茶坊见到范二郎时的一段描写：

这女孩儿心里暗暗地欢喜，自思量道：“若是我嫁得一个似这般子弟，可知好哩！今日当面错过，再来哪里去讨？”正思量道：“如何着个道理和他说话？问他曾娶妻也不曾？”那跟来的女子和奶子，都不知许多事。你道好巧！只听得外面水桶响，女孩儿眉头一纵，计上心来，便叫：“卖水的，你倾些甜蜜蜜的糖水来。”那人倾一盏糖水在铜盂儿里，递与那女子。那女子接得在手，才上口一呷，便把那个铜盂儿望空一丢，叫道：“好，好！你却来暗算我，你道我兀是谁？”那范二听得道：“我且听那女子说。”那女孩儿道：“我是曹门里周大郎的女儿，我的小名叫做胜仙小娘子，年一十八岁，不曾吃人暗算。你今却来算我，我是不曾嫁的女孩儿！”这范二自思量道：“这言语蹊跷，分明是说与我听。”

在封建社会，女子应遵从妇德，行不动容，笑不露齿，更不能抛头露面，而周胜仙却敢做敢想，为了追求范二郎，甚至在大庭广众之下，大声地将自己的姓名、年龄和“不曾嫁”的情况巧妙地告知范二郎。

她对爱情的追求不但热烈而且执着。茶坊相别后，她相思成病；婚约遭到父亲的破坏，她一气身亡；从朱真家逃出后，她不是先回家，而是直接找范二郎；即便被范二郎误会而失手打死，她也毫不怨恨，继续眷恋于他，魂儿还要请三天假跑去与他相会，并拜请五道将军呵责为范二郎拟罪的薛孔目，将他从囹圄中解救出来。这样的形象与《西厢记》中的崔莺莺有着迥然不同的风调，透出了浓烈的市民阶层的气息，是不可多得的市民女子形象。

话本对包公着墨甚少。它仅三次提到包公：第一次是周胜仙被范二郎失手打死，地方将范二郎押解到开封府——“包大尹看了词状，也理会不下，权将范二郎送狱司监候，一面相尸，一面下文书行使臣下”；第二次是衙役们验过胜仙空棺呈上文书——“大尹暴躁，限三日要捉上件贼人”；第三次是薛孔目受五道将军呵责后，将范二郎拟议释放——“包大尹看了，都依拟”。从这三次描述中可见，包公没有直接参与破案，只是限命手下查访，连拟罪之任都交由薛孔目办理，而且“看了解状，也理会不下”，还有“暴躁”的表现，实被写成一个并不出色的“大尹”。所以这虽是一篇成功的爱情小说，却是一篇失败的包公小说。

（三）家产案——《合同文字记》

这篇话本见于明人洪楩所辑《清平山堂话本》。篇中有“潞州高平县”地名。《元史·地理志》卷五八说：“潞州，唐初为潞州，宋改隆德府，金复为潞州，元初为隆德府。”由此推测，它大约产生在金朝或其前后。

话本讲说的是一宗因家庭财产而引起纷争的案子：汴梁城外老儿村住着刘添祥、刘添瑞兄弟两家，由于灾荒，刘添瑞前去投靠潞州高平县的姨夫张学究，临行前与哥哥刘添祥立下合同文字，说明一应家产归兄弟二人所有。到了潞州，添瑞夫妇相继染病亡故，儿子刘安住由张学究抚养长大。十三年后，安住已十八岁，背着父母遗骨回乡安葬，遇见刘添祥的续弦田氏。田氏怕安住回来要分家产，非但不认，而且打破他的头。刘安住无可奈何，便告到开封府，出示当年合同文字为证。包公即传来刘添祥，要将他治罪。刘安住却向包公求情，并愿代伯父受罚。包公便免了添祥之罪，并表奏朝廷，封刘安住陈留县丞之职以彰孝义。

在封建宗法社会里，家庭财产的继承是有一定程序和原则的。话本写到刘添祥没有儿子，那么他的家产也理当由同族之子刘安住继承，这才引起田氏的不认。从维护宗子继承权这一点来看，它的思想价值并不高。但是田氏为争夺家产打伤刘安住，这是以强凌弱、见利忘义的行为。反过来，刘安住在公堂上却愿替懦弱的伯父受罚，两相对照，善、恶的界限也就分明了。对善褒扬，对恶指责，扶持贫弱，斥责强梁，这种态度还是值得肯定的，它反映了中国封建社会下层人民的道德标准。

这篇话本对包公的描写也不多。包公仅仅承担了直接断案的任务。由于刘安住在公堂上出示了合同文字，证据确凿，不认侄子的田氏也只得相认，受到伤害亲侄的处罚。断案过程的描写没有反映包公的过人之处。包公要将糊涂懦弱的刘添祥治罪，刘安住却愿代伯父受过，包公便表奏朝廷封他为陈留县丞，表现了他的道德观念很明确——惩恶扬善。这在一定程度上反映了人民的愿望。

总的说来，《合同文字记》情节简单，文字粗陋，包公性格也很平淡。论内容，它比不上《闹樊楼多情周胜仙》；论对包公描写，它劣于《三现身包龙图断冤》。但是，它在后世却被改造成一篇很生动的故事。元代有《包待制智赚合同文字》杂剧，明代凌濛初又将杂剧改成拟话本小说《包龙图智赚合同文》，收入其《初刻拍案惊奇》之中。

凌濛初的小说与话本相比较，最大的进步是突出了包公断案的智巧。在话本中，刘安住是在公堂上直接向包公呈示合同文字的，而凌濛初则改成刘安住遇见伯母田氏就将合同文字交给她以证实自己身份，田氏拿到后便赖称未拿，使刘安住没有证据证明自己是刘家后代，便再也不能分去家产。这样，如何索回合同文字便成了关键。

告到开封府后，包公一面派人传呼抚养刘安住的张秉彝前来作证，另一方面巧妙地利用刘安住被田氏打伤的事情做文章：在公堂上，他不让刘安住露面，却叫衙役一次次报说刘安住已得破伤风，病重而死，他便借此要断田氏杀人偿命之罪。田氏惊慌，只得承认刘安住是自己亲侄，因为如是亲侄，致他而死不过是误杀子孙，不需偿命。包公便进一步向田氏追索证据，田氏又只得将合同文字呈交出来。这一断案过程的改造就构成了“智赚合同文”的生动情节，使包公的智慧放射出耀眼的光彩。

此外，凌濛初的小说对话本中惩恶扬善的内容也有深化。田氏被刻画成自私、奸诈、残忍的形象。为了让自己的女儿女婿独占家财，她骗去刘安住合同文字，又打破了他的头颅。相反，张秉彝与刘家非亲非故（原话本中叫张学究，是刘添瑞姨夫），却热情帮助逃难的刘添瑞一家，刘添瑞夫妇染病身亡，他全力料理后事，并将刘安住养大成人。自己无儿无女，本可以不告知刘安住身世，但他不负刘添瑞临死时的嘱托，待刘安住长到十八岁时便告诉他真情，并让他送父母遗骨回乡安葬。正如卷末诗所说：“螟蛉义夫犹施德，骨肉灭亲反弄奸”，两相对照，善与恶更为分明。

三　短篇包公小说集——《百家公案》和《龙图公案》

包公故事在入元以后，传播得更加广泛，有了迅速的发展。

元代时，蒙古统治者实行民族歧视政策，把全国人民分为四等——蒙古和色目人居尊，汉人、南人位卑。元代的吏治极为腐败：一方面，在民族歧视政策下，大批蒙古、色目人位居要津，各地方的正职均由他们担任。他们原出于较中原落后的游牧地区，对汉民族文化知之甚少，有的连汉语都不懂，但对汉民族的统治却非常残暴。另一方面，蒙古统治者又十分贪婪。元初，朝廷不发俸禄，任他们搜刮民财，于是贪贿之风遍及各地，仅大德七年(1303年)，全国就查出贪官污吏一万八千四百七十三人（《元史·成宗纪四》）。在这样黑暗的社会里，广大人民受苦受难，有冤无处伸诉，于是包公就成为广大人民群众的精神寄托。人民群众希望有包公那样清廉正直的人来主持公道、解民于倒悬。这种愿望反映在当时兴起的戏剧形式——元杂剧的创作中，一大批包公戏应运而生。

元杂剧中的包公戏存目有二十种，现存十一种，它们是：关汉卿《包待制智斩鲁斋郎》《包待制三勘蝴蝶梦》；武汉臣《包待制智赚生金阁》；李行道《包待制智勘灰栏记》；郑庭玉《包待制智勘后庭花》；曾瑞《王月英元夜留鞋记》；无名氏《包待制陈州粜米》《包待制智赚合同文字》《叮叮当当盆儿鬼》《神奴儿大闹开封府》《张千替杀妻》。已亡佚的九种：彭伯威《灰栏记》，汪泽民《包待制七勘货郎末》，萧德祥《包待制三勘蝴蝶梦》，陆登善《开仓粜米》，张择《包待制判断烟花鬼》，无名氏《糊突包待制》《包待制勘双丁》《包待制智赚三件宝》《风雪包待制》。此外元代南戏中也有《林招得》《包待制判断盆儿鬼》《包待制陈州粜米》《神奴儿》四种包公戏，均已亡佚。现存的南戏《小孙屠》剧末亦有包公上场断案情节。除去名目相同者，元代戏剧所写包公故事有十八种，较之宋、金两代有了长足的发展。

元代包公戏因时代缘故，较多反映了元蒙统治者与人民的对立。例如关汉卿的《蝴蝶梦》《鲁斋郎》、武汉臣的《生金阁》、无名氏的《陈州粜米》都写“权豪势要”随心所欲地打杀平民、夺人妻室，而且都自称“打死人只当房檐上揭片瓦”，并不偿命，这很符合元代社会的实际情况。元法规定，蒙古人杀人，只给五十两“烧埋银”，“杀一汉人者，其偿价仅与一驴相等”(多桑《蒙古史》)。

元代包公戏的思想价值很不一般。包公形象在剧中占十分重要的位置，这从剧名中即已显示出来。他的性格特点已经很鲜明：一是站在受害者一边，设法惩罚那些为非作歹、无律可拘的权豪势要，伸张正义为民做主；二是善用智巧断案，《灰栏记》和《合同文字》最为集中地反映了这一点；三是具有神异色彩，《神奴儿》《盆儿鬼》均为“鬼戏”，剧中的包公“日断阳，夜断阴”，以审冤魂而断案。包公形象在元代包公戏中已日趋丰富。

明代前期，包公故事在元代包公戏的基础上继续发展丰富起来。1967 年，上海市嘉定县平整土地时，在明代董姓墓中发现了十六种明成化年间刊印的说唱词话，其中有八种是讲说包公故事的。它们是：《包待制出身传》《陈州粜米记》《仁宗认母传》《刘都赛上元十五看灯传》《断曹国舅公案传》《断歪乌盆传》《断白虎精传》《张文贵传》。与此同时，明代的传奇剧也频频搬演着包公故事，有目可查的明代传奇剧有十种，现存五种：童养中的《胭脂记》、沈璟的《桃符记》、欣欣客的《袁文正还魂记》、无名氏的《珍珠记》和《观音鱼篮记》。这些剧本均刊印于万历年间，当是明代前期上演的。

无论是说唱词话还是传奇剧，它们大都出自民间文人之手，文辞虽然粗陋，但是带有下层人民的想象色彩，思想内容上既有尖锐批判封建统治者的积极成分，又不乏神鬼迷信因素，呈现了一种比较复杂的面貌。但就包公故事的题材而言，确是有了极大的丰富，并且对后世包公故事的流传和文学创作有着不可低估的影响。

从元代到明代前期，包公故事及其文学创作固然有长足的发展，但在这两百多年中它们都是以戏剧和讲唱形式出现的，小说创作则是一个较长的断裂带。直到万历二十二年（1594 年）及其以后才产生了两部短篇包公小说集——《百家公案》和《龙图公案》。它们标志着包公小说的创作进入了一个新的阶段。

（一）《百家公案》与《龙图公案》的渊源关系

在以往的研究中，《龙图公案》（又称《包公案》）一直受到注意，而《百家公案》却很少被提及，原因在于国内所存甚少，孙楷第《中国通俗小说书目》仅记其名，阿英《小说三谈》中《明刊本〈包公传〉述略》虽专门介绍此书，然而他所见到的仅“上部一册”，凡故事四十九则，另附卷首所载其余六十一则故事目录。换言之，他只见到半部残本，而就是这半部残本在国内也极为少见。最近，台湾天一出版社影印《明清善本小说丛刊》，收入藏于日本蓬佐文库的全本《百家公案》。这样，使我们对它的全貌以及与《龙图公案》的关系有了一个确切的认识。

该本题“钱塘散人安遇时编集，书林景生杨文高刊行”，每页上横刻图，中缝刊“包公传”三字，十卷百回，为明万历二十二年（1594 年）朱氏与耕堂梓行。它与《龙图公案》都是短篇包公小说集，各包含一百则短篇故事（《百家公案》分为一百则，《龙图公案》则不分）。这是两书明显的相同点。再详比两书，可以发现它们之间有大量故事重复雷同，只是标题更换及部分文字有差异。兹将两书相同故事的对应篇目列表于次（后面分析中，凡提及两书相同故事者，均用《龙图公案》标题）：

《百家公案》	回目	《龙图公案》	则数
判妒妇杀妾子之冤	六	手牵二子	四十
判奸夫误杀其妇	八	斗粟三升米	六十三
判奸夫盗窃银两	九	阴沟贼	三十
判贞妇被污之冤	十	移椅倚桐同玩月	五十三
判石碑以追客布	十一	石碑	七十四
辨树叶判还银两	十二	虫蛀叶	四十七
出兴福罪捉黄洪	十五	骗马	五十
密捉孙赵放龚人	十六	毡套客	二十九
神判八旬通奸事	十八	牙簪插地	四十五
还蒋钦谷捉王虚	十九	青靛记谷	二十
伸兰婴冤捉和尚	二十	偷鞋	十三
灭苦株贼伸客冤	二十一	乌唤孤客	十六
获学吏开国材狱	二十三	龙骑龙背试梅花	五十四
配弘禹决王婆死	二十五	裁缝选官	二十一
判李中立谋夫占妻	二十八	地窖	六十五
失银子论五里牌	三十二	牌下土地	七十二
孙宽谋杀董顺妇	三十六	杀假僧	二十三
阿柳打死前妻之子	三十七	耳畔有声	三十九
屠夫谋黄妇首饰	四十二	血衫叫街	十九
金鲤鱼迷人之异	四十四	金鲤	五十一
除恶僧理索氏冤	四十五	卖皂靴	二十四
断谋劫布商之冤	四十六	木印	七十三
答孙仰雪张虚冤	四十七	厨子做酒	二十二
东京判斩赵皇亲	四十八	黄菜叶	十一
当场判放曹国舅	四十九	狮儿巷	六十一
琴童代主人申冤	五十	港口渔翁	四十二

重义气代友申冤	五十二	临江亭	十七
义妇与前夫报仇	五十三	岳州屠	三十六
断江侩而释鲍仆	五十五	红衣妇	四十三
仗奸僧决配远方	五十六	烘衣	十四
决戮五鼠闹东京	五十八	玉面猫	五十二
东京判决刘驸马	五十九	石狮子	十二
究巨龟井得死尸	六十	龟入废井	十五
证盗而释谢翁冤	六十一	妓饰无异	三十四
判僧得明前世冤	六十三	江岸黑龙	七十一
决淫妇谋害亲夫	六十四	龙窟	六十六
究狐精而开何达	六十五	废花园	五十八
决李实而开念六	六十六	绣履埋泥	四十六
决袁仆而释杨氏	六十七	窗外黑猿	四十一
决客商而开张狱	六十八	聿姓走东边	六十四
旋风鬼来证冤枉	六十九	辽东军	三十五
证儿童捉谋人贼	七十一	乳臭不雕	三十三
断斩王御史之赃	七十四	桑林镇	六十二
仁宗皇帝认母亲	七十五		
阿吴夫死不分明	七十六	白塔巷	十八
判阿杨谋杀前夫	七十七		
石哑子献棒分财	八十六	哑子棒	四十八
瓦盆子叫屈之异	八十七	乌盆子	四十四
卜安割牛舌之异	九十一	割牛舌	四十九
潘秀误了花羞女	九十三	红牙球	五十七
花羞还魂累李辛	九十四		

上表相重的故事共五十一篇，而其中的六篇在《龙图公案》中被合为三篇，故《龙图公案》与《百家公案》相重者为四十九篇，占将近一半。

重复故事占如此之大的比例，不可能是偶然的，必有一先一后的渊源关系。美籍学者马幼垣先生在其《明代公案小说的版本传统——〈龙图公案〉考》一文中进行了详细的考证和推论，结论是：《龙图公案》抄自《百家公案》。从两者的文字优劣比较，同样可以得出这一结论：

首先，《百家公案》有一明显的特点，就是好让书中人物吟咏诗词。有的人物是书生、小姐，让他（她）们吟咏诗词倒能符合身份，可以增加他们的文雅气，但有不少篇目中的人物只是商人或文化程度很低的粗俗人物，他们见到某情某景也“随吟一首”，这就显得不伦不类了。《龙图公案》则将这些蹩脚的诗词一概删除。

再从上表中的标题看，《百家公案》的标题文字拖沓，甚至文理不通，而《龙图公案》的标题则比较简洁，而且还经过重新编排，显示出对应关系，例如《黄菜叶》对《石狮子》，《偷鞋》对《烘衣》。一般说来，后人改动前人作品（同一体裁样式），在思想内容上可能会改坏，但文词上只会改好，如清代毛纶、毛宗岗父子改《三国志通俗演义》便是如此。《百家公案》显而易见的毛病在《龙图公案》中消失了，这只能说明后者袭自前者。因此，我们可以知道，《龙图公案》的刊行时间至少是在万历二十二年（1594 年）以后，也可能是在明末。它与《百家公案》有渊源关系，因此我们将它们放在一起介绍。

（二）折狱故事的“箭垛”

《百家公案》和《龙图公案》在包公故事的发展过程中是承上启下的集大成者。现存宋元两代的包公小说和戏曲统共不过二十多种，而《百家公案》和《龙图公案》则搜集了一百四十九则故事，真可谓“突飞猛增”了。后世包公故事绝大部分都未越出它们的范围。在这里，包公成了各种折狱故事的“箭垛”，各种折狱断案的故事被汇集起来，统归于包公名下，构成了一个以包公为中心的故事系列。

那么，《百家公案》《龙图公案》的众多故事是从何而来的呢？大致说来，包公这面“箭垛”所承受的“箭簇”来自三个方面：

1. 根据前代包公戏和讲唱故事改写

元代包公戏改写的并不多，仅《叮叮当当盆儿鬼》被改为《乌盆子》，而且可能还是从成化说唱词话《断歪乌盆传》直接衍生的。南戏《林招得》被《百家公案》改为《两家愿指腹为婚》。改写最多的是成化说唱词话：

根据《包待制出身传》改写的有：《百家公案》卷首的《包待制出身源流》和《龙图公案》卷首的《包公传》，《百家公案》第八十回《断濠州急脚王真》、第八十一回《断劾张转运之罪》；

根据《陈州粜米记》改写的有：《百家公案》第八十三回《判张皇妃国法失仪》、第八十四回《断赵省沧州充军》、第八十五回《决秦衙内之斩罪》；

根据《仁宗认母传》改写的有：《百家公案》第七十四回《断斩王御史之赃》、第七十五回《仁宗皇帝认母亲》，即《龙图公案》之《桑林镇》；

根据《刘都赛上元十五看灯传》改写的有《狮儿巷》；

根据《断白虎精传》改编的有《百家公案》第八十九回《刘婆子诉论猛虎》、第九十回《柳芳冤魂抱虎头》。

此外，《金鲤》《玉面猫》分别见于万历年间刊印的罗懋登小说《西洋记》第九十四、第九十五回，万历年间刊印的传奇剧本《观音鱼篮记》与《金鲤》情节亦同。

2. 移花接木，将他人断案故事移置包公名下

这有两种情形：

一是将故事中的断案人改为包公，情节则不作大的改动。例如《偷鞋》《烘衣》两篇均叙和尚居心不良，设计骗人妻室，其情节与宋代话本《简帖和尚》基本相似；《烘衣》写恋爱女子赠银给男子，男子因烘衣泄露秘密，被奸人趁隙而入，引起凶杀案，故事除人名外，情节与冯梦龙《古今小说》卷二《陈御史巧勘金钗钿》亦完全相同，显为袭改之作。

二是将历史上真实人物的事迹加以改动，如《白塔巷》所写“双钉案”故事在宋人所编《折狱龟鉴》中即有记载，断案者不是包公，而是张咏，兹引原文以资说明：

张咏尚书镇蜀日，因出过委巷，闻人哭，惧而不哀，亟使讯之，云夫暴卒，乃付吏穷治。吏往熟视，略不见其要害。而妻叫吏搜其顶髻，当有验。及往视之，果见大钉陷于脑中。吏喜，辄矜妻能，悉以告咏。咏使呼出，厚加赏劳，问所知之由，令并鞫其事。盖尝害夫，亦用此谋。发棺视尸，其钉尚在。遂与哭妇俱刑于市。

将这段记载与《白塔巷》相比照，除了张咏更为包公，吏添名为陈尚，妻为杨氏，以及地点明确为白塔巷外，其余情节完全一致。属于此类的尚有不少，如《石狮子》见于《太平广记》卷四百六十八《长水县》；《卖皂靴》出于《明史·周新传》；《杀假僧》见于《太平广记》卷三百六十五引《集异记·官山僧》，等等。

3. 新编故事

最明显的新编之作是《龙图公案》中的十二篇地府断案故事，它们是：《忠节隐匿》《巧拙颠倒》《久鳏》《绝嗣》《恶师误徒》《鲁公私媳》《善恶罔报》《寿夭不均》《屈杀英才》《侵冒大功》《尸数椽》《鬼推磨》。这些小说均写包公在阴司地府断案，实际上带有很强的讽喻色彩，而且有着相同的写作模式，无论从内容还是从形式上看，都出自一人之手，而这十二篇故事又未见于《百家公案》，可见它们是书坊编印《龙图公案》时填补进去的。它的作者是谁？黄岩柏先生认为可能是为《龙图公案》写评语的“听玉斋”。

（三）色彩斑斓的社会图画

《百家公案》和《龙图公案》所收一百多篇故事，在思想内容上有一个显著特征：较多地夹杂了鬼神描写。这一特征大大影响了后世学者对它的评价。其实，对这两部公案小说集中的鬼神描写略做具体分析，就可以看出它在每篇中的情形是不同的。大致说来有三种：

第一种，通篇故事都以鬼神描写为主，如《百家公案》中《包公智捉白猴精》《判焚永州之野庙》《获蛇妖除百谷害》《伸黄仁冤斩白犬》，《龙图公案》中的《和尚皱眉》《西瓜开花》《玉枢经》等，这些作品不仅充斥鬼神描写，情节荒诞不经，更重要的是宣扬封建宿命论，是最糟糕的作品；但是，像《龙图公案》中《屈杀英才》《侵冒大功》《尸数椽》等篇虽然是写包公在地府断案的故事，却借鬼神这一非现实情节讽刺现实，如同《聊斋志异》，在花鬼狐妖的外表下蕴藏着严肃主题。

第二种，作品的情节大部分是现实的，夹杂了少量鬼神描写，或梦兆或神灵启示，其作用往往是使包公顺利断案，如《龙图公案》中的《兔带帽》《蜘蛛食卷》等，这类故事所占分量最多，思想内容较为复杂。

第三种，完全不存在鬼神描写，如《百家公案》中的《断濠州监酒之赃》《劾儿子为官之虐》，《龙图公案》中的《瞒刀还刀》《厨子做酒》《兰娘子》等。

拂去蒙在《百家公案》和《龙图公案》上的鬼神迷信的灰尘，不难发现这两部公案小说集的思想内容还存在着一定的积极面：

1. 广泛揭露封建统治者的罪恶

在封建社会里，封建统治者与人民的对立一天也没有消除过。揭露封建统治者的罪恶也就成为历代文学创作中最有价值的主题。以包公题材而言，它在元代大兴，产生了不少包公戏，就是与元代尖锐的阶级矛盾和民族矛盾紧密相关的。《鲁斋郎》《陈州粜米》《生金阁》等包公戏就十分集中地反映了统治者与人民的对立。不过，元代特殊的民族矛盾，使得诸种包公戏更多地把批判笔触指向统治者中的特权阶层——权豪势要。它们具有强烈的时代色彩，但是批判的范围却有限。《百家公案》和《龙图公案》的批判显然比元代包公戏广泛：上至皇亲国戚、大小官僚，下至地主豪绅、地痞恶少，他们或恃强怙恶，或为富不仁，蹂躏欺压百姓，构成了一幅阶级对立的血淋淋的画面。

《黄菜叶》和《狮儿巷》都是以批判皇亲国戚为内容的作品。前者写河南府织匠师官受之妻刘都赛元宵节到西京鳌山看灯，不料在人多拥挤中与同伴失散而迷失方向。皇亲赵王见她容貌美丽，将她诓骗入府，强行霸占。刘都赛思念丈夫、孩子，以补衣为名让丈夫师官受进府相会。赵王发现后，将师官受同另外四个匠人一齐杀害，而且将师家全家尽行杀戮。师官受之弟师马都在扬州免遭于难，前去东京告状，赵王又命监官孙文仪将他打死，尸体被藏在黄菜叶下抬出府外，恰遇包公经过扣留，救活师马都，斩杀了赵王，昭雪了冤案。作品描写包公设计，故意荐赵王继任开封府尹，赚他前来受审。赵王来到开封，“行过南街，百姓惧怕，各各关门，赵王在马上发怒道：‘汝这百姓好没道理，今随我来的牌军在路上日久，欠缺盘缠，人家各要出绫锦一匹。’家家户户抢夺一空。”反映了人民群众对统治者的痛恨之情。

《狮儿巷》写的是秀才袁文正携妻张氏进京赶考，曹国舅在长街上见张氏貌美，将袁生夫妻并孩子哄入府中，绞死袁文正，打死孩子，强占了张氏。袁生冤魂到包公那里告状，使血案终得昭雪。作品同样描写了曹国舅一家的横行嚣张，如他家府门上大书数字：“有人看者，割去眼睛；用手指者，砍去一掌。”包公向一老人询问曹国舅所作所为，老人叹曰：“大人不问，小老哪里敢说！他的权势比当今皇上的还胜。有犯在他手里的，便是铁枷；人家妇女生得美貌，便拿去奸占，不从者便打死，不知害死几多人命。”曹国舅竟是这样罪大恶极。当包公要将曹国舅正法时，文武大臣和皇后纷纷前来说情，最后连仁宗本人也亲自为甥舅开脱，要包公“万事看朕分上恕了他罢”。这些描写显然揭示了这样一个事实：封建统治阶级的利益是一致的，最高统治者庇护的不是善良无辜的受害百姓，而是本阶级的成员。

《侵冒大功》《屈杀英才》《尸数椽》以及《百家公案》中的《辨心如金石之冤》等均以封建官僚为抨击对象。

《侵冒大功》写游总兵手下九名小卒夜间劫营，大胜而归，却受到杀头的“奖赏”——游总兵将他们杀死后攫大功为己有。不仅如此，他为了冒功，进而将边地的几千百姓杀害，割下首级受赏。

武将如此，文臣又如何呢？《屈杀英才》中的孙彻满腹才学，却连年不中，原因是：“做试官的中了进士之后，眼睛被簿书看昏了，心肝被金银遮迷了，那里还像穷秀才在灯窗下看得文字明白？”正是试官们“论门第不论文章，论钱财不论人才”，使孙彻郁郁而死，活活屈杀了英才！

《尸数椽》开头一段就解释何谓“尸数椽”：

“话说世间事情都尽分上，越中叫做说公事，吴中叫做讲人情。那说分上的进了迎宾馆，不论或府或县，坐定就说起，若那官肯听便好，笑容也是有的，话头也是多的；略有些不如意，一个看了上边的屋听着，一个看了上边的屋说着，俗话叫做僵尸数椽子。”

这是揭露那些府县官僚们以人情论公事，而不是按法律主持公道。接着，小说写了一个叫任事的知县“凡事只听分上，全不顾些天理，不说上司某爷书到，即说同年某爷帖来，做成乡里说人情，不管百姓遭祸殃”。一个叫巫梅的人遭受冤枉官司，结果任事收到了监司齐泰的说情书信，将巫梅定为死罪，举家流离。巫梅死后告到阴间，包公拘来齐泰和任事审问，然而两人竟各有“道理”。

任事说：“要听了分上，怕屈了平民；若不听他分，又怕没了自己前程。因说分上的是齐泰，乃本职亲临上司，不得不听。”

齐泰说：“俗话说得好，苍蝇不入无缝的蛋，若是任知县不肯听分上，下官怎的去敢讲分上？”

这些具有讽刺意味的笔墨，入木三分地揭露了封建官僚沆瀣一气欺压百姓的丑恶行为。

《百家公案》中的《辨心如金石之冤》是一篇难得的作品。它写秀才李彦秀与娼门之女张丽容互相爱慕，订下终身，但李生父母反对儿子娶娼门之女，拖了一年之久才答应遣媒行聘。不料本省参政周宪任满赴京，为了巴结朝中的王右相，将张丽容选为进献礼物，强带入京。李生上下求托，家产荡尽亦未能免。于是他徒步追赶装载丽容的船只，奔走三千余里，最终哀痛而死，张丽容也自缢殉情。周参政非但无丝毫怜悯之心，反而恼怒万分，命人焚烧他们的尸体以泄心头之恨。谁知焚毕竟发现他们的心各已变成对方的模样，“其色如金，其坚如石，衣冠眉发悉皆具宛然”。周参政以为得到了至宝，将两颗金石之心献给王右相。谁料一到王右相之手，它们又变为败血一团。王右相盛怒之下，告之包公。包公将周参政定为死罪，又将王右相参劾罢职。

作品通过这一对男女青年的爱情悲剧，强烈谴责了封建官僚的残酷狠毒。李生追赶丽容之舟的一段描写十分凄婉动人：

(彦秀) 徒步追随，哀通路途行人。凡遇舟之宿止，号哭终夜，伏寝水次，如此将及两月。而舟抵临清，彦秀星行露宿三千余里，足胼肤烈，无复人形。丽容自板隙窥见，一痛而绝。张姬救灌良久方苏，苦浼舟夫往答彦秀曰：“妾所以不死者，以老母未脱耳，母若脱妾即从死。郎可归家，勿劳自苦，才郎因妾致死，无益于事，徒增妾苦耳。”彦秀闻船户传言之说，仰天大恸，投身于地，一仆而死矣。舟夫怜之，埋于岸侧。是夜，丽容自缢于舟中……

《厨子做酒》《辽东军》《瞒刀还刀》以及《百家公案》中《断鲁千郎势焰之害》《断赵省沧州之军》《决秦衙内之斩罪》批判的则是公子衙内、地主土豪的罪恶。

《厨子做酒》写孙都监之子孙仰“横行乡里，奸宿庄家妇女”，为了霸占良家妇女吴氏，将其丈夫骗到开元寺饮酒，暗下毒药害死。吴氏不惧孙仰淫威，前往包公台前告状。孙仰又派人四下拦截。包公微服私访，了解孙仰的罪行，又抓获了为他调制毒酒的厨子，将孙仰当堂杖毙，为百姓除了一大害。

《辽东军》叙广东肇庆府刘胜为女儿惇娘择贫家子弟陈龙为婿，不料得罪了先期为子求婚的富豪邵秀，他买通官府，将陈龙遣放辽东从军，活活拆散了一对即将成婚的青年男女。惇娘坚心等待陈龙的归来。“宦家子”黄宽又对她垂涎三尺，恃势逼婚。恰巧陈龙因投送文书归来。黄宽得知此事，将陈龙诱至家中杀害，抛尸荒窑。

《百家公案》中的《断鲁千郎势焰之害》亦写转运官之子鲁千郎见到书生马祐君之妻李氏貌美动人，遂图霸占，遭到李氏拒绝后，竟令人破门入室，将她扯出来殴打凌辱。

同书《决秦衙内之斩罪》写包公乔装赴陈州放粮途中，冲撞了泰康知县之子秦衙内，即遭一顿毒打，被下到牢中。

这些故事反映的都是“衙内”——官宦子弟恃强横行、荼毒百姓的行为。

《瞒刀还刀》虽不是血淋淋的故事，但也有一定的意义：邹敬是贫苦的樵夫，靠每天打柴为生。他卖给生员卢日乾一担柴，柴刀却忘了取回，待他转回来讨取时，卢日乾却赖帐不还，而且还恃着是包公门生，写帖子叫家人押邹敬到府衙受罚。卢日乾为富不仁、吝啬小气的豪绅嘴脸令人可憎，作品借包公之口指责他：“卖柴生理，至为辛苦，你忍瞒其柴刀，仁心安在?”鞭挞了卢日乾的丑恶行径，揭露了他的阶级本质。

《百家公案》中《断赵省沧州之军》中的赵省与卢日乾是同一阶级，也有着相同的特性：包公乔装赴陈州放粮，夜宿其牛车之下，天明后赵省发觉，竟诬陷包公偷牛，将他吊起痛打。自然，他和秦衙内一样都受到了包公的严厉惩罚。

2. 谴责忘恩负义、嫌贫爱富的丑行

《百家公案》和《龙图公案》都不是出自文人学士之手，而是不知名的民间文人编写的。因此，中国百姓传统的谴责忘恩负义的道德观也渗进了部分篇章之中，具有积极意义。《石狮子》和《秦氏还魂配世美》是值得介绍的两篇。

《石狮子》写市头镇崔长者乐善好施，在洪水中救出了家破人亡的刘英，认为义子。半年后，国母张娘娘挂出榜文，言称失去玉印一方，有得知玉印下落者官封高职。神人托梦给崔长者说，这方玉印落在宫中八角琉璃井中。崔长者欲叫亲子崔庆前去奏知受职，刘英却要求前往，说“倘得一官半职，回来与弟承受”。然而，刘英进京后不仅受官，而且赘为驸马，把崔长者一家抛到九霄云外。崔长者没有得到刘英音信，派崔庆前去打听。刘英见到崔庆，非但不认，反将他打得皮开肉绽，关进监牢。崔长者见崔庆不归，只得亲自前往京城。刘英见到崔长者，佯装不识，闭门拒见。为了救出无辜的崔庆，崔长者只得到开封府告状。包公虚设宴席，请来刘英，让他喝水代酒。刘英自以为是驸马，责骂包公轻慢。包公提醒他：“今年六月尚饮一河之水，一瓯水难道就饮不得?”随后将这个忘恩负义的小人革去冠带，重责四十，又奏明皇上，将他斩首。这篇小说夹杂了不少因果报应、神人指点的描写，但是

对刘英忘恩负义的批判是成功的，表达了人民群众的憎恶之情。

《秦氏还魂配世美》是《百家公案》中的故事，它写钧州秀才陈世美娶妻秦氏，并生一男一女，男名瑛哥，女名东妹。陈世美赴京应考，得中状元，授翰林编修，便不思糟糠之妻。秦氏久无丈夫音信，遂携儿女进京寻找，得知陈世美已中举做官，在张元老的帮助下，她趁陈世美生日设宴之机扮成琵琶女进了府中，陈世美却佯装不识，待宾客离开后，竟将她痛打一顿，逐出府门，同时还张榜悬示，京中人家不许私匿远方妓女。秦氏走投无路，只得回乡，陈世美又派骠骑将军赵伯纯追赶秦氏，在白虎岭将她杀害。三官菩萨感于秦氏贞烈，命土地神保护秦氏尸体，又教习瑛哥、东妹武艺，让他们战场立功，双双封官，秦氏也得以还魂。三人一同向包公控诉陈世美忘恩负义，包公将陈世美发配充军。

显然，这篇小说是后世戏曲舞台广泛传演的《铡美案》故事的蓝本，但在情节上有三点不同：一是尚无“香莲”之名，仅有秦氏之称；二是陈世美中状元后未被招为驸马；三是秦氏死后还魂、陈世美亦未被包公用虎头铡铡死。尽管如此，谴责忘恩负义的主题却已经形成。

嫌贫爱富同样是中国百姓所不齿的不道德行为。《龙图公案》中的《锁钥》《包袱》《烘衣》和《百家公案》中《两家愿指腹为婚》都表现了这一道德观念。不过它们基本上是同一个模式：家长早早地为儿女订亲，甚或指腹为婚，后来儿女长大，男方家中由富变穷，无力婚娶，女方家长便竭力退婚，向男方索要重礼。多情女儿暗约未婚夫前来欲助其金银首饰，反被奸人乘隙而入，酿成悲剧。兹举《包袱》一篇为例：

佥事高科与侍郎夏正为同乡，相交甚厚，指腹为亲。夏正得男，取名昌时。高科生女，取名季玉。夏昌时长至16岁，父亲去世，家贫如洗，高科就欲退亲，故意向夏家提出条件：“须备六礼，方可完婚”，否则“早早退亲”。高季玉不满父亲作为，暗约昌时晚上来花园，助他银两首饰。昌时高兴之下，将此事告诉了好友李善辅。李善辅却居心不良，将夏昌时用酒灌醉，冒充他前往高家花园杀婢夺银。案发后昌时被官府打入牢狱。幸遇包公微服查访，用计从李善辅手中赚取了他所盗的首饰，辨明了冤情。这桩冤案是由高科嫌贫爱富而引起的，所以篇末包公的判词不仅谴责李善辅的人面兽心，而且也谴责高科“厌贫求富，思背故友之姻盟；掩实弄虚，几谄佳婿于死地”。

指腹为婚、从小订亲等方式固然是封建婚姻制度的产物，不值得肯定，但作品描写的重心不是赞扬指腹为婚，而是对封建家长嫌贫爱富行为进行批判，我们不能在否定前者的同时连后者也一同否定掉。

3. 反映封建社会后期的种种病态

《百家公案》和《龙图公案》描写了大量的刑事、民事案件，虽然为的是突出包公的断案能力，却也折射出封建社会后期的种种病态。

病态之一：金钱的黑色诱惑

自从货币成为商品流通的媒介后，金钱也就成为财富的衡量尺度，是生活富裕的保证。明中叶以后，随着商品经济的发达，金钱的诱惑力愈来愈强烈。朱载堉专写了一支 [黄莺儿] 《骂钱》的散曲，道：

孔圣人，怒气冲，骂钱财，狗畜生！朝廷王法被你弄，纲常伦理被你坏，杀人仗你不偿命，有理事儿你反复，无理词讼赢上风。俱是你钱财当车令，吾门子弟受你压服，忠良贤才没你不用。财帛神当道，任你们胡行，公道事儿你灭尽。思想起，把钱财刀剁，斧砍，油煎，笼蒸！

显然，金钱已经具有无所不能的作用，引起“圣人”门徒的愤慨。从历史发展的过程来看，金钱的地位上升，取代封建权势，乃是历史的进步；然而，金钱的诱惑又导引着犯罪活动的滋生和繁衍，古代的道德原则在金钱面前已节节败退，商品经济发展的历史进步性与道德的堕落形成了二律背反。

《鬼推磨》开头一段就是议论金钱的作用：

话说俗谚道：“有钱使得鬼推磨。”却为何说这句话？盖言凭你做不来的事，有了银子便做得来了，故叫做“鬼推磨”。说鬼尚且使得他动，人可知矣！又道是“钱财可以通神”。天神者最灵者，无不可通，何况鬼乎？可见当今之世，惟钱而已。有钱的做了高官，无钱的做个百姓。有钱的享福不尽，无钱的吃苦难当。有钱的得生，无钱的得死。

这段议论与朱载堉的散曲是相同的调门，指责了有钱就有一切的现象。接着作品讲了一个地府故事：一个叫张待诏的痴呆汉，“心上不十分爱钱”，却发迹变成富翁，邻居李博士生来乖巧伶俐，却无钱使用，郁郁病死。鬼魂告到包公那里，包公唤过注禄判官，问他为何有“偏向”，判官答曰：“钱财本是活的，能助人为善，亦能助人为恶。你看世上有钱的往往做不出好事来，骄人、傲人、谋人、害人，无所不至，这都是伶俐人做的事，因此，伶俐人我偏不与他钱；惟有那痴呆的人，得了几文钱，深深的藏在床头边，不敢胡乱使用，任你堆积如山，也只平常一般，因此，痴呆人我偏多与他钱。”

判官此论，虽不科学，但又值得玩味：有钱人为富不仁，无钱者受尽贫困，这是阶级对立，而“伶俐人”愈有钱愈不仁，所以与其把钱给他们，倒不如给痴呆者，他们还可以少做一些伤天害理的事。

李博士求财而判官不给，这当然是个非现实的故事。现实生活中有更多的“伶俐人”为谋取钱财铤而走险，不惜杀人性命、双手沾上鲜血而沦为罪犯。《夹底船》《接迹渡》《龟入废井》《鸟唤孤客》《港口渔翁》《三娘子》《牌下土地》《瓦器灯盏》等篇均写为谋取钱财而杀人害命的案件。它们都有共同的写作模式：受害者多为商贾，他们在乘船、闲谈时不慎暴露携带的金银财物，引起凶手的注意，于是行到僻野之处时，或被一篙打入江中淹死，或因刀斧相加而丧命。后来，或有幸存者告发，或因神灵暗示，包公抓获罪犯。

受害者的商人身份和水运的交通方式，是明中叶后商品经济活动的反映；而频频演述的谋财害命的凶杀案又反映了金钱的诱惑力十分强烈。这是黑色诱惑，它危及了人身安全，破坏了最起码的社会秩序，是一般百姓所不愿看到的事实。

病态之二：禁欲的畸形后果

封建社会禁绝男女交往，宋明理学更倡“存天理，灭人欲”。然而人的正常欲望并不能禁绝。相反，禁欲主义所带来的是畸形后果，那就是：一方面自我标榜禁欲，一方面是欲望的疯狂实现。

《阿弥陀佛讲和》《观音菩萨托梦》《三宝殿》《槲上得穴》数篇，均描写和尚奸淫妇女而生发的案件。佛门是“修身养性”之所，标榜“四大皆空”，然而，“云空未必空”，佛门弟子同样有七情六欲，自然的欲望禁止不了。对此，明中叶的徐渭杂剧《玉禅师翠乡一梦》，冯惟敏的杂剧《僧尼共犯》均有反映。《三言》中也有一些篇目写此问题。有的肯定，有的否定，但都共同宣告了禁欲主义的破产。

《百家公案》和《龙图公案》与上述作品相同，把佛门弟子写成禁欲主义下的变态人物，他们不是通过正当途径追求本应得到的幸福，而是以暴力手段实现心中那疯狂的欲望，可悲更可恨！

封建禁欲主义实际上禁绝的是女性对婚恋幸福的追求，对男子却无多少约束力。男子可以三妻四妾，女性却必须遵守“三从四德”，嫁鸡随鸡，嫁狗随狗，从一而终。

阴阳两极世界的不公平，同样带来畸形后果。《试假反成真》是一篇令人啼笑皆非的故事：一个叫支弘度的男子痴心多疑，为了考验妻子经正姑是否贞节，竟叫几个浪荡朋友“强奸”她。经氏将其中一人杀死，自己也自刎身亡。这件人命血案显然是由封建“贞节”观念造成的。

《死酒实死色》写张英外出做官，夫人莫氏与珠宝商邱继修有了私情。张英回家发觉后，竟残忍地将莫氏和婢女推入酒埕中淹死，又嫁祸于邱继修，致他于死地。因为妻子的不贞，张英使用最阴狠的手段杀害了三条人命。

病态之三：都市里的偷骗

明代中叶，商品经济的活跃促进了城市的繁荣。苏州、杭州、金陵等城市显现了空前的繁盛景象。城市的发展反过来促进了商品经济的发展，同时也滋生了一批流氓、光棍等社会渣滓。他们从事偷劫、拐骗等种种不法行为，败坏了社会风气。《百家公案》和《龙图公案》也将他们揪出示众。

《裁缝选官》写山东监生彭应凤携妻许氏进京候选，住在西华门王婆店中。浙江举人姚弘禹窥见许氏貌美，便以重金贿赂王婆欲图奸占。王婆为了钱财，施展起她的搬骗之术：先支使彭应凤每日去午门外写字，然后在姚弘禹离京赴任那天假意告诉许氏说，彭应凤在朝中李公公家写字，派轿接她去居住，将她骗上轿子，抬至姚弘禹所乘之船，骗她说彭应凤因为手中无钱，已将她卖给姚官人。彭应凤回来后不见许氏，询问王婆，她竟然“叫屈”，说那天有轿子来接，许氏已走，如今来要人是诈骗，说罢还做出要上告的样子。彭应凤身无钱财，只得含泪而去。王婆的骗术实在天衣无缝，只因后来彭应凤所选之官恰巧与姚弘禹同在一县，与许氏得以团圆，才清楚王婆搬骗真相。

《贼总甲》写的是流氓团伙偷窃案。他们惯用的手法是：在人多热闹之处看准对象，以拥挤分散被偷者注意力，然后偷其袖中银子；若是被发现抓住，就群起而哄，让偷窃者乘机溜走；若是银子掉在地上，便与被偷者争执，其他人做伪证，强赖为己有；偷得银子后，他们共同分赃。这一盗窃团伙有二十多人，为首者就是“贼总甲”。正因为团伙作案，且为惯偷，手段十分狡猾，所以包公费了很大气力才将他们抓获归案，为民除了一害。

《百家公案》和《龙图公案》所反映的这些病态现象带有明显的时代特征。明代中后期，中国社会呈现出一种极为复杂的面貌：一方面从明代初年得以巩固的封建中央集权业已腐朽；另一方面资本主义萌芽开始出现，新旧生产关系的混杂所带来的既有进步因素，又有恶德的滋生。上述各种病态现象正是根植于这一时代土壤之上的。

从历代公案作品的比较中更可见到这一点：无论是宋元话本还是元代公案戏，都没有像《百家公案》和《龙图公案》这样大量描述谋财害命、强奸杀人和市井偷骗的案件；而这些内容在明中叶的戏曲、小说中却屡见不鲜。自然，这两部公案集对于上述病态的评判是模糊的，甚至是落后的，但是它们的笔墨集中在病态所引起的凶杀或其他恶果上，由此导引的结论是：无论商品经济的发展和对“人欲”的解放有什么样的进步性，它所产生的副效应同样存在。从这个角度来审视，它仍具有积极的意义。

（四）东方的福尔摩斯

《三现身包龙图断冤》等话本的出现，标志着包公已由历史人物演变成文学形象，不过其性格比较简单；元杂剧包公戏把包公形象的塑造向前推进了一大步，包公具有解民于倒悬、正直刚毅和善用智巧等性格特点；《百家公案》和《龙图公案》则把包公形象推向了一个更高的台阶，并且使之定型，后世各种包公故事基本上都未能跳离它们的范围。

首先，将包公形象充分传奇化。

一是将其身世传奇化。

以往的文学作品中，包公身世的介绍十分简单，《三现身包龙图断冤》的介绍是：“庐州金斗城人，姓包名拯，就是今人传说有名的包龙图丞相，——他后来官至龙图阁大学士，所以叫做包龙图。”

元杂剧对包公形象的塑造成就很高，然而对他的身世描写同样简单，各部包公剧几乎无一例外地让包公自我表白：“老夫姓包名拯，字希文，乃庐州金斗郡四望乡老儿村人氏。”

《百家公案》和《龙图公案》卷首均有一篇根据成化说唱词话《包待制出身传》改写的小说，将包公身世大为丰富并且具有极浓的传奇色彩：他是天上的文曲星君下凡，降生庐州城外十八里凤凰桥畔小包村。父亲叫包十万，家中广有田产。包公排行第三，因为生得丑陋，遭到包十万的嫌弃，幸蒙长嫂汪氏收养回护，并请先生到家设帐教习。后来包公进京考中状元，授定远知县。他乔装回家，包十万不信他考中，仍差他到南庄割麦。定远县公差前来迎接新知县，包公换上冠带，包十万方知是真，于是包公赴任。这里，包公容貌的丑陋及与长嫂的关系即为后世所流传。

二是将其权力传奇。

在元代杂剧中包公虽为“正授开封府尹”，但权力有限，斩杀那些罪大恶极的权豪势要还不能直接进行，而须运用智巧。《百家公案》和《龙图公案》中的包公断案对象已变成皇亲国戚乃至国母娘娘。他敢于将赵王、曹国舅问斩（《黄菜叶》《狮儿巷》），敢打皇妃娘娘的鸾驾（《百家公案》第八十三回《判张皇妃国法失仪》）。与此相应的是他“夜断阴”的权力增大，阎王断不了的案子还要恭请他（《屈杀英才》）。

其次，更多地描写他铁面无私。

元代包公戏侧重于描写包公与权豪势要的斗争。《百家公案》和《龙图公案》既反映了他与各种罪恶势力的斗争，又表现了他敢于斗争的原因——胸中无私。

《百家公案》第八十二回《劾儿子为官之虐》很可能是后世戏曲《铡包勉》的蓝本，叙他儿子包秀在天长做知县时贪财爱宝，包公得知后上疏奏劾，并自求贬职，充分反映了他的无私品德。

《狮儿巷》中，包公决意斩杀为非作歹的曹国舅，宋仁宗亲自到开封府向他求情，包公回答说：“既陛下要救二皇亲，一道赦文是矣！何劳御驾亲临？今二国舅罪恶贯盈，若不依臣启奏判理，情愿纳还官诰归农。”

正因为包公如此不恋乌纱帽，所以他的斗争十分坚决。刚到定远上任，他就弹劾搜刮民财的张转运使（《百家公案》第八十一回《劾张转运之罪》），斩赵王，杀国舅，无惧无畏。清人李西桥《龙图公案序》说：

“《龙图公案》世传为包公所断之案，尝阅一过，灵思妙想，往往有鬼神所不及觉；而信手拈来，奇幻莫测，人人畏服。所以然者，包公非有异术，不过明与公而已。……夫人能如包公之公，则亦必能如包公之明；倘不存一毫正直之气节，左瞻右顾，私意在胸中，明安在哉！”

可以说抓住了两部公案集中包公形象的特点，同时也指出了包公之“明”源于其“公”这一发人深思的道理。

《百家公案》和《龙图公案》对包公形象最大的发展是继承元杂剧对包公智慧的描写成就，把包公塑造成一个具有高度智慧和断案技能，集侦探、审讯、判决于一身的执法官形象。他熟谙人情物理，具有超人的观察力，细致入微而求实求真，玩弄罪犯于股掌之中。胡适称他为“东方的歇洛克·福尔摩斯”。

《龙图公案》一百则故事展示了形形色色的社会犯罪活动，有强奸杀人，谋财害命，拐带人口，遗产纷争，偷窃诈骗，诬陷报复，等等。这些案件如果发生在现代，很容易侦破，但在古代刑侦技术十分落后的情况下，要弄个水落石出却非易事。小说所描写的包公面对种种疑案，是怎样准确破案的呢？

1. 从人情物理推断

《三娘子》叙述了这样一个故事：赵信和周义是生意合伙人，两人相约到京城买布贩卖，租了艄公张潮的船只。早晨，赵信先到渡口，张潮见他带有银子，见财起意，乘其不备将他杀死，悄悄地将尸体移到僻静处，又回到船上假装熟睡，由于此时天还未亮，附近的船户毫无知觉。天亮后，周义如约来到渡口，张潮自然还在“熟睡”中。周义久候赵信不见他到来，便叫张潮去催喊。张潮遵命到赵信家门口，连声叫喊赵妻“三娘子”开门，自然赵信已不在家了。谨慎小心的周义赶忙到县衙报案，恰巧赵信尸体被人发现。县令升堂审问，张潮有周义到船尚在“熟睡”和船户未见动静两条理由，被排除了谋杀赵信的可能性，而周义长期与赵信合伙做生意，竟被指为与赵妻通奸，乃谋害赵信之凶手，打入牢狱。不久，包公巡行此地，周义一家拦道喊冤。他仔细阅读了县令审问的案卷，看见张潮和赵妻及其邻居的陈述中都有张潮奉周义之命催喊赵信时，叫喊的不是赵信名字，而是赵妻“三娘子”，于是立即想到：“敲门便叫‘三娘子’，定知房内已无夫。”这是张潮在喊叫时无意留下的破绽，也是他已谋杀赵信的一条线索。包公于别人不易察觉处发现这一点，正是由于他从罪犯心理找出破绽。由此，真凶张潮终于落网伏法，一宗冤案也终获辨明。

如果说《三娘子》中的包公是在把握罪犯心理的基础上断明案件，那么《瞒刀还刀》和《血衫叫街》中的包公则依赖对罪犯家属心理的洞悉而顺利破案。

《瞒刀还刀》中卢日乾赖去樵夫邹敬柴刀，还将他送到包公那里究办。包公首先推想，邹敬虽然贫穷，但不至于要赖要人一把柴刀，而且他言词笨拙，显然是个老实人。但这是推想，必须得到柴刀才能确证谁是混赖者。于是他留住卢日乾，吩咐快手李节到卢日乾家，对其妻子说，包公留卢日乾在府中用茶，叫她把刀还给邹敬。卢妻信以为真，取出柴刀交给了李节。包公所利用的是卢日乾与自己的师生关系和卢妻对自己的信任，赚取了柴刀。卢日乾也受到了应有的责罚。

《血衫叫街》则叙屠夫张蛮偕另外两人清晨出城买猪，路上看见回娘家的陈惇娘和小厮进安势单力薄，遂上前砍伤惇娘，抢劫了她的首饰和银两。案子迅速告到包公那里。城中屠夫甚多，从何寻找呢？包公从时间尚未过午推断罪犯尚未回城，便让衙役们带着陈惇娘的血衫满街叫喊，说早晨三个屠夫在城外被贼所劫，一屠夫已被杀死。这一“凶讯”果然引起罪犯家属的注意。张蛮妻子朱氏立即出来询问此事。衙役们便守在他家门口，拿住了买猪回来的张蛮。张蛮所抢的首饰尚在他身上，人赃俱全，抢劫犯只得低首就范。

《龙图公案》中包公断案，有时还由人情推及物理，通过对物理的把握推断案件真相。

《骗马》写一个叫兴福的人骑了一匹上等骒马，路遇一个姓黄名洪的汉子。那汉子骑瘦驴一匹。歇息时，黄洪自称识马，欲借一试，兴福不知是计，将马交与黄洪骑试，岂知黄洪上马后扬鞭逃之夭夭。兴福告到包公那里，包公将那匹驴子饿了三天，然后牵到黄洪骗马的地方，放开缰绳，任其奔跑，一直跑回主人家。黄洪这个拐骗马匹的不良之徒也被追随驴子的人拿获了。

《青粪》的故事也很有趣：财主龚昆十分吝啬。岳父生日，他叫仆人长财送一只白鹅庆贺，却又要他设法将白鹅带回来。然而岳父家的厨子偏偏留下了白鹅，长财无可奈何地回来，半路上看见田里有群白鹅，便捉了一只回家复命，恰巧又被鹅主人招禄看见，两人互相争执起来，一个强赖，一个说不出记号。包公巡经此地，便将白鹅带回衙中，让他们次日到衙中听断。次日，两人进衙，包公断说：鹅归招禄，并说出理由：长财家在城中，养鹅必是粟谷，撒粪必黄；招禄家居城外，鹅放田间，所食乃为草菜，撒粪必青。鹅在衙中一夜，所撒均为青粪，所以必是招禄所养。一番道理，使长财只得认罚。

2. 靠精细入微获胜

《龙图公案》中的包公断案，往往出人意料，于常人发现不到的地方抓住点滴破绽和蛛丝马迹，从而得出正确的断案结果。这在很大程度上依赖于他细致入微、明察秋毫的眼光，前举《三娘子》故事即表现了这一点，《白塔巷》故事更能说明这一点。

该故事实际上出自宋代《折狱龟鉴》，是一则轶事，断案者不是包公，而是张咏。当它被《龙图公案》写成小说后，即得到广泛流传，后世京剧及地方戏中的《双钉案》就是敷演此事。

它写包公路过白塔巷口，听见一个妇女哭丈夫，这本来是一件极平常的事情，然而包公却觉得那哭声半悲半喜，没有什么哀痛之情。他顿生疑窦，立即传唤那个妇女询问。从哭声中听出问题，这已是包公细致之处。询问的结果，那妇女的丈夫几天前死了，据她陈述是因病而死。包公便让土工陈尚前去验尸，验尸的结果发现无伤痕，看来并非谋杀。包公仍不相信，严令陈尚再行验尸。此时天色已晚，再验只得到第二天进行了。陈尚回家后将此事告诉妻子杨氏。杨氏便提醒他，曾听人说有用铁钉钉入鼻中致人性命的事情，可以验看尸体头部有无铁钉。次日，陈尚根据妻子的提醒细验尸体的头部，果见其鼻中有铁钉两根，系从脑后面钉入的。这一发现使正常死亡变为谋杀案。回禀包公后，包公立即严讯那个妇女。在证据面前，她只得招认是与奸夫谋害丈夫的。至此，案子似乎可以结束了。包公从哭声中追寻出一宗谋杀案，已经十分了不起。

然而，包公又传来陈尚，问他如何验出铁钉的。陈尚如实回答："系杨氏提醒的。"包公以给赏为名，叫来杨氏，突然问她与陈尚是结发夫妻还是半路改嫁，杨氏答说是半路改嫁。包公又紧迫问她前夫因何而死，杨氏大惊失色，支吾难对。包公即令衙役前去验看杨氏前夫尸体，见枯骨鼻中亦有铁钉两根。原来她也谋杀了前夫，对陈尚的提醒正是她的经验。

包公从半悲半喜的哭声中听出问题，断出一宗谋杀案后又断出杨氏的谋杀案，其细致入微实在令人叹服，难怪小说道："闻者无不称奇!"

《箕帚带入》也反映了包公以精细入微断出疑案。黄士良之妻李秀姐，性妒多疑，她和弟媳张氏每日轮流扫地。这天她外出吃酒，弟弟黄士美亦外出，家中只有士良和张氏，士良后也出外，张氏将地扫干净后便将畚箕、扫帚放到李氏房中。不想李氏回家后看见箕帚，竟疑心丈夫与张氏调情，晚上与丈夫黄士良大吵起来。张氏有口难辩，自缢而死。县令认为黄士良确实强奸张氏，致使她自杀，将黄定为死罪。包公巡查此地重审此案，从李氏口中问明当天地已扫干净，畚箕上亦干干净净，推断决非士良强奸。因为如果强奸，"他未必扫完而后扯，畚箕必有渣草；若已倾渣草而扯，又不必带箕帚入房"。包公从畚箕扫帚干净地放在李氏房内这件小事，寻出与强奸之后的匆忙、慌乱的相异之处，断明了这一错案。

3. 巧设机壳使罪犯落网

罪犯往往是狡猾的。古代根本没有先进的取证技术，即使罪犯被抓到了，也可能无理抵赖，难以定罪。包公只得巧设机壳，设法诱使罪犯走进圈套，获取确凿的证据将他们制服。

利用作案者同伙之间的矛盾和间隙，辅之以心理战术，使罪犯交待罪行，是包公常用的一个手法。

《遗帕》写富家子弟赵嘉宾奸淫赌博，品性恶劣。一天，他看见外出经商的丘四之妻曾氏容貌美丽，遂生歹意。他先以十两银子诱奸，遭到一顿臭骂。他贼心不死，约了另外两个无赖之徒，假扮盗贼，将曾氏挟持到山上轮奸。匆忙中，他丢失了自己的手帕，上面赫然有他的大名。然而包公拘问他时，他却抵赖说，手帕三天前就已遗失，自己并未强奸曾氏。有物证而无人证，包公也奈何他不得，于是将他收入牢中，暗嘱禁子注意有谁来探望他。过了不久，另外两名同伙来探视消息，当即被禁子抓了起来。两人也抵赖狡辩，包公便把他们押至远廊下，又传来赵嘉宾。赵犯见同伙已在押，以为他们已经招供，只得对强奸曾氏的行为供认不讳，实际上是钻进了包公设下的圈套。

抓住罪犯的性格特点和心理活动，引蛇出洞，从而获取罪犯证据，是包公断案又一常用的手法。

《包袱》写高科之女季玉暗约夏昌时夜间到花园赠其银两，夏昌时好友李善辅却将夏昌时灌醉，冒充他前往高家花园，杀死了等待昌时的丫环，将首饰银两夺为己有。李善辅回来后假睡于床上，昌时醒来，见李善辅仍在“熟睡”，便如约到高家花园取银，不想见到的却是已被杀死的丫环尸体，惊慌而归。次日，高科发觉丫环被杀，季玉只得说出暗约昌时之情。高科大怒，告昌时为杀人凶手，官府也将昌时定为死罪，打入牢狱。包公微服到牢中私访，得知了昌时的冤枉，又了解暗约之事只有李善辅知晓，于是假意对李善辅亲热，时时召见，使他感到受宠若惊。过了半年，包公对他说，自己为官清廉，女儿即将出嫁，却没有妆资，让他代办一些，并“叮嘱”他：“汝是我得意门生，外面须为我慎密。”李善辅深信不疑，将在高家夺得的首饰、银两送给了包公。包公即唤高氏父女辨认，果然是高家的，取得了证据，李善辅只得认罪。

《借衣》的案发过程与《包袱》大致相似。沈猷与赵阿娇从小订婚。长大后，沈家贫穷，阿娇之父赵士俊悔亲。阿娇和母亲趁赵士俊外出之机约沈猷前来，助他银两以备迎娶之用。沈猷衣衫过于破旧，便到姑姑家向表兄王倍借衣。王倍却故意说，自己要到朋友家去一天，回来再借给他，然后冒充沈猷到了赵家，不仅骗取了银子首饰，还诱奸了阿娇。沈猷过了两天才借到衣服来至赵家，阿娇方知前次来的是骗子，自己已经失身，羞愤自缢。赵士俊回来后，十分恼怒，凭着有财有势，使官府将沈猷定为死罪。包公巡行此处，重审沈猷案子，知其冤枉，又知他赴约前曾向王倍借衣，于是假装一个卖布商人，到王倍家卖布，故意将价钱压得很低，让王倍全部买去，从而赚取了王倍从赵家骗来的银子和首饰，获得了赃证。

先投石问路，获取线索，然后顺藤摸瓜，抓获罪犯，也是包公侦断疑难案件的方法之一。

《石碑》写杭州商人柴胜贩布三担，住在开封府吴子琛店里。近邻有一叫夏日酷的惯偷，将他的布盗去了。他急躁之下，将吴子琛告为偷布罪犯。没有赃证，包公自然不会将吴子琛判罪。但是盗布罪犯究竟是谁呢？必须找到被盗的布，才能找到罪犯。包公心生一计，让张龙、赵虎抬了一个石碑放在衙门口，鞭喝审问。这一奇怪的举动，立即引来了大批围观者。这时，包公命令将围观者中为首的四人拿住，罚他们布、米各样东西。罚物交上来后，其中有布一担，包公便叫柴胜辨认。这布正是他所丢失的。包公问出布主乃是徽商汪成交罚的，而汪成的布又是夏日酷偷来后卖给他的。于是，包公通过审石碑这一奇怪行为引来围观者，找到了布商，进而找到柴胜的布匹，最后抓获了盗布贼夏日酷。

预设假象迷惑罪犯或知情人，然后暗中调查真情，是包公断案的又一方法。

《杀假僧》中的董顺之妻杨氏与孙宽私通，相约私奔。然而孙宽见杨氏带有不少财物，反将她杀死，弃尸井中。一个和尚夜间也跌入井中。天明后，他被救了出来。井中杨氏的尸体自然使他难以说清，被董家指为杀媳凶手，告入府衙。包公日夕根究，和尚连呼冤枉，但真凶又无从寻找，于是包公便将牢中一个已判死罪的囚犯剃去头发，明正典型，然后声称和尚已经被处死，暗地里却派手下四处探访消息。在一茶店中，衙役们听见茶婆叹息和尚死得冤枉，他们便问其原因。婆子说，杨氏素与孙宽私通，孙宽因谋财物杀了杨氏。衙役们赶紧回报了包公，终使孙宽伏法，和尚冤释。

《铜钱插壁》中的卫典被贼人打劫。因为他平日和轻浮的罗承仔不和，被劫之后，罗承仔还幸灾乐祸，卫典便告他是抢劫犯。包公经过审讯，确认罗承仔是被诬告，将他释放，反而将卫典拘捕收监。晚上，包公微服私访，发现真正的劫贼正在喝酒庆贺，讥笑他糊涂。包公在墙壁上画铜钱为记号，天明后将他们一网打尽。

4. 实地勘查剖明案情

实地勘查是断案的必经程序，也是获取罪证的最重要手段。小说为了突出包公断案的智慧，大部分故事仅写包公在公堂断案，有些故事也写包公在难以断明案情的情形下，走出公堂，实地勘查，以剖明案情。

《夹底船》中的罪犯单贵、叶新十分狡猾。他们是水上船户，经常干谋财害命的勾当。有一次，他们给徽商宁龙运货，又见财起意，将宁龙和仆人季兴用酒灌醉，打入水中。宁龙略识水性，得以活命，上告于包公。包公拘捕了单、叶二犯。然而他们已经将劫来的货物处理掉了，身上也没有什么银子，所以百般抵赖，任凭包公用刑也不招供。没有物证，难以定罪。包公打轿前往渡口，验看他们的船只，发现船上有夹层，打开之后，获取了两皮箱赃银，其中一只箱子正是宁龙的，内有记号可以辨认；银子是二犯处理货物所得。在赃证面前，单、叶二犯也只有低头认罪了。

包公的实地勘查，更多的是采用乔装改扮、微服私访的方式进行。

《厨子做酒》中孙都监之子孙仰为霸占书生张虚妻子，将张虚骗入开元寺，让他饮毒酒使之丧命。案子告到包公那里，他打听到孙仰经常带着妓女到开元寺饮酒，便假扮成一个公差，跟踪前往。在开元寺中，他亲眼目睹了孙仰的嚣张跋扈，又从和尚那里证实孙仰经常用毒酒害人性命的事实，而调制毒酒的正是那个尾随孙仰的厨子。回府后，包公拘捕了那个厨子。他突击审问，迫使厨子供述了为孙仰调制毒酒的事实。然后他传来孙仰，当堂审问。在厨子的对证下，孙仰也不得不供认了自己的罪行，受到了应得的惩罚。

《毡套客》写的也是包公微服探访破案的故事：江西商人宋乔携金万余两到开封做买卖。路上住进曹德克家。隔墙的赵国桢、孙元吉得知他资财颇多，遂跟至开封，同住到龚胜店中，将宋乔所带银子偷劫而去。包公扮成南京客商到曹德克家，托言买毡套。他在附近各酒店打探消息，得知赵国桢、孙元吉近来捡到银子，在省城置家买田。包公向曹德克问明二人情况，返回开封，又让赵虎带缎匹到赵国桢家叫卖，赚得赵国桢的银子。包公让宋乔辨认，果系他所失之银。因有凭记为证，于是赵、孙二犯被擒就范。

总而言之，《百家公案》和《龙图公案》中的包公形象较之宋代话本和元代包公戏有了很大的丰富和变化。他的出身，已被说成是“文曲星”降世；他的权力，也被无限地加重；他的刚直不阿，已经到了连皇帝旨意也敢违抗的地步；他的铁面无私，连亲子犯法也不能免罪；他的本领，已经是无案不断了。这样的人物，完全超越了现实的可能性，是下层社会的百姓们根据自己的愿望创造出来的一个“青天”式的人物，成为后世百姓们所尊仰的偶像。

四 中篇包公小说——《清风闸》

《百家公案》和《龙图公案》的出现，使包公故事得以丰富和广泛流传，也推动了包公题材的文学创作。在明末清初，苏州地区的一批戏曲家创作了不少包公传奇剧，如李玉的《长生像》、朱佐朝的《乾坤啸》以及他与朱素臣合作的《四奇观》。另外还有石子斐的《正昭阳》、唐英的《双钉案》、程子伟的《雪香园》、无名氏的《琼林宴》《双蝴蝶》等。与昆腔传奇演出包公戏的同时，康熙末年即已兴起的“花部”（地方戏）也频频搬演着包公断案的故事。例如唐英的《双钉案》就是从地方戏反串过来的。乾隆年间的著名学者焦循说：“花部中有剧名《赛琵琶》，余最喜之，为陈世美弃妻事……”（《花部农谭》）可见，在《百家公案》中，《秦氏还魂配世美》已被搬上舞台。在包公戏盛演的同时，乾隆年间出现的《清风闸》，显示了包公小说的创作有了新的发展。

包公小说从宋代话本一直到《百家公案》《龙图公案》，均以短篇形式出现，有的甚至是微型小说。尽管小说中的故事已经相当多，但从小说艺术创作的要求看，情节还比较简单。一般的模式是：从案发过程到包公断案；叙述语言多于描写语言，不够丰富生动；各篇侧重于对公案的叙述，人物形象的塑造未成为小说创作的重心。

《清风闸》却是一部中篇小说，共有四卷三十二回，这种体裁形式的产生表明，包公断案的故事内容已日趋丰富，以往的短篇形式难以容纳。就此而言，《清风闸》在包公小说的发展上有着自己的贡献。另外，它还有若干新的特色，值得我们注意。

（一）作者和小说的情节内容

以往的包公小说都未能留下作者的姓名。《清风闸》的作者姓名和生平却被文人墨客记载下来。李斗的《扬州画舫录》卷九《小秦淮录》写道：

浦琳，字天玉。右手短而捩，称抝子。少孤。乞食城市。夜宿大房……邻妇有侄以评话为生，每日皆演习于妇家。抝子耳濡已久，以评话不难学，而各说部皆人熟闻，乃以已所历之境，假名皮五，撰为《清风闸》故事。

由此可见，浦琳即是《清风闸》的创作者。《扬州画舫录》成书于乾隆六十年（1795 年），由此可知浦琳生活于乾隆年间。浦琳不仅创作了《清风闸》，而且还赖此成为名噪一时的扬州评话艺人。李斗在上书同卷还写道，他“养气定辞，审音辨物，揣摩一时亡命小家妇女口吻气息，闻者欢咳嗢噱，进而毛发尽悚，遂成绝技”。卷十一说：

“郡中称绝技者，吴天绪《三国志》、徐广如《东汉》、王德山《水浒记》、高晋公《五美图》、浦天玉《清风闸》……皆独步一时。”

金兆燕也是当时生活在扬州的一位著名文人，他专写了一篇《抝子传》收于《国子先生全集》中，比李斗的记载更为详细：

浦琳，字天玉，扬州江都人。少孤贫。十余岁无立锥地。日持篲扫街市积尘弃砾，至河滨淘漾之，得分厘以自给。夜则宿街亭中，为巡逻。有遗于路者，琳觅其人数日还之。其人欲分其半以赠，琳曰：“吾扫街尘足以不馁，子之金有余，吾之金无穷也。”卒谢去之。琳不读书而好行善，见人有骨肉相伤、朋友相弃者，必力为劝救之。一日，过市肆闻坐客说评话，悦之，曰：“为善为恶，其报彰彰如是，奈何世之人如叩槃扪烛擿埴而索涂哉?”遂日取小说家因果之书，令人诵而听之，听之一过辄不忘。于是润饰其辞，摹写其状，为人复说。听之者靡不动魄惊心，至有欷歔泣下者。扬州仕女争艳羡之。琳体肥，右手短而捩，人呼之曰“抝子”。春秋佳日，弦管杂遝中，必招浦抝子说书，以为豪举。琳于是挟厚资，益利济人。尝冬日说范叔涕袍故事，曲尽冻丐之状于富室诸女郎前，且曰：“我少年时亦犹是也。我将罄所蓄制棉袄施冻人，种来生温燠。”众女郎感其言，尽发囊箧，侍女灶妾，亦有脱簪环以助者。是冬奇寒，雪深三尺，而城外乞儿无不挟纩者，琳之力也。……琳终身不衣绣缎，食止肉鱼，见山珍海错，则不下箸，曰：“贫贱人安可折后世福耶?”无子，有女四人，以其婿李姓之子为孙，名继宗，而传其技于弟子张秉衡、陈天工，皆有声誉，年五十六卒。

这段传记虽然未提及浦琳编创《清风闸》及其说书的艺术水平，但对他的生活经历、为人品德介绍甚详，可以帮助我们理解《清风闸》中他自己“所历之境”。

浦琳作为一位评话艺人，他的文化修养因为“少贫”而很难达到较高水平，这是古代说话艺人的普遍情形。《清风闸》的故事是他“以己所历之境”编撰出来用以口头讲说的，它如何被写成小说却不太清楚。现存的《清风闸》刊本有嘉庆己卯（1819年）春孝轩巾箱本、同治甲戌（1874年）重刊本，均未署作者或整理者的姓名，只有一篇署为“梅溪主人”的序文。这位“梅溪主人”是否就是《清风闸》故事的笔录和整理者，序中没有提供任何线索。

《清风闸》的故事情节与宋话本《三现身包龙图断冤》有相似之处，但是新创成分更多。故事一开头就交待了“清风闸”之名的由来：

浙江台州府木材商孙大理偕同胞弟孙文理带着妻子汤氏、女儿孝姑到江南贩木材。在一个江边渡口，大理一家与文理失散，糟糕的是银钱货物均在文理那里。孙大理无可奈何，同妻女住进定远县一家客店里，眼看行囊尽空，生活无着落了。为人敦厚的店主王小二夫妇资助他开起一家小酒店，生意还很兴隆，真是柳暗花明又一村了。一天，好运又降到孙大理身上。县衙中的书吏刘公到店中吃酒，闲聊中得知大理能写会算，便荐他到县衙中做贴写书吏。一介小生意人竟能到衙门做公人，沾得一些官气，自是求之不得的事。孙大理关了酒店，入衙做吏，并在城外清风闸旁建起房宅一所，一家三口自此悠闲度日，似乎比先前搞生意营运强得多了。

然而天有不测风云。妻子汤氏染上重病亡故，这使孙大理十分伤心，又十分烦恼，因为女儿孝姑尚幼，自己修行公门，便难以照管女儿。思虑再三，他决定续弦。这个决定本来是为了减却烦恼寻求安慰，可是带来的却是更大的烦恼，原因在于所娶非人。续弦强氏是个生性风流之辈，非但对孝姑不理不睬，连对孙大理也无好脸色，因为他已年过半百形容衰老了。

如果没有他人介入，孙大理新的三口之家也许就这般别扭地生活下去。正巧有个年轻后生孙小继，流落定远县行丐。孙大理恰巧碰见，看见他可怜模样，又听他说与自己是同乡，不禁动了恻隐之心，便将他带回家里，并且将他认为螟蛉之子。然而，孙小继似乎太顽劣，他竟与烟花女二姑娘厮混上了，欠下一屁股债不能偿还。这件事被早已对小继有意的强氏发现，于是她以资助为由连哄带逼地将他变成满足自己淫欲的伴侣。别扭的家庭已经出现问题，可是孙大理尚不知晓。一天，算命先生预言孙大理夜半三更将死，他却将信将疑。而强氏竟趁机逼孙小继共同将他勒死，应了算命先生的预言。接着，强氏就逼孙小继与她成婚。孙小继虽是螟蛉之子，毕竟与强氏有母子名分，这种婚姻当然遭到众人的唾骂。

接下来是强氏与孝姑之间的矛盾。孝姑是孙大理亲生女儿，对于强氏的犯罪、乱伦勾当，她无疑是个障碍。于是，强氏便招来市井媒婆张老太，由她牵线将孝姑嫁给皮奉山。皮奉山外号“皮五癞子”，是个远近闻名的市井无赖，上无片瓦下无寸土，而且嗜赌成性。孝姑嫁给他后受尽苦楚。后来孙大理显魂皮奉山，告诫他不可亏待孝姑，又助他在赌博中赢了一笔，于是日渐发迹，成为富甲一方的财主。

再说孙文理与哥哥一家失散后，带着木材同郎丰、毛顺两个伙计到了建平县。木材贩卖成交后，得银三万余两。大笔银款使两个伙计产生歹意。他们将文理用酒灌醉，然后用石头使其坠沉江中，还修书将其妻孙氏骗到建平县，欲行强奸。孙氏奋力反抗，亦被二人杀死，抛尸河中。

包公巡行江南，私访凤阳府，大理、文理并孙氏冤魂显现。包公知有冤情，经过一番查访，终于将谋杀他们的所有罪犯抓获正法。

《清风闸》中，夹杂着相当多的鬼神描写和因果报应思想，对强氏也刻意把她当做歹毒的“祸水”来描写；但是，它也有一定的积极意义。孙大理和孙文理兄弟被害，实际上是两种性质的谋杀：一是因“色”杀人，一是谋“财”害命，这两种杀人动机毫无疑问是邪恶的。孙小继本是乞丐，被孙大理所救收为养子，他却恩将仇报，与养母通奸，这种行为违背了中国百姓的道德标准。乱伦、谋财、忘恩负义无论在哪个时代都是被谴责的，何况它带来的是善良、本分的人无辜被杀。作品对它们的贬斥，反映了广大小生产者的道德评判和爱憎。

（二）市井游民——“皮五癞子”

《清风闸》借用了话本《三现身包龙图断冤》的情节框架，浦琳在编创这个故事时更多地融入了自己“所历之境”，故事的重心已由包公断案转向对他所熟悉的市井生活、市井人物的描写，尤其成功地塑造了一个市井游民——“皮五癞子”的形象。

皮五癞子本名皮奉山。他无父无母无兄弟姐妹，孤身一人；他无房无地无产业，一贫如洗。然而，市井生活的环境使他不像农民李逵那样大胆造反，而是沾染了一身的恶习，首先是赌。且看小说在他娶回孝姑后的一段描写：

再言孝姑见丈夫出去至晚不归，一连去了七天，到了第八天，五爷回来，姑娘站起喊了一声五爷，一把抓住："你早出晚归做何生意?"五爷言："叫声奶奶，你真的好悬呀！你也不访访我的底子就嫁给我了。奶奶，待我告诉你，耳朵听着了。待我说一个官衔，你听听，听真了：我是朝廷逆子的花头顽民，鹞子的魔米里的蠹虫，按上界烧酒星君临凡，自机窝王大帝在位的。姓皮名奉山，捕号五癞子。你可知道么?"姑娘听了哭道："五爷呀，你道酗酒行凶赌钱打降，倒不是个无赖之徒了么？你家中妻子柴不管来米不管，叫你妻子问哪一个要呢?""奶奶你不要噜嗦，你再要说长问短看我太平拳头，你试试瞧。我吃酒赌钱，哪一个管得我下来？连父母都管我不下，何况你!"五爷大气跑掉了，又到扠溪王二家赌。到了三鼓时分回来，吃得大醉，直奔城根，大喊："孤王摆驾回宫，众大臣闪开!"再言一宿已过。次日，五爷一亮把床上的被一摘就跑，可怜姑娘还未起来，也顾不得了，直奔得典当了八钱银子，连票子卖了七百文，走到王二家，一输输得干干净净。三更方回，吃得大醉，家睡了，打的是抽牵扭肘胳瞎葡萄呼。到了天大亮，又把褥子拉了去，典得六钱银子，票子倒卖了四百文，到王二家又输去了。仍然三更"孤王摆驾回宫"。第三天爬起来没有法想，同姑娘开口。姑娘回了他几句言语，他走上把姑娘簪子一拔飞跑，当出钱来，又赌到三更天，仍输得手里空空。（第十四回）

他身无分文，做媒的张老太送给他被褥，却被他拿去典当做赌资，而根本不顾新婚妻子的饥寒交迫。到后来，实在无物可赌了，他竟将一块马桶盖用布包着，骗赌友说是一块宝镜，押作"赌资"。真正是嗜赌成癖！

其次是横。这在上引的一段描写中即已表现，再引一段以资证明：

话说皮五癞子听见爆竹之声，沿途探听。谁知南门城口有一个姓张的开张一个粉团店，今日挂牌开市。门口热闹非常，排了许多桌凳，上下人共七八个，忙个不了。五爷到了粉团店门口，一看有张桌子，摆些粉子堆了一堆，有豆沙的，也有肉的，放在桌上。外面有些人在快等粉团，推格不开。谁知皮五爷进了店，恭喜了一声坐下。闻见粉团一阵香味到了十二楼，杀馋补虚开胃口，皮五爷忍不住，开口问道："开店的，你姓什么?"开店的答道："我姓张，兄弟三个，住在南京水西门城外。大家兄叫张崧，今年四十二岁，有个侄儿二十四岁。二家兄叫张宗，年三十六岁，有一个侄女儿十八岁。我小的年纪二十八岁，尚未有后代，生过数胎不存。”谈了半会闲话。说毕了，五爷开言叫声：“店东，你赊几个粉团我吃吃。”店东说：“今日我才开店，利自甚微，未曾大发利市。我小店一概不赊，况你尊驾我又不相识，请到别处赊罢。”皮五爷听见这一番话，他有底气，叫声：“店东，你看放亮些！开弓没有回头箭，一定要赊么！当初你家令尊翁姓张，你们兄弟三个，……”一长一短说了午日语，谁知俱是张三告诉的话。五爷又说：“你家令尊当日借我家父亲四佰两银子，至今本利未还。到了如今你开了店了，认不得相好的了。我今日来恭喜你的，说赊几个粉团你倒一毛不拔了。爽利些是你的造化，若要没得，就将历年本利一并算还我，我就罢了。要是没得还我，我叫你这个三官店开不成，同你打场恶官司，花得你干干净净！”旁边站闲的说道：“只怕你家是该他的，不然他如何晓得你家根底？”开店的说：“是我同他谈心的。”那人道：“在我看起来，赊几个与他罢。”开店的不肯，说道：“我又没有大发利市！”皮五癞子听见说：“你没有大发利市，我代你发利市。”腰内拽出大钱一文朝钱筒内一丢，咕咚咕咚池响，口里道：“一本万利。”就走到案上，自己取了一个土络子，又自己装了二十个粉团，出得店门说道：“姓张的，我皮奉山多谢你了。”五爷拿了粉团家来，喊声“奶奶！”叫奶奶吃粉团，奶奶只吃了三个，五爷倒吃了十五个。吃毕，他奔扠溪王二家赌去了……（第十五回）

这是他看到孝姑实在饿得可怜的情形下外出寻食的一段描写。显而易见，他获取食物的手段既不是乞讨，也不是购买，而是蛮横地讹诈。小说多处描写他这种行为：要娶孝姑，就去租房，房主见是“皮五爷”，不敢不出租，然而不仅租金收不到，反倒贴进许多钱物，还得忍气吞声，不敢得罪他。要过年了，皮五家中空荡荡的，他便到各个店铺中“赊支”，实际上是硬要。店老板们看见他来，躲避惟恐不及，谁敢要钱！他的名字甚至被用来镇唬吵夜的小孩。

小说尽管用许多笔墨写了皮五的赌博和横行，但没有把他写成一个十恶不赦的恶霸，而是写出了他由坏变好的转变：强氏为了除却眼中钉，硬把孝姑嫁给他。孝姑在他生活中的出现，不仅对他有了一定的约束，更重要的是孝姑的不幸唤起了他潜在的良知。看到自己在外赌博而孝姑在挨饥受冻的情形，他生出了恻隐之心，于是外出寻找食物。尽管他仍采用讹诈的手段抢了张家粉团店的粉团，但其目的是为了给饥饿的孝姑一点食物。在孝姑的规劝下，他也曾操起菜篮卖菜。而在赌场上赢了一笔钱后，他竟然接济了一个贫穷的老妪。发迹以后，他没有忘却曾帮助自己成婚的张老太，把她接到自己家居住。

这些描写反映了好赌蛮横的皮五身上仍有着善良的一面，表现了他作为下层人民的基本品质。至于最后写他在地上掘出银子发迹变态，又通过潘彩臣交结官府、捐买生员等，则是明显的败笔了。

皮五癞子既不同于《水浒传》中走向梁山的时迁，又不是地道的市井恶棍，也不同于《宋四公大闹禁魂张》中的宋四公。他既沾染上一些市井恶习，又不失善良的本性，是个复杂的形象，在古代小说的人物画廊中具有一定的独特性，而且塑造得生动鲜活，所以在浦琳讲说《清风闸》时就深受市民听众的欢迎，后来又被扬州评话艺人代代相传并不断发展，皮五癞子性格中善良的一面得到进一步发挥，诸如他在年三十晚上到贫民窟接济穷人，他凭着“横”的名声帮助弱者，主持正义，等等，更多地寄托了市井细民的思想感情。

（三）评话口吻与描写笔法

《清风闸》是浦琳评话故事的整理本，这不仅有李斗等人的记载可以证明，小说的评话口吻也可作为证明。例如，书中有不少扬州方言，像“这门”“那门”“这快”“那快”等等。更重要的是作为一个熟悉城市生活的说话艺人，浦琳在编创这个故事时较多地描绘了当时城市生活的情形。这可以给市民听众以亲切感，以便有力地吸引他们。反映在小说中，便一改以往包公小说的叙述笔法，变而为描写笔法。细腻的描写取代了粗略的公案叙述。

小说中的描写有表层、深层之分：表层描写是对景物、人物动作、语言乃至饮馔穿戴的逼真再现，如第十九回有一段描写：

二老爷指发人去请厨子，喊茶酒，中两桌。中要上六碗头，烧肉、煎鱼、虾圆、掌蛋、烧黄芽菜、煨鸡，四小菜。晚上吃的十六碟，要鱼翅、海参、蛼螯、熊掌、炖鸭、螃蟹炒素面、河豚鱼等。碟子要火腿、板鸭、炝虾、盐西瓜子、米花糖、糖萄、仁核、炒蹄筋、炒杂拌、炒腰子、炒鸭舌。四小菜、四点心、两米、两面。……

这段很像《金瓶梅》和《红楼梦》中对饮馔的描写。

深层描写则是对人物性格的深入挖掘。《红楼梦》的人物塑造与以往小说的类型化、传奇化不同，是高度个性化、真实化的。《清风闸》的编创者由于长期生活在城市下层社会中，对各类市井人物特别熟悉，因而在人物形象的塑造上也注重真实的描绘，比以往包公小说以叙述故事为主而不注重人物塑造的写作手法前进了一大步。

这种对人物进行细致描绘的手法不仅见于皮五癞子形象，也见于孙小继形象的塑造。皮五癞子是由坏变好，孙小继则是由好变坏。

孙小继既是一个参与谋害养父孙大理的凶犯和忘恩负义者，又是一个与养母通奸直至结婚的乱伦者。然而，作品没有把他写成一出场就十分恶毒的人物。他与烟花女二姑娘鬼混是受人教唆的。强氏以借钱给他还债为由勾引通奸，他犹豫彷徨。强氏乘孙大理算命三更当死之机，逼迫他杀死孙大理，他的良知使他向强氏哀求道："望奶奶开一线之恩，留老爹活活罢。奶奶呀，我当初连饭都没得吃，亏老爹救我的性命。奶奶呀，我心中不忍害他。奶奶呀，你太狠了些，黄泥心越烧越硬。"到底还是强氏亲自动手杀死了孙大理。第九回写小继被强氏相逼请客人到家中举行婚礼：

……直到了太阳下山，一众老爹来到孙府敲门，大家进来走到堂屋内来。众人请强氏见礼，小继闲言："诸位老爹请坐了罢。婶母有事。"众人说，强氏大婶原是通家，今日大翁去世，少年寡妇，没被嫌疑，好的可佩可敬。众人也不问今日是何喜事，就吩咐会集罢。一刻工夫，摆下口酒碟子，请他们叙坐。众人都是一处的人，每日会见，就叙齿坐下。再说奶奶叫小继"对他们说了罢"，小继说："奶奶，我不好说。"奶奶说："你此刻不说，我就喊了，说你如何，你我就要分开。小继你看，是说的好，还是不说的好？"小继被逼不过，只得硬了头皮出房，叫："今日诸位老爹在快，斟酌我家，婶母年轻，与其这们干，不如那们干。"众人不懂何事，内中有一位说："我明白了，大翁在日我上了一个会，我差他会银子，我是中秋把三两还，过年把三两还，明年清楚。"小继说："错了，不是。婶母说我人大了。"众人说："我们晓得了，你家婶母代你娶一房亲事么？"众人说："如何？我说他该用红帖请人，必有喜事。是哪一家姑娘么？"小继说："不是小侄定亲。诸位老伯老叔在快，我家婶母年轻，意欲这么干倒不如那么干。"众人说："你婶母要招郎，好是好的，何不依她，早些让她去罢。是什么人家？……"

孙小继被强氏所逼，要向孙大理的亲友宣布婚事。他难于启齿，在吞吞吐吐的话语下面，毕竟还蕴藏着一点羞耻之心。后来，他们终于成婚，孝姑便成了强氏的眼中钉，遭到数番打骂，孙小继还有所回护。

孙小继沦为恶人更多地是被唆引、威逼的，邪恶的威逼和影响诱发了他恶的性格，善良因素愈来愈少。对善、恶因素的交叉和消长的描写，使这个形象不再是扁形人物，而是一个圆形人物。

当然，《清风闸》对人物的描写并非都是如此。强氏就被写成大奸大恶的毒妇，类型化气息浓厚。孝姑、孙大理乃至包公的性格都很模糊，成就远未能达到《儒林外史》《红楼梦》那样的高度。

（四）蹩脚的断案故事

《清风闸》作为一部包公断案小说，也不成功，在具体描写上甚至很蹩脚。

话本《三现身包龙图断冤》运用了悬念、预示等技巧：孙文的被杀与卜卦先生的预言巧合，而如何被杀直到最后才交待。究竟是卜卦的预言使之无端而死，还是其他原因致使他“跳河自尽”便形成一个谜团，听众或读者情不自禁地被它吸引住了。

《清风闸》却一改这种布局，专用了一回（第七回“大理河厅上丧命，小继清风前装疯”）的篇幅详细向读者介绍了强氏伙同小继勒死孙大理的经过。这冲淡了前一回野飞熊卖卦时对孙大理夜间要丧命的预言所形成的神秘色彩，实际上是冲淡了悬念的吸引力。

最后六回写包公断案。包公来到定远，夜宿城隍庙即梦见二男一女冤魂显现。接近定远时，又远远看见一家烟囱中伸出一只手向他招了招。由于没有悬念，这些神鬼启示就失去预示和导引的作用。

《三现身包龙图断案》中包公断案的关键是那首“大女子，小女子，前人耕来后人饵”的谜诗，包公将那首诗写在告示牌上，才引来迎儿夫妻的上告，进而追踪到小孙押司和押司娘子身上。

《清风闸》也用了一首诗，不过改动得却无“谜”味：“前子系后子系，子系占了子系妻。大女子二女子，前人反被后人欺。要知冤枉事，决开火中水。”这首诗也没有被充分利用。孙大理向皮五及孝姑显灵虽提及这首诗，而包公得到这首诗后怎样解释、怎样写上放告牌的，都无交待。情节的安排未能起到必要的作用，对于一般小说来说，都是败笔，对于公案小说来说更是败笔。

《清风闸》写断案过程的情节还有不尽合理和疏漏之处。例如，孝姑仅是见到父亲显灵，并未亲见强氏和小继害死父亲。上告以后，包公不访查任何真凭实据就拘捕了强氏、孙小继，而强氏、孙小继在孝姑未拿出证据的情况下，一见她在公堂，立即吓得招供，这又不符合逻辑。再如，孙文理被伙计郎丰、毛顺谋害沉尸江中，小说未交待尸体是否被发现，就写包公去勘验尸体，而郎丰和毛顺在没有确凿证据的情况下，即被包公断为杀人凶手，这些都是疏漏之处。

正因为对断案过程的描写如此粗糙简单，《清风闸》中的包公形象就说不上成功，除了具有神异性（这并不是性格）以外，再没有其他诸如智慧、刚直等性格特点。作为一部中篇包公小说，不能不说这是很不足的。

五　长篇包公小说——《万花楼演义》

继中篇包公小说《清风闸》之后，清嘉庆年间又产生了一部长篇包公小说——《万花楼演义》。《万花楼演义》又名《大宋杨家将文武曲星包公狄青演传》或《大宋杨家将文武曲星包公狄青初传》，共十四卷六十八回。作者署名为“西湖散人”。书前有“叙”文一篇，后署“时戊辰之春自叙于岭南汾江之觉后阁云，鹤邑李雨堂识”。戊辰为嘉庆十三年（1808年），既云“自叙”，则“西湖散人”当为李雨堂。换言之，李雨堂即为该书的作者。遗憾的是他的生平资料难以觅见。从“岭南”“鹤邑”等地名看来，他大约是广东人。他的“叙”说：

书不详言者，鉴史也；书悉详而言者，传奇也。史乃千百季眼目之书，历纪帝王事业，文墨辈借以稽考运会之兴衰，诸君相则以扶植纲之准，法者至重至要之书也。然秉笔难详，大题小作，一言而包尽良相之大功；一笔而挥全英雄之伟绩，递史不得不简而约乎。自上古以来，数千秋以下，千百数帝王，万机政事，纸短情长，乌能尽博至？传奇则不然也，揭一朝一政之事，详一将一朝之功，则何患乎纸短情长哉！故史虽天下至重至要，然而笔不详则浅，而听之者未尝不觉其枯寂也。唯传虽无问于稽考扶植之重，如舟中寂寞伴侣已稀，遂觉史约而传则详博焉，是故阅史者虽多，而究传者不少也。更而追溯其源，虽非痛快奇文，焕然机局，较之淫辞艳曲，邪正犹有分焉。然好淫辞僻艳曲之辈阅此未必协心，唯正声传疾，淫艳者必以余言为不谬也。

李雨堂在这篇“叙”中将正史与传奇相比较，认为正史虽重要，但“不得不简而约”，而传奇却很“详博”。同时，正史让人感到“枯寂”，而传奇却可解“舟中寂寞”。进而认为，传奇（小说）“淫词艳曲”不可取，宜于像正史那样使“邪正犹有分焉”。正是这样的创作态度，使这部长篇小说具有了不同于其他包公小说的若干特点。

(一) "文曲星"和"武曲星"的联袂

"一言而包尽良相之大功，一笔而挥全英雄之伟绩，递史不得不简而约乎。"这是李雨堂对正史的不满所在。一朝历史，帝王固然占重要的位置，更多的却是由文武将相写就的。为"良相""英雄"传奇，就成了这部小说的选材视角，也就形成了将杨宗保、包公、狄青三位人物糅合在一起的特殊的故事格局。

狄、包二人虽同官仁宗朝，但在史籍中却未见交往。在包公故事盛传的同时，狄青也悄悄地走进文艺天地，开始扮演英雄角色。元代杂剧中即有吴昌龄的《狄青扑马》以及无名氏的《复夺衣袄车》《刀劈史鸦霞》等剧目。当然，他远没有包公那样幸运，那般大红大紫，描写他的故事的文学作品总的说来不多。

他们最先被《百家公案》糅合在一起。该书第四回《止狄青家之花妖》叙述狄青与杨文广征南弯，遇一女美貌异常，名曰梅芳华。狄青纳之，且甚贤淑，故而凡有达官贵人来，狄青即命她出见。然而一日包公来，狄青命她出见，她却坚辞不肯。狄青恼怒之下拔剑欲斩，她走入壁中，告知狄青，自己乃是梅花之妖，邪不胜正，难见包公，遂吟诗一首而逸去。这个故事开始了包公和狄青的合璧，并且也提到杨文广。

杨家将的故事与包公故事同步流传。罗烨《醉翁谈录》记载南宋时的话本有《五郎为僧》《杨令公》。元代杂剧也频频搬演着杨家将故事，现存的有《谢金吾诈拆清风府》《昊天塔孟良盗骨》，已佚的有关汉卿《孟良盗骨》、王仲元《杨六郎私下三关》、朱凯《孟良盗骨殖》等。此外，《孤本元明杂剧》收有《焦光赞活拿萧天佑》《杨六郎调兵破天阵》《开诏救忠》三种，已佚的尚有《三关记》《金锏记》《金牌记》传奇。特别重要的是在明中叶出现了长篇通俗小说《杨家府通俗演义》(《北宋志传》)，使杨家将故事更趋系统和丰富。

《万花楼演义》不仅把包公、杨宗保和狄青的故事糅合在一起，而且有了重要发展。

第一回至第四十三回，从狄青姑姑被征入宫赐为八王妻起笔，叙狄青遇鬼谷祖师指点练武，到京中与张忠、李义结为兄弟，在万花楼饮酒时打死奸党胡坤之子，受到包公的保护。后又历遭奸党的迫害，终于与姑姑狄太后相认，经比武而封官。奸党为害狄青，荐他押送征衣到杨宗保的边关。路上遭刺客暗害，又逢雨雪天气，征衣被强盗劫去，贻误期限，但狄青杀死西夏帅将，夺回征衣。杨宗保见其英武，上本表奏。朝中奸党却抓住他曾失征衣之事大兴波澜，欲置他和杨宗保于死地。

第四十四至六十一回则叙包公闻知杨、狄遭奸人陷害的消息，火速从进行赈济的陈州回朝。路经陈桥镇，巧认几十年前被刘后陷害的李妃。回朝后，包公劾斩奸党，又审郭槐，使李妃与仁宗母子相认。自此朝中忠良得势，狄青等武将在边关亦屡次奏捷，最后以赐杨宗保之子杨文广与西夏百花公主定婚结束。

或许是杨家将的故事已经广为流传，并有小说可资阅读的缘故，《万花楼演义》对杨家将的描写比较少，侧重于狄青和包公故事的铺写，并为他们的合传杜撰了天上的渊源。小说第三回交待：

又说狄青乃武曲星君降世，为大宋撑持社稷之臣。……又言江南省苏州府内包门三代行孝。初时，玉帝原命武曲星下界，降生包门。有文曲星听了玉旨差走武曲，他亦请求下凡，先造包氏家降生了，故玉旨命敕武曲往狄府临凡。及各凶星私走下凡者甚多，大宋委曲讼狱者不少，故应于文武二曲除寇攘奸，故今大宋文包武狄，在仁宗之世，非此二臣不能安邦定国也。

把包公和狄青说成是文、武曲星下凡，让“文曲星”和“武曲星”联袂，又辅以杨家将故事，表现了包公小说的题材内容有进一步的拓展，具有了公案小说与英雄传奇合流的意味。

（二）忠奸之争

“更而追溯其源，虽非痛快奇文，焕然机局，较之淫辞艳曲，邪正犹有分焉。”李雨堂的这几句话表露了这样一个意思：那些说男女爱情的小说并不足取，自己的《万花楼演义》却表现了“邪正”之分。换言之，“邪正”之分，即忠奸斗争，就是他的创作中心。

阅读了小说便不难发现，他的这一创作意图确实贯穿其中。小说写进了宋仁宗一朝的众多人物，有的实有其名，有的托名或虚构，但明显分成忠正、奸邪两个队列。以包公、狄青、杨宗保等人为代表的忠良正直之臣，他们或文或武，文的在朝中勤勉于政事，是非分明，主持正义；武的在边关戎马倥傯，抵御西夏入侵，克己奉公、纪律严明。庞洪、孙秀、胡坤、沈国清、郭槐等则构成了一个奸臣队伍。整部小说的情节就是以忠奸斗争为线索展开的。

在中国封建社会，奸臣扰乱朝政、祸国殃民是反复出现的现象，直接联系着历史的某一本质方面。《明史》在《奸臣传》里说他们“窃弄威柄，构结祸乱，动摇宗祐，屠害忠良，心迹俱恶，终身阴贼”，集中体现了统治者腐朽的本质。实际上，这是封建中央集权制衰败的产物。

明代以后一方面是中央集权制空前加强，一方面又是权奸频繁出现。明朝三百余年，先后有汪直、刘瑾、王振、严嵩、魏忠贤诸奸作乱。入清后，仍然或缓或剧，绵延不绝。这实际上是封建社会步入晚期后政治衰落的表现。这种现象反映在文学创作中，便涌现了大量以忠奸斗争为主题的戏曲小说。李开先的《宝剑记》、王世贞（或其门人）的《鸣凤记》、李玉等人的《清忠谱》都间接、直接地批判了权奸，歌颂了忠臣义士。孔尚任的《桃花扇》更是指责权奸误国，断送了明朝三百年基业。《梼杌闲评》等小说，也是以揭露魏忠贤等权奸的劣迹为主要内容的。

《万花楼演义》正是秉承上述文学创作的反权奸传统，对权奸作了多方面的揭露和批判。

1. 揭示了奸佞的内心世界——私欲的膨胀

奸佞往往与小人联系在一起。他们的种种恶德恶行，总是导源于他们内心的私欲，是私欲极端膨胀的结果。这种私欲无非是钱、权两物。为了钱、权，他们可以冒天下之大不韪，用尽心机，暗算、屠戮，无所不为。

小说第三回写奸臣孙秀奉旨到山西抚慰被征选的美女父母，每家钦赏白银二百两，孙秀却私扣八十两，共得赃金六千四百两。动身回朝时，各府、司、道官员送礼，他又一概收领，共得赃银三万余两。

第四十回写被杨宗保所杀的假冒大功之徒李成之妻沈氏，到朝中要替丈夫报仇，其兄沈国清托于庞洪。庞洪直接向他索要了四万两银子，然后昧心为沈氏出谋划策，弹劾杨宗保。金钱使奸臣双眼放光，权欲同样使他们不顾一切。庞洪乘沈氏上告之机弹劾杨宗保，一方面为了四万两银子，另一方面也为了权势。“杨宗保身居二十六七秋元帅，眼底无人，不看老夫在目中”，所以他用尽心机，要将保疆卫土的杨宗保除掉。

狄青打死为非作歹的恶霸胡坤，成为一班奸臣的仇敌，他们千方百计要除掉狄青，谁知他与姑姑狄太后相认，教场比武后又封一品提督。狄青身份的变化，意味着奸臣在攫取权力时又多了一个拦路虎。为了除掉狄青，他们想出了一条毒计：让狄青押解征衣到边关去，暗中寄书仁安知县王登和潼关马总兵害死狄青。寒冬之际，杨宗保连上三本催要征衣，因为它关系着戍边将士军心是否稳定，进而系结着国家是否安全。奸臣们为排除夺取权力的障碍，根本不顾大局，在私欲和国家安危的天平上，他们完全倾斜于私欲一边。

2. 揭露奸臣结成私党，排斥异己，荼毒百姓

为了最大限度地满足私欲，奸臣们必须拉帮结派，形成一定的政治势力，互相庇护，才能立足朝廷，进而获取更多的金钱和权力。《万花楼演义》写了一个以庞洪为中心的奸佞私党。

庞洪有女儿为贵妃，在奸臣中他的地位最高。他的另一个女婿孙秀本是知府，因善于行贿，先拜在大奸臣冯丞太尉门下，又婚赘于庞洪，所以由府而道，官职不断升迁，最后竟窃取到兵部大司马之职。制台胡坤是庞洪的门生，沈国清也称他为“老师”。这样他们就结成一个可观的帮派，沆瀣一气，狼狈为奸。孙秀到山西抚慰美女父母，得赃银三万两，回朝后分为三股，与冯丞、庞洪分赃。狄青打死胡坤之子胡伦，就成为他们共同的敌人。他们处处构陷，残害忠良。包公、杨宗保、韩琦诸人忠鲠无私，便成为他们共同的对头。奸佞百般寻衅，排斥异己。

小说还描写了他们与人民群众的对立。胡坤之子胡伦横行跋扈，“日日带领十余个家丁，倘愚民有些小关犯于他，即时拿回府中，登时打死”。他强占了民间酒店万花楼，不许任何人到楼上去，“如有违命者，立刻拿回重处”。所以狄青等三人打死他后，百姓“好不称快。只为胡伦平日欺压众民，被害过多，今日见三人乃外省人氏，打死了他，犹如街道除去猛虎，十分感激三人”。孙秀之弟孙云同样横行乡里，强抢民女，囚禁乡民，无恶不作，遭到张忠、李义的教训后，竟然贿买磨盘山强盗抢去边关急用的征衣。这些描写把忠奸斗争延伸到更多的领域，丰富了小说的内容。

3. 揭露了奸臣出现并得以存在的土壤——封建专制制度

封建政治是君主专制。君王集大权于一身，任好恶以决策，往往听佞信

谗，为奸臣的出现和存在准备了条件。奸臣在朝中“窃弄威柄”，排斥异己，荼害忠良和百姓，没有皇帝的宠信是不可能的。

《万花楼演义》中的奸臣正是依恃皇帝的姑息庇护才酿成气候。且看：庞洪的女儿晋为贵妃，而且深得仁宗的宠爱，庞洪遂得以当朝太师的身份勾连党羽，与忠臣良将作对。宋仁宗却不断地为他庇护。

第五十回，包公审清沈氏为报夫仇诬陷杨宗保的案情，上殿禀奏，提及主唆之人，断言为“一品大臣”，小说写道：

“君王听了包公说到朝内一品大臣，心中岂不明白？无非是国丈主唆的。倘若被他说出来，叫朕如何处分？不如及早兜收的可也。又道：‘包卿，朕思主唆之人，非是正案所关者，卿不须多究了。’轻巧地放过了陷害忠良的奸臣。”

在中央集权制的封建政治体制下，如果君主贤明，奸臣们可乘之隙就少；如君主昏庸，就给奸臣们提供了更多的窃威弄柄的机会。小说写庞洪等奸臣屡次兴风作浪，正是因为仁宗昏昧，朝政大事难于断决是非。庞洪借沈氏之力诬陷杨宗保，仁宗难于判明，反而派孙秀之弟孙武暗往边关清盘杨宗保的仓库。孙武去后，为庞洪向杨宗保索要贿赂，遭到焦廷贵的殴骂。杨宗保将孙武连同焦廷贵一同押回朝廷，仁宗却听信庞洪之言，又派孙武前往边关，斩杀杨宗保和狄青，昏昧得连边关都不顾了。该回评语道：

“仁宗在位四十二年，史称贤君，第其政得失相兼，皆由忠奸混淆之弊。”

这仅是对历史上仁宗的评价。而在小说里，他是个地道的昏君。具有讽刺意味的是，小说里连庞洪私下也呼其曰“昏君”。有昏君必有奸臣，权奸擅政意味着政权腐朽，必致祸国殃民，甚至断送了一个朝代。中国的历史一朝一朝地重复上演此类悲剧，而其根源乃是封建专制制度。

(三) 忠臣型的包公

在以往的包公小说、包公戏中，包公是一个解民于倒悬、为民做主的地方官，是一个清正廉洁的清官，是一个善断疑案的东方福尔摩斯。在他的形象里寄托着善良而备受欺凌的人民的愿望。《万花楼演义》中的包公则从民间型的清官转化为忠臣型的清官，转化为积极参与朝廷忠奸斗争的忠臣。他的对手也从横行街市的“权豪势要”和谋财图色的凶犯，转变为陷害忠良的奸臣贵戚，市井色彩大大减弱了；他从代表受冤屈百姓向强权人物作斗争，转向统治阶级内部斗争。

小说虽也写到他对百姓的态度，例如第七回，他闻知狄青打死市井恶霸胡伦，觉得这是“为民除害”。然而，这仅是稍带的一笔。他之所以觉得快慰，更重要的是对胡伦父亲胡坤的不满，认为“老胡奸贼，纵子不法，横行无忌，几次要擒他破绽收除，奈无机窍”。他主要是从忧虑朝中奸臣歹恶的角度考虑问题，既然是奸臣之子被打死，他不再顾及任何法律条文，开释了狄青。

小说也写到包公勤勉于政事，经常带着张龙、赵虎在街市上日夜巡查。然而，这种巡查的安排不是出于对包公爱民性格的塑造，而是为了使他及时保护忠良。书中有两次巡查：第一次正是狄青在万花楼打死胡伦，他救下了狄青；第二次是狄青认姑后，夜间酒醉，穿着表兄潞花王的衣服去杀庞洪，岂知酒劲涌上来，竟在路上睡倒，恰巧庞洪和孙秀路过，将他绑缚起来，包公迎面碰上他们，将狄青劫留下来，救了他的性命。显然，这两次巡查都出自人为的安排。如果说表现了包公的性格的话，则正如第一次巡查时交待的：“只因目下奸党甚多，恐他作弊端陷民”，其目标仍然是“奸党”。

为了突出包公的忠臣风范，小说更多地描写了他的耿直，以之与庞洪、孙秀等奸佞之臣相交锋。胡坤之子被狄青打死，孙秀到包府求情，要他严惩狄青。包公冷言相对：“倘国家大事，大人可以到来相商。如今不过是一桩误伤人命，不是什么大不了的事，若要私说情面，休得多说。”孙秀道：“包大人，尔说的多是蛮话。”包公答道：“下官原是蛮话，只要蛮话蛮得有理就是了。”蛮话、蛮举表现了他和奸贼的水火不相容。

然而，对于忠臣义士，包公却化“蛮”为柔，甚至曲意加以回护。狄青被庞洪荐举押解征衣，其中自有奸臣机谋，包公告诫狄青道：“王亲此去押解征衣，是庞老贼荐的，谅有奸谋，路途上须要提防。又属重任之事，倘然途中阻隔，误了批期，杨元帅执法无情，不认汝是王亲，定然正法不饶。如今下官预修书一封，汝且带藏在身，倘恐违限期，自有照应。”

胡伦被打死后，孙秀说情遭到他的拒绝，这是忠耿之举；狄青押解征衣，若违期限，同样应受处罚，而包公不责勉狄青按期送达征衣，反而为他修书说情，表明了他对忠、奸迥然相反的两种态度。

应该承认，小说对包公故事作了新的发展，这特别集中在第四十五到六十一回中。

第四十五回写沈氏哥哥沈国清拜求庞洪构陷杨宗保，其妻尹氏力谏不成，遂自缢而死。沈国清恼怒之下，将她裸葬于土中。她的冤魂向包公告状，使包公得知了朝中奸佞生祸的消息。这是新增的一段故事。

第四十六回至六十一回叙包公速速还朝，在陈桥镇被一阵怪风刮去乌纱帽，他命张龙、赵虎捕捉“落帽风”，引出李妃告状。包公回朝后先审沈国清，又审郭槐，中间还有同乡同年王御史为贪财宝假审郭槐，被包公发现并斩首的一段插曲，最后终于断明李妃之冤，使仁宗母子喜庆团圆。这段断后故事使包公卷入最高统治集团内部的斗争，是他从民间型清官走向忠臣型清官的突出标志。

在《百家公案》《龙图公案》中虽也已经出现断后故事，但描写比较简略，而这里却写得丰富，其中有些细节安排得也更为合理，直接被用来表现忠奸斗争的主题。

小说让尹氏冤魂向包公告状，使远在陈州放粮的包公得知朝中奸臣正阴谋残害杨宗保、狄青等忠良之辈，同时通过尹氏之口使他明白了自己的威严可以阻止奸臣的阴谋得逞。从情节上说，忠奸冲突必须由他出来解决。包公夜筑乌台、冤魂告状等神异描写，使包公未回朝中已尽知朝中之事。回朝后，他凭着这些已知的情形迅速制服奸臣，使他们措手不及，只能“眼睁睁”地听凭包公断案。

历代的忠奸斗争，常出现忠臣义士惨遭杀戮的情况，作者不愿让忠臣义士遭到这样的下场，而要以胜利告终。

庞洪有女儿在仁宗前进言，包公虽然耿直也无奈他何，于是安排包公断李妃冤案，成为国母和皇帝的恩人，这样便有了更大的权力和依靠，以保护杨、狄等忠良之辈，压制庞、孙等奸臣。果然李妃进宫后，他告诫仁宗不要宠幸庞妃，庞洪痛感：“女儿不得圣上喜欢，老夫有机窍事与女儿通关节，思不准了，怎生是好?”尽管他贼心不死，但是再也无力与忠良们为敌了。而狄青终封边关元帅，担起重任；杨宗保虽报国而亡，儿子杨文广又成武将，战场上与百花女结为夫妇。以忠良喜而奸佞愁结束全书，完成了忠奸斗争的主题。

《万花楼演义》中变形的包公形象是不成功的，它失却了以往文学作品中包公身上的民间色彩和诸多光辉，被作者当成宣扬“忠”必胜“奸”的传声筒，是个概念化人物。他之所以保护杨宗保、狄青，弹劾奸臣，乃是因为担心“擎天栋柱忠良，被其尽情一网打尽，圣上江山谁与保守”。他可以与奸臣相争相斗，对君王却唯唯诺诺。

第五十回写包公勘得庞洪代沈氏构陷杨宗保，向仁宗禀报，仁宗知道是庞洪所为，叫他“不须多究了”。小说接着说：

“当日，包公也猜得君王之意，定碍国丈之故，只得做个人情，称言‘领旨’。”

这样的形象或许符合历史上诸多忠臣的实际情况，但是离人民群众的思想愿望却很远了。

六　影响最大的包公小说——《三侠五义》

光绪五年（1879年），《三侠五义》刊行，一时风行海内。它还被译为外文，流播海外。在近代小说中，《三侠五义》是深受下层人民喜爱、读者最多的一部，其影响至今未歇，在当代的武侠小说创作中仍时时见其遗风。那么，《三侠五义》的作者是谁？它是怎样创作出来的呢？话得从头说起。

（一）石玉昆及《三侠五义》的成书

《三侠五义》的始作者是石玉昆。

石玉昆，字振之，天津人，是嘉庆、道光年间北京名噪一时的说书艺人，而使其名声大震的节目正是包公案的故事。道光年间的子弟书《石玉昆》评说他“高抬身价本超群，压倒江湖游业民。惊动公卿夸绝调，流传市井效眉频。编来宋代包公案，成就当时石玉昆。”可见他在当时已经名传遐迩了。

他所讲说的故事有《通天河》《青石山狐仙传》《风波亭》《枚生盘盒打御》《小包村》《招亲》《包公上任》《乌盆记》《相国寺》《七里村》《九头案》《巧换藏春酒》《三试项福》《苗家集》《铡庞坤》《齐天庙断后》《南清官庆寿》《三审郭槐》《李后还宫》《包公遇害》《召见南侠》等二十一种（见《子弟书目录》）。除了前四种，后面十七种均为包公故事，也即《三侠五义》前二十二回的内容。

石玉昆的说书艺术水平是“超群”的。道光年间的礼部尚书富察贵庆《知了义斋诗抄》中，有一首专咏石玉昆的七律诗，其序说：“石生玉昆，工柳敬亭之技，有盛名者近二十年。”柳敬亭是明末著名的说书艺人，造诣非凡，贵庆认为石玉昆可以与之相媲美。

子弟书《石玉昆》描写得更加详细，说：“只见他款定三弦如施号令，满堂中万籁寂寞鸦雀无声。但显他指法玲珑嗓音嘹亮，形容潇洒字句清新。

令诸公一字一夸、一字一赞，众心同悦、众口同音。”他在“关闭多年杂耍馆”说书，听众竟然“过千人”。看来，不仅是包公故事“成就当时石玉昆”，反过来，石玉昆的艺术水平又促使包公故事更广泛地流传，并形成了影响最大的包公小说《三侠五义》。

石玉昆同扬州评话艺人浦琳一样，说书的艺术水平高，但文化水平有限，要把口头讲说的故事变成案头小说是力所不能及的。这个任务落在一批有较高文化素养的听众身上。

最先出现的是传抄本《龙图耳录》。“耳录”之名即表明这是听说而记录下来的。孙楷第《中国通俗小说书目》卷六说，《龙图耳录》“诸本多序跋。余藏抄本第十二回末有抄书人自记一行云：‘此书于此毕矣。惜乎后文未能听记’。知此书乃听《龙图公案》时笔受之本。听而录之，故曰《龙图耳录》。”

光绪年间，吏部文选司郎中崇彝在其《道咸以来朝野杂记》中也有一段记载，他说聚珍堂“所印之包公案最有名，因此书本无底本，当年故旧数友每日听评书，归而彼此互记，因凑成此书。……此道光间石玉昆所传也。”这里，崇彝说听书者“归而彼此互记”，说明《龙图耳录》不是一人记录的，而是“数友”听书后，互相补充记录下来的，与孙楷第先生所藏本中抄书人的自记正相吻合，否则“此书于此十二回毕”后，则不成长篇故事了。

崇彝在这段记载中还用小字注出两位记录者：“有祥乐亭、文冶庵二公在内。”祥乐亭生平事迹无考，但文冶庵即文良。崇彝说：“咸丰、同治间，京师藏书之家，以文冶庵良、锡厚庵缜二公最负时名。文官四川道员，其家藏书富而精，最讲版本，丛书尤备。”他与《儿女英雄传》的作者文康属兄弟辈，有藏书之癖，自然成了石玉昆讲说《龙图公案》的记录者。

《龙图耳录》的成书经历了直录其辞和加工润色两个阶段。本来，石玉昆讲说包公故事是有说有唱的，而且唱词占了相当大的比重。文良等人将说白、唱词一同记录了下来。原中央研究院收藏的《龙图公案》说唱本，北京首都图书馆所藏本王府唱本《包公案》均是唱、说兼备的。这种带唱词的本子在当时就被乐善堂、百本堂等书肆印行出售。乐善堂抄卖唱本《书目序》即道：“本堂抄卖……石派带赞新书。”所谓“石派带赞新书”，即指石玉昆所讲唱的包公故事。

然而，这种带唱的抄本毕竟不是小说。后来有人删去唱词赞语，并加工润色，遂成为通行的《龙图耳录》。现存的谢蓝斋刊本《龙图耳录》卷首道：

“《龙图公案》一书，原有成稿，说部中演了三十余回，野史内续了六十多本，虽则传奇志异，难免鬼怪妖邪，今将此书翻旧出新，不但删去异端邪说之事，另具一番妙慧，却攒出惊天动地之文。”

这段文字表明，从说唱本到小说《龙图耳录》，确实经过了一番加工：加工之一，删去唱词、赞语，改成白文；加工之二，内容上还“删去异端邪说之事”。无论是内容还是形式，较之石玉昆的说唱都有了提高，变成了真正的小说。石玉昆是始作者，而这些加工润色的人是第二作者，其中可能就有文良。

《三侠五义》就是在业已成书的《龙图耳录》的基础上删订并印行的。它最先是由北京聚珍堂于光绪五年（1879 年）梓刊，书名为《忠烈侠义传》，卷首有问竹主人、退思主人及入迷道人的序文。问竹主人的“序”说：

“是书本名《龙图公案》，又曰《包公案》，说部中演了三十余回，从此书内又续成六十多本，虽是传奇志异，难免怪力乱神。兹将此书翻旧出新，添长补短，删去邪说之事，改出正大之文，极赞忠烈之臣、侠义之士……故取传名曰‘忠烈侠义’四字，集成一百二十回。”

入迷道人(文琳)的“序”则称：

“辛未（同治十年，1871 年）春，由友人问竹主人处得是书而卒读之，爱不释手。……是以草录一部而珍藏之。乙亥（光绪元年，1875 年）司榷淮安，公余时重新校阅，另录成编，订为四函，年余始获告成。去冬（光绪四年，1878 年），有世好友退思主人者，亦癖于斯，因携去，久假不归，是以借书送迟嘲之，渠始嗫嗫言爱，竟已付刻于聚珍版矣。”

退思主人的“序”称：

“戊寅（光绪四年，1878 年）冬，于友人入迷道人处得是书写本，知为友人问竹主人互相参合删定，汇而成卷，携归卒读，爱不释手，爰商两友，就付聚珍版以供同好云尔。”

综合三篇序言，我们可推知《三侠五义》的刊行过程如下：

首先是问竹主人的删改。他的序文显然是自序的口吻，入迷道人说：“由友人问竹主人处得是书。”而退思主人说得更明白：“为友人问竹主人互相参合删定。”不过，问竹主人的自序与前引谢蓝斋本《龙图耳录》卷首的一段文字几乎完全相同，其原因何在呢？

可能的情形是这位问竹主人本来就是《龙图耳录》的加工者之一，尤其是谢蓝斋本的加工整理者。他先整理了《龙图耳录》，以抄本形式流传，在退思主人付印时，他将原先写于《龙图耳录》卷首的一段说明文字用之为序，更其名曰《忠烈侠义传》。

其次，入迷道人从问竹主人那里得到《龙图耳录》后，在任淮安司榷期间“公余时重新校阅”，或许更正了一些错讹之字，并“另录成编”，使之更加精致。最后，由退思主人“借”去付刻梓印成书。

与《龙图公案》相比较，《三侠五义》在内容上确实删除了不少“怪力乱神”之类的情节描写，在语言上则删却了《龙图耳录》中穿插其间的一些“趣语”，淡化了说书人的口吻，换之以第三人称的叙述语言，小说味更浓。

光绪十五年（1889年），著名学者俞樾（曲园）在苏州见到潘祖荫从北京带来的《三侠五义》，大感兴趣，但觉得“第一回叙狸猫换太子事，殊属不经，乃为别撰第一回，援据史传订正之”。又以书中称“侠”的有展昭（南侠）、欧阳春（北侠）以及丁兆兰、丁兆蕙（双侠）四人，加上小侠艾虎、黑狐妖智化和小诸葛沈仲元，共是七人，遂更书名为《七侠五义》。这样，小说的流传影响更广泛了。

附骥尾者有《小五义》及《续小五义》等作。它们不过是图占《三侠五义》的余荫而已，内容侧重描写武士侠客除奸，且多荒诞不经，于包公故事描写甚少，因而难以视之为包公小说了。

（二）公案和侠义的合流

《三侠五义》和《万花楼演义》一样，在叙述包公故事的同时，夹杂了其他的故事内容。《万花楼演义》是将包公（文曲星）、狄青（武曲星）和杨家将的传奇故事糅在一起，具有公案小说与英雄传奇合流的意味。《三侠五义》则是由包公断案与侠客义士的传奇故事串成的长篇小说，按照学术界一般的说法，是公案和侠义的合流，在题材处理上可谓别具一格。

小说前二十六回主要写包公故事，但与以往的各种包公小说不同，它将包公的身世传说和断案故事串连了起来，按照时间顺序加以叙述。正如鲁迅先生在《中国小说史略》中所道，“组织加密，首尾通连”，给读者的印象是一篇包公的传记。这对于包公故事说来是一个大的发展。书中所写的包公故事，有一部分来源于以往的包公小说、戏剧，但有变化：

第一回和第二回叙包公出身，基本上来自《百家公案》和《龙图公案》中的《包待制出身源流》和《包公传》。丰富之处有二：一是添出了二兄包海夫妇设法害死包公和包公得青铜镜之事；二是包公父亲包十万厌憎儿子的笔墨更多。

第五回叙包公初任定远县，张别古携乌盆告状，这个断案故事早在元代即有杂剧《盆儿鬼》，《龙图公案》中亦有《乌盆子》，只是人名不断更换。小说叙包公对赵大用刑过度致其丧生，照例革职。成化说唱词话刊本《包待制出身源流》中亦有此情节。

第六回叙包公革职后隐住相国寺，后由丞相王芑举荐给仁宗，亦见于成化说唱词话《陈州粜米记》。

第十五回至十九回叙包公认李妃、审郭槐，在《龙图公案》中即有《桑林镇》，《万花楼演义》中叙述更为详细。不过这里所叙有较大更动：地点由《万花楼演义》中的陈桥镇改为草州桥。包公为不走漏风声先行假认李妃为母，将她接回开封府同住，其妻李氏夜祈雨露，治好李妃眼睛。后先由狄妃认李妃，继而仁宗认母，最后才审问郭槐。包公立此大功，也被封为宰相，权力更大。

第二十三回至二十七回叙范仲禹进京考试，被威烈侯葛登云抢去妻子白玉莲，又被他乱棍打疯，白玉莲自尽而死，又与被李保害死的屈申（屈胡子）错尸还魂，包公用青铜镜让他们魂魄各归其身。此情节见于传奇剧《琼林宴》，剧本已佚，但《曲海总目提要》卷三十五有介绍。

新增加的故事有：第三、第四回包公在隐逸村除妖及与吏部天官李文业之女联姻，使包公由以往故事中的"单身汉"变成了"有妇之夫"。第五回包公初任定远县，接连破了木匠吴成杀僧和皮熊与毕氏通奸谋杀其夫杨大成案。第七回至第十五回全属新编故事，其中有公孙策入开封府成为包公助手。他私访七里村，又为包公筹划，将仁宗所赐"御札"打造成龙、虎、狗三种"御铡"，成为近世流传最广、也最代表包公执法不阿精神的刑具。庞太师之子庞昱在陈州荼害万民，百姓告状，包公查赈陈州，路上审了无头案，又在展昭的帮助下，擒斩了庞昱。第二十回叙庞太师为报子仇，请道士用魇魔法暗害包公，复由展昭潜入太师府，杀死道士，解除魔法，包公将展昭荐于皇上，被封"御猫"。这些新出的故事对近代地方戏有较大影响，多被改编上演。

自第二十八回以后，小说由包公转向对侠客义士的描写。包公虽偶有出现，但已不是主要人物。

第二十八回至五十八回叙展昭因帮助包公有功被封"御猫"后，引起陷空岛“五鼠”——钻天鼠卢方、彻地鼠韩彰、穿山鼠徐庆、翻江鼠蒋平、锦毛鼠白玉堂的不满，尤其是白玉堂少年任性，竟然不听其余四“鼠”劝告，到汴京找展昭比试高低，路遇赶考的颜查散主仆，结伴同行，至汴京后，颜查散被诬入狱，白玉堂多方解救，并大闹开封府，盗走包公“三宝”。展昭回乡祭祖，与茉花村双侠丁兆兰、丁兆蕙相遇，并与丁氏的姊妹联姻；回开封后又前往陷空岛索取“三宝”，被白玉堂所赚，后经卢方、徐庆、蒋平并丁氏兄弟帮助，取回宝物。白玉堂也拜服诸侠，同到开封府，被仁宗授四品护卫。

第五十八回至六十八回叙蒋平四处寻访被自己气走的彻地鼠韩彰，又引出北侠欧阳春除却恶霸马刚，三人一同追杀淫恶之徒花蝴蝶，蒋平与韩彰终于和好，同归开封府。

第六十九回至八十四回主要叙北侠欧阳春故事。霸王庄马强乃马刚宗弟，仗着叔父马朝贤为朝中总管横行不法。新任杭州太守倪继祖微服私访，亦被其拘禁，欲行杀害。他还设立招贤馆，聚集各路强梁，欲与襄阳王通结谋反。欧阳春救出倪继祖，逮获马强。朝廷审案，白玉堂奉命传欧阳春对证，两人比试，玉堂败输，由丁氏兄弟调解，欧阳春遂与玉堂进京。原为马强门客的黑狐妖智化和徒弟艾虎愤于马朝贤羽翼马刚、马强，设计盗来皇宫内珍珠九龙冠，暗置马强家，由艾虎出告马朝贤与襄阳王暗通，有不轨之心。马朝贤因此被斩首，马强亦未能免。

第八十五回后，叙襄阳王谋反之心愈显，各路义士均往襄阳。中间穿插襄阳太守金辉之女金牡丹与施俊的婚姻波澜。众义士至襄阳后，保护钦差颜查散免遭刺客毒手，又寻得被盗之印。白玉堂一意孤行，误陷铜网阵惨死。众义士用计赚取襄阳王同党钟雄，小说便于此结束。

小说将展昭取名“御猫”，又将陷空岛卢方五兄弟名之曰“鼠”。由“猫”“鼠”相争引出一段故事。这种安排，似乎受《玉面猫》故事的影响。

《玉面猫》故事最早见于《三宝太监西洋记通俗演义》，书中第九十五回目即为《五鼠精光前迎接，五个字度化五精》，叙五个鼠精先后变成假店主、施俊、王丞相、仁宗、国母、包公大闹东京，后来包公至西天雷音寺借来“金睛玉面神猫”方将五鼠收伏。该故事在《百家公案》中名《决戮五鼠闹东京》，《龙图公案》中径名《玉面猫》。

此外，第八十八回至九十回所叙施俊与金牡丹婚姻波折，人名与《玉面猫》和《金鲤》中的相同，且有佳蕙权充牡丹小姐情节，似将两故事串和在一起改造而来。

但无论上述情节有无来源，都已变成新的故事，围绕着侠客义士而展开，没有多少神怪灵异的色彩了。

总之，《三侠五义》在题材上将公案故事和侠客义士的传奇糅合在一起，由包公为主干联络起南侠展昭、陷空岛五鼠、茉花村丁氏双侠、北侠欧阳春等众多好汉，对以往旧故事有所继承，但发展更多，构成了一个不同于以往作品的新的故事情节。

(三)“帮助政府”和“为市井细民写心”

鲁迅先生在《中国小说史略》中评论说：

《三侠五义》为市井细民写心，乃似较有《水浒传》余韵，然亦仅其外貌，而非精神。时去明亡已久远，说书之地又为北京，其先又屡平内乱，游民辄以从军得功名，归耀其乡里，亦甚动野人歆羡，故凡侠义小说中之英雄，在民间每极粗豪，大有绿林结习，而终必为一大僚隶卒，供使令奔走以为宠荣，此盖非心悦诚服，乐为臣仆之时不办也。

在《中国小说的历史的变迁》中，鲁迅先生再次评论了《三侠五义》：

其中所叙的侠客，大半粗豪，很像《水浒传》中底人物，故其事实虽然来自《龙图公案》，而源流则仍出于《水浒传》。不过《水浒传》中人物在反抗政府，而这一类书中底人物，则帮助政府，这是作者思想的大不同处，大概也因为社会背景不同之故罢。

鲁迅先生以思想家和小说史家的双重眼光，准确地指出了《三侠五义》和《水浒传》在思想内容上的本质区别。的确，《三侠五义》在思想上未能逾越封建主义体系，小说中的包公对宋仁宗唯命是听，十分驯服，心中常常想着圣上的“隆眷”，把“不负朝廷”摆在“为民除害”之上，忠君思想很浓厚。小说中描写了不少侠客义士，他们一个个归附于包公门下，为他效力，而包公又是尽心于圣上的，这样，无论是清官还是侠客义士，都成为圣明天子统治天下的工具，尤其是后者，显得奴性十足，如第二十二回包公带展昭参见仁宗、表演武艺时的一段描写：

天子看至此，不由失声道：“奇哉！奇哉！这哪里是个人？分明是朕的御猫一般！”谁知展爷业已听见，便在房上与圣上叩头。众人又是欢喜，又替他害怕。只因圣上金口说了“御猫”二字，南侠从此就得了这个绰号，人人称他为御猫。

展昭在这之前暗中帮助包公除暴安良，颇有“绿林好汉”的风姿，但是面见皇上后，他却俯首帖耳，甚至听见仁宗随口说声“御猫”就“与圣上叩头”，其奴性就暴露无遗了。

白玉堂大闹东京，无人可以奈何，但最后也“罪衣罪裙”地拜见仁宗，博得个四品带刀护卫之职，而且“奉旨”前去捉拿除暴安良的北侠欧阳春。这些描写的的确确表现了“帮助政府”的意图。

《三侠五义》固然有鲁迅先生指出的思想缺陷，但也不是毫无价值可言。解放后出版的一些论著往往把它等同于《施公案》《彭公案》，认为它是“为封建王朝招降纳叛的一种重要工具”，这是不恰当的。《三侠五义》虽然也写各路侠客义士归附于包公门下，“不反对政府”，但他们的对立面是奸臣而不是农民起义，此书毕竟不像《施公案》《彭公案》那般地把农民起义军视为寇仇。何况它“为市井细民写心”，在一定程度上揭露了封建社会的黑暗，反映了市井细民的思想愿望。

首先是包公形象具有一定的人民性。作品尽管也多次提及他感戴圣上“隆恩”，但仍然继承了以往民间包公传说的优秀成分，把他塑造成一个公正廉明、敢于为民请命的形象。

他初任定远县，立即断出吴成谋财杀僧案，表现出他具有高度的智慧和实地调查的断案作风。

作品着力表现了他与奸臣庞吉的矛盾，但这种忠奸斗争的外延却已经伸展到统治者与人民的对立上。庞吉之子庞昱到陈州赈济灾民，乘机大肆荼害百姓。平民田起元的妻子金玉仙进香，被他看见，立即将她强抢而去，并将田起元送县监禁。陈州灾民被逼得背井离乡，第十一回写展昭碰到逃难的灾民，他们控诉道：

“只因庞太师之子安乐侯庞昱奉旨放赈，到陈州原是为救灾民，不想他依仗太师之子，不但不放赈，反将百姓中年轻力壮之人挑去造盖花园，并且抢掠民间妇女，美貌的作为姬妾，蠢笨者充当劳役。这些灾民本就不能活，这一荼毒岂不是活活要命么？因此我等往他方逃难去，以延残喘。”

为此，包公上奏仁宗，指责他不该重用椒房宠信之人，“直说圣上用人不当，一味顶撞言语”，为民请命甚至直言犯上，连公孙策也为之捏把汗。到陈州后，他用龙头铡斩杀庞昱，为民除害，又开仓放粮，使“万民感戴，欢呼载道”。作品中的包公，一方面维护封建王朝的利益，另一方面又能救民于水火之中，因而受到百姓的爱戴。

其次，小说中的侠客义士尽管归附了朝廷，但他们不是去镇压“绿林好汉”，而是除暴安良，济危扶困，同样符合人民的愿望。

为了服务于忠奸斗争的需要，小说往往把侠客义士的除暴安良与杀奸除贼联系在一起描写。例如，包公前往陈州斩除庞昱，展昭便屡屡通报消息，又协助包公拦截了畏罪潜逃的庞昱，使包公顺利地斩杀了这个恶贼。

第七十二回写霸王庄庄主马强“倚仗朝中总管马朝贤是他叔父，他便无所不为。他霸田占产，抢掠妇女”，为害一方，先后抢掠了良家女子朱绛贞和锦娘，甚至拘禁微服私访的太守倪继祖。北侠欧阳春义除马强，救出受害的朱绛贞以及倪继祖。智化、艾虎又智盗御冠，移赃于马朝贤，终于使有所怙依的马强人头落地。

第九十二回写襄阳王私党蓝骁占据黑狼山，剥削百姓，连绿鸭滩十三家渔户也不放过，“定了规矩，每日着一人值日，所有山上用的鱼虾，皆出在值日的身上”。襄阳王不仅图谋反叛，也是百姓所痛恨的一大害，第一百零一回写颜查散巡按襄阳，“接了呈子无数，全是告襄阳王的；也有霸占地亩的，也有抢夺妻女的，甚至有稚子弱女之家无故被搜罗入府，稚子排演优伶，弱女教习歌舞。黎民遭此惨害，不一而足”。他们既是奸臣，又是百姓的仇敌，侠客义士翦灭他们，既维护了封建政权的安宁，同时也为民除了害。

值得重视的是，小说还跳离了忠奸斗争的框架，描写侠客义士除暴安良、济危扶困。

第十三回写展昭、白玉堂在安平镇酒楼上看到一幕剥削者为富不仁的场景：苗家集土豪苗秀向一老者逼债，“老者上得楼来，衣衫褴褛，形容枯瘦，见了西面老者（苗秀），紧行几步，双膝跪倒，二目滔滔落泪，口中苦苦哀求”。原来，老者借苗秀五两银子，三年间利滚利竟达三十五两，苗秀要他用女儿抵债。见此情形，白玉堂慷慨解囊，替老者还清三十五两的债银。晚上，与展昭不约而同到苗秀家夺回赃银，以其人之道还治其人之身，狠狠惩罚了这个剥削者。

第四十回写凤阳太守孙珍“剥削民脂，造恶多端”，为了巴结庞吉，备得松景八盆，其中暗藏黄金千两，为庞吉庆寿。“白面判官”柳青与陷空岛韩彰、徐庆、蒋平三“鼠”打劫了这批不义之财，大有《水浒传》中晁盖、吴用等“智取生辰纲”的遗风。

此外，像第四十四回中的严奇、第六十回中的马刚、第六十二回中的花蝴蝶等，或者是强掠民女的恶霸，或者是逼夺良善子女的土豪，或者是奸淫妇女的流氓，他们横行霸道，无恶不作，侠客义士们路见不平，翦暴除强，为受害的百姓伸张了正义。

再次，反映下层社会人民群众的善良品性，表现他们互相帮助、互相关心的阶级情谊。

第三回写包公与包兴在金龙村遭到凶僧谋害，幸赖展昭相救，主仆二人黑夜奔逃，无处栖身，来到一个豆腐店，主人孟老汉盛情款待他们，给他们盛来“白亮亮热腾腾”的豆腐浆，使他们感到“在草房之中如到天堂，喝这豆腐浆不亚于饮玉液琼浆”。

第五十八回写韩彰将年幼失怙的邓九如托付给仁和县卖汤圆的张老儿。张老儿把邓九如当做自己的亲生儿子一般看待。恶霸马刚向他逼债，并要带走邓九如作抵押，张老儿苦苦哀求，说道：“此子非是小老儿亲故，乃是一个客人的侄儿，寄在小老儿铺中的，倘若此人回来，小老儿拿什么还他侄儿?望大叔开一线之恩，容小老儿将此子领回，缓至三日，小老儿将铺内折变，归还大叔银子就是了。”为了忠人之托，保护弱者，他不惜变卖自己的家产，其情感人。

第九十一回叙绿鸭滩无儿无女的张立夫妇救起投水的金牡丹，将她认作女儿，如同天降大喜，滩上十三户人家都感到“张大哥为人诚实，忠厚有余，如今得了女儿，将来必有好报”，把这件事看成庄上共同的喜事，于是齐心努力，“竟有出去二三十里地捕鱼去的，也有带了老婆孩儿去的，也有带了弟男子侄去的”，打捞回鱼虾，交到史云那里，庆贺张立夫妻喜得女儿，真正像史云所说的，“一来给老兄贺喜，二来大家凑个热闹，畅快畅快，也算是咱们渔家乐了”。

这些描写，让读者感受到了下层人民之间纯朴的思想感情。把下层社会的人民写得如此善良可爱，与统治者的态度有天壤之别。

总之，《三侠五义》是一部既有思想缺陷，同时又有一定积极意义的长篇小说，不可与那些描写镇压绿林好汉的“灭盗平叛”型小说等量齐观。它虽然把包公及侠客义士们写成“帮助政府”的人物，但是并没有把他们写成与人民为敌的奴才鹰犬，而是写他们秉正除奸、除暴安良，透过封建意识形态的重压，“为市井细民写心”。如果连这一点都不予肯定，那么古典文学中的人民性将被“连同脏水一齐泼掉”。

(四)“似较有《水浒传》余韵”

鲁迅先生在《中国小说史略》和《中国小说的历史变迁》中都指出,《三侠五义》在艺术上与《水浒传》有相近之处。

首先,在人物塑造上,《水浒传》描写一百零八将聚集梁山泊“替天行道”,他们多是英雄好汉,性格粗豪;《三侠五义》中也多侠客义士,他们虽然归依于包公,性格上却“大半粗豪,很像《水浒传》中底人物”。金圣叹《水浒传序三》说:“《水浒传》所叙,叙一百零八人,人有其性情,人有其气质,人有其形状,人有其声口”。《三侠五义》塑造人物,也注重人物的性格描写。同是写人物的精细,展昭精细中有沉稳,白玉堂精细中有狠毒,欧阳春精细中包含绝大文章。

例如第六十回欧阳春和丁兆兰见马刚横恶行径,俱各不平,丁兆兰在会仙楼吃酒时就忍不住提出除却马刚,欧阳春却“连忙摆手”,提醒他“窗外有耳”,这已经显示出他比丁兆兰精细一筹了。晚上,丁兆兰偷拿欧阳春宝刀前往马家,路上宝刀却被尾随其后的欧阳春取回,他自己却一点儿也没有觉察。欧阳春杀马刚时,还带上一个皮面具,致使马家姬妾均以为妖精杀死马刚,丁兆兰却不解其意,欧阳春解释道:“凡你我侠义行事,不要声张,总要机密,能够隐讳,宁可不露本来面目,只要剪恶除强,扶危济困就是了,又何必谆谆叫人知道呢?”行侠而不求名,这是欧阳春精细的深层原因。不仅如此,他之所以用面具装妖怪,乃是考虑到:“那马刚既称孤道寡,不是没有权势之人,你若明明把他杀了,他若报官说他家员外被盗寇持械戕命,这地方官怎样办法?何况又有他叔叔马朝贤在朝,再连催几套文书,这不是要地方官的纱帽么?”考虑得如此周全,使丁兆兰“越想越是,不由得赞不绝口”。

小说也写了两个粗鲁人物:赵虎和徐庆。但如同《水浒传》中的李逵与鲁智深一样,他们的性格也有差异。赵虎粗鲁中有精细,他两次化装成叫化子出外探案,竟然歪打正着,都有收获。徐庆的粗鲁却成事不足败事有余。第一百一十回写他和展昭同盗白玉堂被害后的骨殖,在五峰岭不听展昭劝阻,硬要直接去取骨殖,结果不但自己落入堑坑,还连带营救他的展昭也随着中了圈套。

其次,结构相近。《水浒传》的高潮是七十一回《梁山泊英雄排座次》,在这以前,小说是叙述单个英雄的个人传奇,一个叙完了再叙另一个。《三侠五义》的高潮是结尾时赚取钟雄同反襄阳王赵珏，在这以前同样分段叙述展昭、白玉堂、韩彰、欧阳春、智化和艾虎的个人传奇，不过照应得更严密一些，多由一个人的故事引出下一个人的故事。小说似乎有意吸收了《水浒传》的某些情节结构以增添其中人物的草莽之气。例如《水浒传》中有晁盖、吴用及阮氏兄弟“智取生辰纲”，《三侠五义》中则有“欲盗赃金纠合五义”；《水浒传》中有“母夜叉孟州道卖人肉，武都头十字坡遇张青”，《三侠五义》中亦有“图财害命旅店营生，相女配夫闺阁本分”。

《三侠五义》虽“似较有《水浒传》余韵”，但反抗精神远逊于《水浒传》。在艺术上由于它所产生的时代距《水浒传》的出现已经有500年左右，小说艺术已经有了长足的发展，《儒林外史》《红楼梦》均已诞生。创作经验的不断积累，使得《三侠五义》在继承《水浒传》艺术手法的同时，又具有了新的特色。

这首先也表现在人物形象的塑造上。《水浒传》塑造的人物个性无疑十分鲜明，但性格突出而不够丰富，《三侠五义》则将侠客义士的个性向纵深开掘，力求写出其丰富性。

看过《三侠五义》的读者总难忘白玉堂这个人物。他的武艺很高强，连展昭也不得不佩服。他也具有其他义士的豪侠行义的特点。在安平镇酒楼上见到苗秀逼债，他慷慨解囊，资助了那个哀苦的老者，使其女儿免遭劫难。武艺的高强又带来了他过人的胆略，他可以隐居在当朝太师庞吉的文光楼里，在禁宫内院任意杀死奸佞不轨的郭安，甚至在忠烈祠墙壁上题诗一首：“忠烈保君王，哀哉杖下亡，芳名垂不朽，博得一炉香。”道出历代忠烈的可悲结局，表现了对封建皇权的怀疑态度。他的精明同样胜过他人。为盗开封府“三宝”，他先投进一个字柬，言明要借“三宝”，引得包兴急忙去探看“三宝”是否失落，却不知乃是为他领了路，这是“投石问路”之计。展昭刚刚醒悟，他又在西耳房放火，引走包兴去救火。待展昭大叫“不好”时，宝物已然落到他的手中。

按说，写出这些，已使白玉堂的侠客形象站立起来了。然而，小说不满足于此，还写出他性格的另外一面：好强任性、狠毒过人。他的好强任性特别表现在与展昭的较量上。他不愿展昭这个“御猫”凌驾于自己“鼠”号之上，一定要和他比个高低。到东京后，他大闹皇宫内苑，又偷去开封府“三宝”，而且指名要“御猫”到陷空岛去取讨。北侠欧阳春杀死恶霸马强，白玉堂奉旨要他去朝廷对质，他见了欧阳春也暗中较量，而且出言不逊，说“奉旨前来，访拿足下”，结果败在欧阳春手下。这种好强任性的性格，终于使他在颜查散巡按印信丢失后，不顾一切地去盗取襄阳王谋反的“盟书”，误落网罗阵中，被害而死。

小说还写出白玉堂狠毒过人的性格。苗秀逼债，他愤愤不平，为了调虎离山取得苗秀父子的赃银，竟将苗妻的一双耳朵割去。陷空岛小头目胡烈为讨他欢喜，将郭彰的女儿抢来献他，自是不义之举，然而他得知后，趁胡烈不备，“凑到胡烈跟前，冷不防用了个冲天炮泰山势，将胡烈踢倒。急擎宝剑，将胡烈左膀砍伤，痛得个胡烈满地打滚”。白玉堂固然主持正义，但他的行动却异于其他侠客，过于狠毒。

小说对白玉堂性格的描写不是单一的，而是既写出其豪侠的一面，又写出其缺点的一面，使其形象具有立体感。胡适对此有一段评介：

白玉堂的为人很多短处——骄傲，狠毒，好胜，轻举妄动——这些都是很大毛病。但这正是石玉昆的特别长处。向来小说家描写英雄，总要说得他像全德的天神一样，所以读者不能相信这种人材是真有的。白玉堂的许多短处，倒能叫读者觉得这样的一个人也许是可能的。因为他有这些近情近理的短处，我们却格外爱惜他的长处。向来小说家最爱教他的英雄福寿全归。石玉昆却把白玉堂送到铜网阵里去被乱刀砍死……这样惨酷的下场便是作者极力描写的白玉堂的短处，同时又是作者有意教人爱惜这个少年英雄，怜念他的短处，思念他的许多好处。（《三侠五义·序》）

胡适所论，实际上就是指白玉堂形象已跳离古代小说的类型化塑造形象的阶段而充分个性化了。遗憾的是书中这样个性化的人物仅仅白玉堂一个，说明小说在人物个性的塑造上还是有一定局限的。

其次，开始描写人物的心理活动。《水浒传》是我国最早出现的长篇小说，它更多地注重于故事传奇，对人物描写也主要以外在行动显示其性格。《三侠五义》则注意描写人物的内心活动。例如第十五回叙包公铡死庞昱后，接到仁宗夸奖的批折，小说写道：

“包公暗自沉吟道：‘圣上纵然隆眷优渥，现有老贼庞吉在京，见我铡了他爱子，他焉有轻轻放过之理？这必是他别进谗言，安慰妥了，候我进京时他再摆布于我。一定是这个主意。老贼呀老贼，包某一心为国，焉怕你这鬼鬼祟祟！如今趁此权衡未失，放完赈后，偏要各处访查访查，要做几件惊天动地之事，一来不负朝廷，二来与民除害，三来也显示我包某胸中的抱负！’”

又如第四十回叙白玉堂暗探开封府，与展昭比试后回到旅店，暗暗思忖道：

我看姓展的本领果然不差。当初我在苗家集曾遇夜行之人，至今耿耿在心。今见他步法形影，颇似当初所见之人，莫非苗家集遇见的就是此人？若真是他，倒是我意中朋友。再者南侠称猫之号，原不是他出于本心，乃是圣上所赐。圣上只知他的技艺巧于猫，如何知道锦毛鼠的本领呢？咿！我既到了东京，何不到皇宫内走走，倘有机缘，略略施展施展，一来使当今知道我白玉堂，二来也显显我们陷空岛的人物，三来我做的事，圣上知道，必交开封府，既交开封府，再没有不叫南侠出头的，那时我再设个计策，将他诓入陷空岛奚落他一场。……

对人物心理活动的描写，《红楼梦》已臻成熟，它可以透视人物的内心世界，有助于使人物形象更加真实和丰满，是中国小说创作的一大进步。《三侠五义》显然已吸收这一艺术经验，较之《水浒传》有所进步。

再次，对人物行动、各种场面的描写也更加细致生动。《水浒传》描写人物行动力求肖像化，往往用十分典型的细节凸现人物性格，例如武松打虎，鲁智深拳打镇关西，李逵挥动夹钢板斧，等等。《三侠五义》的描写则更加细腻，例如第三十九回写展昭、公孙策、赵虎诸人正议论白玉堂为何要与展昭作对，小说写道：

赵虎正在豪饮之间，……拿着酒杯，立起身来道："大哥，你老素昔胆量过人，今日何自馁如此？这'御猫'二字，乃圣上所赐，如何改得？倘若是那个什么白糖咧黑糖咧，他不来便罢，他若来时，我烧一壶开开的水把他冲着喝了，也去去我的滞气。"展爷连忙摆手，说："四弟悄言，岂不闻'窗外有耳'？……"刚说至此，只听"啪"的一声，从外面飞进一物，不偏不歪，正打在赵虎擎的那个酒杯之上，只听"当啷啷"一声将酒杯打了个粉碎。赵爷吓了一跳，众人无不惊骇。只见展爷早已出席，将格扇虚掩，回身复又将灯吹灭，便把外衣脱下，里面却是早已结束停当的，暗暗地将宝剑拿在手中，却把格扇假做一开，只听"啪"的一声，又是一物打在格扇上。展爷这才把格扇一开，随着劲一伏身蹿将出去，只觉得迎面一股寒风，"嗖"的就是一刀。展爷将剑扁着往上一迎，随招随架。……

这段描写，完全不同于武松打虎那种雕塑式的古典美，却同样扣人心弦。窗外白玉堂的精细、窗内赵虎的粗鲁和展昭的敏捷，都活灵活现地表现出来了。

《三侠五义》的场面描写也很细致。如第九十一回绿鸭滩渔户在张立家摆酒庆贺张立得女儿金牡丹的一段：

到了饭得之时，座儿业已调好。屋内是女眷，所有桌凳俱是齐全的，就是家伙也是挑秀气的。外面院子内是男客，也有高桌，也有矮座，大盘小碗，一概不拘。这全是史云的调度，真真也难为他。大家不论亲疏，以齿为序，我拿凳子，你拿家伙，彼此嘻嘻哈哈，团团围住，真是爽快。霎时杯盘狼藉，虽非佳肴美味，却是鲜鱼活虾，荤素俱有，左添右换，以多为盛。大家先前慢饮，后来有些酒意，便呼幺喝六划起拳来。……

这段描写有层次地把绿鸭滩渔民们贫穷而不论亲疏、粗鲁而不失纯朴的喜庆场面展现在读者眼前，真正是一幅“渔家乐”的图画！

长期以来，《三侠五义》因其内容受到贬低，其艺术经验也未能得到足够的注意。其实，在古代诸多小说中，它不仅继承了《水浒传》的艺术手法，而且也有所发展，称得上是有一定艺术成就的作品。（关于《三侠五义》及其系列小说，本书上册有更详细的解读）

结　语

宋元时代，随着封建大城市的发展，在北宋东京（开封）、南宋临安（杭州）、元代大都（北京）等都会出现了综合性的市民游乐场所——瓦舍勾栏。通俗小说和戏曲作为瓦舍伎艺迅速成熟起来，它们结出的第一批果实中就有包公小说和包公戏。应当说培植它们的主要社会土壤是市井百姓，它们先天地就带有浓厚的市民文艺的色彩。瓦舍演出时台上台下思想感情互相交流，市民观听者的生活情趣和思想愿望对瓦舍艺人有很大的影响和制约作用，何况瓦舍文艺的作者本身也是混迹于市井的书会先生。因此，在瓦舍土壤上培植出来的宋元包公文学，在表现公案缘起时展示了市井生活，在揭露贪官污吏、权豪势要时反映了市井百姓的痛苦，在虚构清官包公申冤雪枉时仍然是反映了市井百姓的期望和憧憬。当然，接受和喜欢包公形象的又不仅是市民，阶级地位与下层市民相近的农民，当其未组织起来进行反抗斗争之时，也希望有包青天昭雪冤狱、抑制豪强。地主阶级中处于无权地位的阶层以及着眼于封建阶级长治久安的有识之士，也希望有清正廉洁的包公保护自己的利益、维护封建统治的正常秩序。但作为宋元包公文学的主要社会基础的，还应当是市井百姓。当时的市民百姓，一方面受封建压迫，有一定的反抗性，一方面比农民见多识广，有一定的进步性。以反映他们的愿望为基调的包公小说，一开始就有一个较好的社会基础。

但是中国封建社会长期停滞，资本主义萌芽的因素如被压在磐石底下得不到伸展，封建城市的市民难以作为“资产阶级的前身”循着正常的历史轨道向前发展，它们的队伍也不断受侵蚀，被分化，长期不能形成代表先进生产力的阶级队伍和阶级意识，这就使以它们为社会基础的包公小说因吮吸不到新鲜乳汁而趋向委顿。虽然在形式上，由短篇、短篇小说集，而中篇，而长篇，但走的是扩大外延的道路，在深化内涵上并没有进展。即是说，包公形象本身并没有得到长足的发展和提高，主要只是时而以传奇英雄，时而以侠客义士来扩展包公的门庭，所幸没有像《施公案》《彭公案》那样让“清官”带着一群鹰犬去讨伐绿林好汉，总算没有把包公推到刽子手的地位上去。但这个包公题材也已经到了山穷水尽的地步了，那还是辛亥革命前的事。新的时代需要新的理想人物，包公已经完成了他的历史使命。

名家解读古典名著

侠义公案小说(下)

解读海公系列小说

黄岩柏　著

“海瑞罢官”的故事可谓家喻户晓，可历史上的海瑞与小说中的海刚峰有哪些不同？海瑞的故事如何发展成《大红袍》《小红袍》里的故事的？小说里的海公案与海瑞判案断狱有没有关系？海公案在公案小说中处于什么地位？它与其他公案小说有何不同？下面给您细细道来。

一　历史上的海瑞其人

江苏省高淳县有个黄秉石，他看见过海瑞，写过一篇《海忠介公传》，传中记载了这样一种现象，就在海瑞晚年健在于世的时候：

……时都下人编公事为小说，咏唱通衢，取糊口钱。一日，忽传京师解一木妖神来，就公讯，群趋江上观之。曰：神在御园为祟，上历举诸大臣名，皆不惧；惟云"送南京海某处"，则无声，今解来矣。事至诞无有，而小说家传包孝肃事，多依托鬼神，想亦此等传闻之类。

都下，约指南京。卖唱的在海瑞活着的时候，已经在靠神化他吃饭了。甚至捏造这样的故事来神化海瑞：北京皇宫大内有树妖作怪，万历皇帝点谁的名妖精都不怕，一点南京海瑞，妖精吓得立即不敢出声了，所以把它沿运河押解来了，让海瑞审这个妖精。这和海瑞死后海瑞题材三部小说的创作是同一个基本路数，黄秉石当时就指出：故事荒诞已极，绝对不会存在，《包公案》也是这个路子。读书多的人是不肯相信这些"怪力乱神"的。

海瑞（1514—1587年），字汝贤，明广东琼山人，回族。出身寒微，嘉靖年间中举。初任南平教谕（县学的校长），升任淳安知县。历任户部主事、应天巡抚、南京吏部右侍郎和右佥都御史等职，是历史上有名的清官。黄秉石记述他晚年时的相貌说：

……公颀然而长，方颐丰下，耳双垂，容蔼可掬，而青纱织金服，前后襜褶如，所谓望之俨然，即之也温，而听其言厉者，公真有之。又知危冠敝袍原不足以为公，而世人传之过也。

说他长得个子很高，方脸膛，大下颏，大耳唇，面容和蔼慈祥，穿着青纱织金服，"襜如"，衣服飘飘扬扬，看上去很庄严，接触了很温和，交谈起来又很严肃。这和世上传说的海瑞戴高帽子、穿破旧衣服很不一样。从黄秉石的记述可知，海瑞是个长得很"帅"的高官。

海瑞的一生，依次干了以下五件轰轰烈烈的大事：

一是拼着一顶县级小乌纱帽，抵制中央或地方大员及其子弟的歪风邪气，干得有理、有利、有节，取胜而未丢官；

二是先买棺材，后给皇帝提出尖锐批评意见，奉旨下狱，刑部判斩，结果是出狱升官；

三是把救济灾民与长远水利建设紧密结合起来，抢修吴淞江、白茆河，社会效益、经济效益双丰收，勤恳高效，博得万民欢腾；

四是拼着一顶省级方面大员的大乌纱帽，在江南强制推行限田，勒令豪富退田，结果丢了乌纱，罢官而去；

五是打击贪官污吏，打击歪风邪气，受到贪官污吏方面许多诬蔑、造谣中伤，在斗争中辞世。

俗语说："从小看到大，三岁看到老。"这话虽然说得过分，但一个人在幼年及青年时期所受的教育，形成的思想意识，对其一生的影响是很大的。海瑞居官之前，在读书时期就表现出了一些特质，历史资料记载得不够详尽连贯，但也能从中看出，海瑞一生做了上述五件大事，其人生轨迹的出发点，就在这里：

海南岛上一个寡妇人家。海瑞四岁，父亲亡故。母亲"口授《孝经》《学》《庸》诸书，辄能成诵。"又为之择严师，敦促其学习。所以，海瑞虽为孤儿，又居住在偏僻的海南岛，但是受到了良好的教育。十四岁时，立志学做圣贤，称："以圣贤教人，千言万语，只是欲人识其真心。率其真而明目张胆终身行之，卓然不牵于俗者，圣贤也。"海瑞这一生，正是像他幼年所说的这样"率真"做人。

他自号"刚峰"以明志，在郡庠读书时，与志同道合的同窗讨论学术，"严课功修"，郡学博（郡学的学官）都很敬重他，不敢按惯例向他索要馈赠。他不仅正直勤学，而且非常务实，曾对人议论作文章的要义，说：

"文不过如画师之写神。穷一生读书作文，而于国家身心毫无补益，何异宋人所谓'可惜一生心，用在五字上'者乎！"

这时的海瑞，已经二十八岁了，他读书、做官的目的非常明确，要担当起人生的责任，为社会做出贡献。他说："天之生此人也而百责萃焉。"他耻于只为个人升官发财而读书、做文，他说：

"徒缀酸文，识陈语，为后日富贵故乡之计，视百责于我何如！纵其一举而进，立于卿相之列，吾为二三子丑之矣"。（《训诸子说》）

也许正是由于这种人生、治学态度，他的科举考试并不顺利，三十七岁中举后，三十八岁、四十一岁，两次进京考试都告失败。鉴于自家经济条件，也出于他不图虚名的考虑，他以举人的身份谋求了一个官职——福建南平县教谕，开始了他的居官生涯。

明代非常重视科举考试，官场上出身进士的才受人特别尊敬。但是，由于科考形式的僵化和内容的单一，考得好的并不等于真正有才能，因为他们醉心于科举，不谙世事，当了官，遇到了实际问题，四书五经里哪有现成的答案？

海瑞则不然，他读书不忘对国计民生的关心和观察，中举时上《治黎策》，考进士时又把《治黎策》加工充实，上《平黎疏》，均引起朝野舆论的重视："此策出，传诵一时。其生平经济，留心时事，即于此见之。"（王国宪辑《海忠介公年谱》）

原来，海南岛中部山区居有黎族，时常抢掠骚扰周边村镇，明政府屡派重兵清剿，不能奏实效。海瑞在策对和奏疏中指出这是由于方法不对和用人不当造成的，主要应开辟道路，设置州县，对黎人与汉人一视同仁，而不是派兵戍守，严绝交流。其中列举了种种实际情况，说明海瑞平时很留心实际生活中的事务。只有这样的读书人，志向高洁，务实明理，不读死书，当了官才能当清官。

海瑞官宦生涯的第一个阶段，是从四十一岁的嘉靖三十二年（1553 年）到五十二岁的嘉靖四十三年（1564 年）这十二年间。其中，前五年任福建南平县教谕，教谕相当于县教育局长或者唯一的学校校长，是正八品的小官，中四年升任浙江省淳安县知县，后二年调任江西兴国知县，为正七品。

在南平县教谕任上，海瑞极力整顿教育，"以发其真心，养其浩气"。根据《会典·宪纲》规定：见了长官，于"明伦堂不跪，道旁不跪，迎送郭门不出。上官至，一见后不复同有司作三日揖"（《教约》）。后来，知府等官员果然来到县学明伦堂，谒见的教官都在左右两旁跪下了，海瑞走进来挺立中间作揖而已，府里的各位官员变了脸色，责备和讥讽说："什么地方找来这么个山字笔架？"因为山字形的笔架，中间高出一截，形容人的头和双肩，所以这么说。海瑞为此感到受辱，便要求辞职。府丞平常就对海瑞不满，意欲批准，多亏知府承认了自己有错误，又有福建学政朱镇山再三挽留，他才留任不辞。后来，省提刑按察使来，海瑞又一次长揖不跪。按察使是一省的司法长官，旁观者见"笔架教谕"这样的"膝盖硬"，都为之吐舌。幸亏无事，于是他也就扬名远近了。

在淳安知县任上，海瑞见当地百姓十分贫困，乃厉行勤俭节约。如每个里甲过去征银四五两，海瑞只征二钱，够不够只有这么多。上级官府下令县里收款来馈赠境内的乡官，一惯是派多少就收多少，海瑞却不遵命，不再征收，看罚款积存情况，有就送一点，没有就不送。当时地方官进京朝见，必须带着大批金银绸缎，分送有关的京官，其来源是在县内向百姓公开摊派。

淳安小县有八十里，每里一两白银，三年有二百四十两；朝见年的特别摊派又有一百六十两。海瑞在淳安任内进京两次，只用去路费四十八两，送吏十二两，造户口册十一两七钱五分，合共七十一两七钱五分。他说：

“尽天下而不为上官之赂也，岂尽不迁；又尽天下而唯上官之赂也，岂尽不黜。安可自以其身甘沟壑也。”

大意是说：全国的下级官吏都不向上级行贿，难道都不升官；都行贿，难道都不降职。怎么可以自己往死路上走呢。

当时，巡抚、按院出巡，知县必须送钱给他们的属吏师爷，人人都说，不如此祸患即刻临头。海瑞就是不送，并且说：“充军、死罪，我都甘心忍受，怎么可以干这种小偷的勾当呢!”

他只靠微薄的月俸维持自家生活，穿布袍，吃粗粮，县衙门口有空地，就开荒种菜；他让家仆上山砍柴，当家仆挑回干柴时，海瑞就查问出他在百姓家吃了饭，挑了人家现成的柴，立即赔出饭钱、柴钱。这样的生活，海瑞自以为荣，贪官污吏们却以为耻。海瑞的母亲过生日，才买了二斤肉。总督胡宗宪当做奇闻，到处传扬，意在羞辱海瑞，实际上是暴露他自己的奢糜无耻。

胡宗宪的公子路过淳安县，不满意驿站小吏的供应，把他倒着吊起来。海瑞知道了，就引出胡宗宪以往巡视地方时的文告，命令所过之地不要铺张浪费，不准超标准供应他等漂亮话作为根据，指责这位胡公子如此盛装，如此飞扬跋扈，公然违背总督明令，必是假冒的胡公子。打开他的箱囊，有几千两白银的贿款，全部没收纳入国库，并立即报告胡宗宪。胡宗宪白挨了一个大嘴巴，吃了一个哑巴亏，心里生气说不出。

另一个严嵩党羽鄢懋卿以都御史总理盐政的高官身份巡视，随身携带小老婆，坐着五彩花轿，由十二名女仆抬着，所过地方官员甚至用膝盖走路，跪着呈上食品。再有一天就要到严州了，州守命令大家一定要准备充足，可海瑞却上了一个禀帖给鄢懋卿，大意说：传闻和您的命令有矛盾。想按命令（一定要节省）做，怕招祸，想按传闻的排场供应，又怕违背了您的命令。我们小县很穷，不知怎么办好。鄢懋卿当然答复“按命令去做”，却绕过了淳安、严州，不来了。严州太守听到不来的消息和海瑞上的禀帖，骂不停口，责备海瑞“多大个小官儿敢这么干”，害怕大祸临头。后来看看也没什么变故，太守又夸奖海瑞说：“福了淳安老百姓，难为了你，难为了你!”可是，鄢懋卿心里恨死了海瑞，暗中吩咐爪牙袁淳报复海瑞。第二年在海瑞已获晋升嘉兴通判的任命之后，由于袁淳捣鬼，改成平调江西兴国知县。

在淳安四年，在兴国二年，两任知县之中，海瑞抓得最紧的是丈量土地，为的是让富户承担租税，减轻贫户负担，以此为中心，搞了许多应兴应革的好事，老百姓交口称颂。可这位县令一直穿着一件破旧的丝袍子。朱镇山，就是起初挽留他，后来推荐他进京做官的上级官吏，在他将要进京述职时对他说：“就是穷，难道不能做一套新官服吗？”海瑞这才做了一件黄石绢的官服。五十二岁的海瑞走向北京。

从五十三岁（嘉靖四十四年，1565年）到五十四岁（嘉靖四十五年，1566年），这二年是海瑞一生中的特殊阶段。海瑞之所以为海瑞，固然是他一生的光辉业绩铸成，但是可以说，没有这二年的特殊表现，海瑞便不成其为海瑞。这是海瑞一生中火星四射、放出耀眼光芒的高峰期，这是海瑞为国家、为民族、为人民面对死亡毫无惧色的考验期。

海瑞到北京，任户部云南司主事。户部是掌管户口、财政、赋税的衙门，主官为尚书，次官为侍郎；下设若干司，主官为郎中，次官为员外，主事是他们领导下面办事的小京官。

海瑞看到北京明王朝中央官场的黑暗，经过将近一年的观察思考，认为根子就在嘉靖皇帝本身，于是他甘冒生命危险，以大无畏的英雄气概，以冷静深刻的分析和咄咄逼人的气势，写出了千古不朽的雄文《治安疏》。

在《治安疏》中，海瑞说得最挖苦的是以下一段话：

……今赋税增常，万方则效，陛下破产礼佛日甚，室如悬磬，十余年来极矣。天下因即陛下改元之号，而亿之曰：“嘉靖者，言家家皆净而无财用也。”迩者严嵩罢黜，世蕃极刑，差快人意，一时称清时焉。然严嵩罢相之后，犹之严嵩未相之先而已。非大清明世界也，不及汉文帝远甚。天下之人不直陛下久矣！……

大意是说：苛捐杂税很重，你浪费在宗教迷信活动上的钱很多，老百姓穷得精光。所以，老百姓就用你的年号谐音说：“嘉靖，就是家家穷得干干净净没有钱用。”近来严嵩罢官，严世蕃杀头，人心大快，可是严嵩罢官之后的局势不过回到他未做宰相之前而已，并不是天下大治局面，比汉文帝差远了。老百姓不认为你对、不认为你好已经很久了！

由于全文太长，我们只能欣赏这一小段。嘉靖自以为英明，自比为尧舜，所以名书房曰“尧斋”。海瑞问嘉靖与“汉文帝相比如何？”通过一系列分析（未全引），结论是比汉文帝差得远，老百姓背地里拿嘉靖年号说讽刺话发牢骚，说他根本不能与尧舜相比。有人称此文、特别是这一段为“海瑞骂皇帝”，如果认真读读，恐怕会不觉其辱骂，但觉其爱护；海瑞是带着山区百姓的心声，实事求是地说出真理和真相而已。

嘉靖初读《治安疏》大怒，扔在地上，命令左右太监：“赶快把海瑞抓起来，别叫他跑了。”宦官黄锦在旁伺候，说了好话：“这个人平时有点傻名，听说他上疏的时候，自知触忤圣上应当死，就买了一口棺材，诀别了妻子，在朝堂待罪，家童奴仆怕受牵连，都逃散光了，他这是不打算跑了。”嘉靖一听，不作声了，过一会儿，又拣起来重读，受到了感动，唉声叹气，几个月不表态，常说：“这个人可和比干相比，可是我不是殷纣王。”开头若干天，嘉靖总是拍桌子骂人，有一天鞭挞一些宫女，这些宫女背地发牢骚，嘟囔说：“皇帝挨了海瑞的骂，拿我们泄气！”这时，全中国到处都知道有个“海主事”，因为他说了人人想说而不敢说的话。

海瑞在这几个月中，心情很从容，态度很安静。有一天，海瑞业余时间访问同乡庶吉士王忠铭，托付他料理后事，交给他二十两银子安葬费。二人对酒论文，谈论古今治乱兴衰之理、读书人的道德修养等。海瑞提出“事事认真，集义养气”八个字的格言，并且说：“现在给国家治‘病’的人只懂得开一味药材，甘草；处世只知道做和事佬。理想的盛世，怎么会出现！”说话时非常安静。

海瑞的所作所为，给我们一种印象——他似乎很爱发脾气、爱激动，其实海瑞在任何时候都很平静。据说，他即使发脾气时，也和别人不生气时一个样，说话声既不高昂也不急促。

转过年来，嘉靖开始生病，想要让出帝位当太上皇。他几个月来一直不称海瑞的姓名，而斥之为“畜牲”。这时他说：“畜牲批评我，建议我上朝，是对的，但是我老了，怎么能像过去那样上朝呢。”又说：“我没有谨慎小心爱护好身体，求长生求来这样的病患。假使我的健康允许我上朝坐殿，怎能受这个畜牲的辱骂呢？”嘉靖最终批《治安疏》辱骂诽谤君主，送锦衣卫监狱，追究海瑞背后的主使者。不久，主使者没追究出来，刑部却呈上来判处死刑的意见。

嘉靖至死也没批准处死海瑞。户部有个司务何以尚揣摩嘉靖没有杀海瑞的意思，就上疏请求释放海瑞。嘉靖生气了，命锦衣卫打何以尚一百板子，下狱。嘉靖死后这个人也平反了。

后来，嘉靖死了；提牢主事估计海瑞不但会被释放，而且会得到重用，就设酒菜款待海瑞。海瑞自以为明日即绑赴西市餐刀，于是大吃大喝。提牢主事贴着他耳朵报告了秘密消息："皇上刚才晏驾了，先生不久就会出狱重用了。"海瑞一听嘉靖死了，恸哭流涕，把吃喝进去的全部呕吐出来，哭得昏死过去，哭声彻夜不止。十二月十五日，隆庆皇帝以嘉靖遗命的名义释放海瑞，官复原职。

这一段海瑞上疏的故事，《海公案》《大红袍》《小红袍》竟没有一本写到的。看来人们不是不知道，而是觉得太"过格"，不敢写。

从五十五岁（隆庆元年，1567 年）到五十八岁（隆庆四年，1570 年）这四年是海瑞大有作为的时期。

前三年，他官复原职，不久改兵部武库司主事，次年升尚宝司司丞，又升大理寺右丞、左丞，又升南京通政司右通政使，都是些闲职；隆庆三年的六月，海瑞升任右佥都御史总督粮储巡抚应天十府，治所在苏州。在巡抚任上，他干了许多好事，政令严肃，使郡县官吏都振作谨慎起来，贪污的有的丢了官就跑，权豪势要有的收敛起来，甚至移避别的省躲风；有的人家怕朱红大门太显眼，改油黑漆大门；有个太监一向坐八人大轿，这时也改成四人的。但在短短的几个月期间，海瑞最突出的是干了两件事：

一件事是兴修水利。吴淞江因年久失修，水利变成了水害，流域内正在遭受水灾。海瑞乘轻舟往来调查，摸清情况，正月初三上疏奏请修吴淞江，立即开工，二月竣工。乘势于二月初九动工续修白茆河，用吴淞江余款，三月底完工。所筹款项，一两不向平民摊派，反而用出工的工钱救济了灾民。当地百姓原来有一句失望的牢骚话，说："要修吴淞江，除是海龙王。"是说修不成的意思。恰巧海瑞姓海，大家说是民谚应验了，真是海龙王来修成了。按院原来等着看海瑞的笑话，没想到海瑞风餐露宿，深入现场指挥，正确利用了天时、地利、人心，以迅雷不及掩耳之势完工告捷了。按院大吃一惊，说："万世大功竟被他告成了！"

一件事是限田退田。江南大地主多至良田数万顷，其权势逼迫平民只有把少量土地献给他们，别无活路可走。海瑞到任后，告状的有数万件。海瑞下令受献者必须退还。擒贼擒王，他动员已退休的宰相徐阶退田。徐阶救过海瑞，海瑞也给徐阶说过好话。这时，海瑞不顾这些，见徐阶只退了很少一点，便写信动员徐阶带头多退。徐阶的弟弟在乡里胡作非为，海瑞还依法处分了他。这件事弄得江南富豪十分怨恨海瑞。由徐阶为首，指使京官攻击海瑞，说他"迂滞不达政体，宜以南京清秩（闲差）处之（安置）"，"庇奸民，鱼肉缙绅，沽名乱政”，逼迫海瑞申请辞职归田，奉养老母。

由于先后的宰相高拱、张居正都不满意海瑞，海瑞这一休就是十四年。

从七十三岁（万历十三年，1585年）到七十五岁（万历十五年，1587年），这三年是海瑞发挥余威余力的最后阶段。这时张居正死了，阻碍他出山的人没了，然而他也老了。

万历十三年（1585年）年初，他被任命为南京都察院右都御史，他五月十二日到任，不久改任南京吏部右侍郎，署吏部尚书。海瑞给万历上疏，指出：皇帝励精图治而效果不佳，关键在于打击贪官污吏不狠不重。到任后，他看到兵马司随意开票令街坊办宴支费，一普查，各衙门竟有此类开票三百多份。海瑞感叹南京老百姓怎么支应得起，于是下令禁革；还有许多陈规陋习，也一并禁革。

他这样的言论和行为，并不是一切人都欢迎的，有的人恨海瑞恨得咬牙切齿。御史房寰，本身就是一个贪污受贿的赃官，他看到海瑞干下去就会整到自己头上，所以先发制人，带头上疏诋毁海瑞，当即引起吏部办事的青年进士顾允成、彭遵古、诸寿贤等人的反驳。他们的话很富有感情，评价也很正确。他们说，自己从十几岁起就知道了海瑞的大名，认为他是“当朝伟人，万代瞻仰，真有望之如在天上，人不能及者”；说他做了那么大的官，“食辛茹苦，垂白之年，终不使廪有余粟，囊有赢金”；说他巡抚应天十府时，“所至如烈火秋霜，搏击豪强，则权势敛迹；禁绝侵渔，则民困立苏；兴水利，议条鞭，一切善政，至今黄童白叟皆雅道之”；说他这次来南京“禁绝馈送，裁革奢侈，躬先节俭，以示百僚，振风肃纪，远近望之，隐然有虎豹在山之势。即使寡才，而其英风劲气，振江南靡靡之士风而濯之以清冷之水者，其功安可诬也”；他们痛斥房寰“不识廉耻”，后来到底查出，房寰是一个大贪污犯。

海瑞七十五岁死于任上。死前，兵部送柴草钱，多算了七钱银子，他立即送还。身后葛布帏幛，破条箱子，里边只有俸银十几两，旧衣服几件。海瑞至死是一个寒士！

可是，南京、苏州的老百姓对得起这个贫寒的海都堂。他们自发地罢市、戴孝、送丧、哭灵，百里不绝。

从万历皇帝到朝臣仕绅，也都哀悼海瑞。

海瑞以自己一生的所作所为，永远活在全民族人们的心灵中。

恨他的人，只能像老鼠一样，躲在黑暗的洞里，吱吱地叫着。

历史上的海瑞，就是这样一个人。

这三本《海公案》《大红袍》《小红袍》“海公”题材小说，都是托他的名完全虚构的。这三本书版本较盛，流传较广，虽不是写海瑞真人实事，但它们在流传中，确实借重了海瑞的威名；要深入理解这三部小说，我们就有必要了解一下历史上的海瑞是怎样一个人。

其实，小说中的海瑞，虽然其所言所行绝大部分是没有史料根据的，有些根本不合于史实，但其精神实质，却是与历史上的海瑞相通的，甚至可以说是一致的。历史上的海瑞，一生光明磊落，真心忠于国家，忠于君主，敢于指斥皇帝的错误而不计个人利害得失；他为人耿正，凡事替百姓着想，专门同欺压百姓的豪门巨宦作对，明断过不少案子；他以敏锐的眼光，看破了明王朝所潜伏的危机，一生为治“病”大声疾呼；他极力推行一条鞭法，反对大地主兼并土地，主张澄清吏治，严惩贪污，这些主张切中时弊，有利于减轻人民的负担。作为一个封建官吏，他不贪财，不怕死，为国为民，勤勤恳恳，真是了不起。

读过他的传记材料，我们才能理解，明、清两代的下层人民为什么那样崇拜他，编出戏剧、小说来颂扬他，甚至神化他。如果海公题材小说写的都是他的这些实事，我们这一节的概括介绍，就都成了累赘；正因为小说都是编造的，反而有必要介绍一番，以便于我们思考真人海瑞与文学形象海瑞之间的关系。

二　海公小说戏曲有多少?

海瑞题材的小说一共有三本，它们是：《海刚峰先生居官公案传》，简称《海公案》；《海公大红袍全传》，简称《大红袍》；《海公小红袍全传》，简称《小红袍》。

海瑞死于万历十五年（1587 年），而今天能够看到的《海公案》的最早刊本是万历三十四年（1606 年）序本，上距海瑞之死仅十九年。在古代的生活进程中，就算是快速出版了。这恐怕是由于海瑞生前反对贪官污吏的名气很大，死后名气越来越大，而明朝的腐败黑暗却越来越甚；当时公案小说很盛行，书商就敏锐地抓住“海瑞”这面“旗”，把几十个与海瑞本无关系的公案故事，从别的书上抄过来，剪剪贴贴，修修补补，通通换上海瑞的名字，让他做审判官。海瑞做地方官的时候，本来判案子就很廉明精察，于是便有人移花接木，把古人断案的好案例都接到他名下。

《海公案》问世后，受到读者欢迎的程度，从版次情况推测，高于同时期的大多数公案小说专集：《百家公案》今知仅三个版本，《诸司公案》今知仅一个版本，《新民公案》今知仅一个有疑问之版本，《详刑公案》今知仅一个版本，《律条公案》今知仅一个版本，《法林灼见》今知仅一个版本，《明镜公案》今知仅一个版本，《详情公案》今知仅三个版本，早期出版的《廉明公案》有七个版本，最晚出版、集公案专集之大成的《龙图公案》，它有二十多个版本。而《海公案》今知有六个版本：万历、天启年间的万卷楼本、郁郁堂本、焕文堂本，康熙年间的文锦堂本、郁文堂本，以及龙图刚峰合编本，这说明它在公案小说专集中，受到读者欢迎的程度，是名列前茅的。

《海公案》问世二百零七年和二百二十六年后，即嘉庆十八年（1813 年）和道光十二年（1832 年），今天可以看到的最早版本的《大红袍》和《小红袍》先后问世了。社会上一般人都有一种印象，似乎《海公案》《大红袍》《小红袍》都是公案小说。其实不然。《大红袍》《小红袍》里边虽都有公案段落，但整体结构却并非着意于公案；如果说它们是海瑞的传记小说，却又因不但够不上“七实三虚”，恐怕连“七虚三实”也够不上，所以是徒有传记小说之表而已；由于它们虚到大的历史框架都纯属子虚乌有，算作历史演义小说也不大合适；只可算它们是借历史（明嘉靖、万历）人物（海瑞、严嵩、张居正）写“忠奸斗争”的政治小说罢了。

《大红袍》很受读者欢迎。我们知道的有十三个版本：嘉庆十八年（1813 年）二经堂本，道光二年（1822 年）书业堂本，道光十年（1830 年）大文堂本，道光十三年（1833 年）乾元堂本，道光十九年（1839 年）本，道光二十年（1840 年）经纶堂本、经国堂本、聚星堂本，咸丰十年（1860 年）宝文堂本，同治六年（1867 年）聚盛堂本，光绪十九年（1893 年）上海书局本，民国某年上海铸记书局本，民国二十六年（1937 年）上海达文书局本。

可见，《大红袍》虽然比不上《三国演义》《水浒传》《西游记》等，它们都有四五十种版本，却也算比上不足，比下有余，也算繁荣昌盛了。

《小红袍》比不上《大红袍》，仅有道光十二年（1832 年）文德堂本、咸丰七年（1857 年）同安徐管城本、1914 年上海锦章图书局本、1919 年上海中原书局本，版本不多。这是不是书中虚构的反面人物张居正的知名度无法和严嵩、严世蕃父子相比拟而造成的呢？

小说《大红袍》《小红袍》中的文字语气，显示出说书痕迹，《小红袍》

尤甚，可能与说书有关。不论是先“说”而后成“书”，还是先“书”而后供“说”，何以在《海公案》二百年后，又再度祭起海瑞的亡灵？这与当时的现实是否有些关系？没有资料根据，仅仅是揣摩而已——清朝的政治腐败这时已无法掩饰，小说中已有《红楼梦》《儒林外史》等书淋漓尽致地揭露在前，一些大案已屡屡发生，轰动全国。最高统治者为了现实的政治利益，也不能不揭露，“和珅案”便是一例。

和珅（1750—1799年），满洲正红旗人，钮祐禄氏，袭世职，由侍卫骤升至户部侍郎兼军机大臣，由二十几岁做官至死，凡二十余年，累官至文华殿大学士，封爵至一等公。

乾隆晚年对和珅的宠信无以复加，和珅则植党营私，揽权纳贿，无所不用其极。我们不应忘记，乾隆是中国历史上有数的几个高寿帝王之一，他在位六十年，传位其子颙琰，自为太上皇；享寿八十八岁，死于嘉庆四年（1799年）。乾隆一死，嘉庆立即下令宣布和珅罪状二十款，赐自尽。抄没其家产，数、质均极惊人，远远超过皇宫大内。民间当时有“和珅跌倒，嘉庆吃饱”的谣谚。这很可能就是重提海瑞，且让他与他实际并未斗过的严嵩、严世蕃在小说里“斗”起来的一个大背景。作者的创作心理与读者的阅读心理是一致的，故而畅销；其后的清朝江河日下，写忠臣清官反对昏君佞臣，自然也就久盛不衰。

从小说发展史的角度看，海瑞题材系列的这三部小说，各有值得说道之处。

《海公案》在晚明的“公案小说专集”热潮中，出版时间居中靠前；书的面貌在具有此类专集共性的前提下，也具有“承前启后”的特点。

此类专集的共性有三：一是辗转互抄；二是人神混杂；三是短篇体制。《海公案》亦如此：已知抄自他书共五十九则，占全书七十一则的百分之八十以上；计人智破案、判案故事三十七则，占全书百分之五十二；宣扬鬼神显灵、托梦、测字破案故事三十四则，占全书百分之四十八。全书七十一则，每则各是一个故事。

此书有前期“公案小说专集”特征：缺乏文艺性，颇像案例书。如：忽视叙述故事而重视“三词”——原告的“状词”，被告的“诉词”，官员的“判词”。《海公案》的标题，如《间断诬林奸拐》《决何进贵，开赵寿》《判给家财分庶子》等，就极像案例，质木无文，反映了这种特征。晚出的《龙图公案》的题目则具有强烈的文艺味道，而其余各书依旧尽皆如此，但

“三词”是越来越少了。

此书同时也有后期“公案小说专集”特征：将诸多审判官改为归结于一人。十二部公案小说专集中，最早有《百家公案》，最晚有《龙图公案》，皆归于包拯一人，中间有《新民公案》，归于郭青螺一人；《海公案》归于海瑞一人。写郭青螺的书未能销行，写海瑞的书达十余种版本。至晚清，统观中国公案小说的发展，有“五大案主”，他们是宋之包拯，明之海瑞，清之于成龙、施士纶、彭鹏。这种一书一个审判官的发展趋势，同全中国一个皇帝是相适应的。

此书还有一些超前特征：《百家公案》标“回”，是短篇冒充长篇，多官判案诸书自然皆不用，而《新民公案》《龙图公案》也不用，《海公案》又用“回”，实际是假的，但显示一种向章回长篇过渡的趋势。果然，当真正的章回体公案长篇《施公案》于嘉庆二年（1797年）、《于公案》于嘉庆五年（1800年）出现之后，《大红袍》《小红袍》作为章回体的海瑞题材小说，也就最快地跟上来了。

《大红袍》《小红袍》使海瑞在“五大案主”的小说发展中，跟上了发展趋势和速度，“名列第三”，而最终跻身于“五大案主”之中而名列第五。《于公案奇闻》有八卷二百九十二回之数，另外还有三个小本头《于公案》，《施》《包》《彭》三家至晚清更是“泱泱乎（三）大国”。它们都是章回体长篇小说，都是公案小说或公案内容较多的小说；《施》《包》《彭》与武侠结合，是《于》《红》所没有的；《红》与朝政结合，《施》《包》《彭》也有；与历史原型相去甚远，虚多实少，则是《施》《包》《彭》《于》《红》五大公案小说所共有的。小说与原型相比，前者热闹非凡，“火爆”无比，后者深刻精微之处并未得到发掘——这显示五大公案民间文学、通俗文学、准口头文学的共性。

从海瑞题材系列的角度看，《海公案》《大红袍》《小红袍》犹如三小股，不过汇成一大股而已，另外还有两大股，那就是“海瑞戏剧”和“海瑞曲艺”。这三大股互相影响是确定无疑的事实，但很难找到确切资料来加以具体地证实与说明。有的可以分出先后，还可以设想影响的施方与受方；有的连先后也难分清，只能空说“互相”罢了。这一切，都难找到确切证据。

在“海瑞戏剧”方面，首先应该提到的是清初名家朱皠（朱素臣）作的《朝阳凤》传奇和朱佐朝作的《吉庆图》传奇。前者写海瑞与张居正斗争，后者写海瑞与严嵩、严世蕃斗争。又有《忠义烈》传奇，亦写海瑞与严嵩斗。

此三剧实开《小红袍》《大红袍》之先河。此外还有《海瑞市棺》传奇、《朝金顶》(地方戏汉剧、河北梆子皆有)、《十美图》(川、滇、徽、越、湘剧,秦腔、评剧皆有,亦写海瑞、严嵩斗争)、《五彩舆》(八本连台本戏,写海瑞、严嵩斗争,一名《小红袍》)、《德政坊》(十六本连台本戏,一名《大红袍》)、《一棒雪》(川、徽、晋、汉、湘、滇、桂剧,上党、河北梆子,秦腔、弋腔)、《海瑞搜宫》(丝弦、太平调)、《海瑞告状》(西调)、《海瑞算粮》《算粮打差》(婺剧、徽剧、河北梆子、温州乱弹及《大红袍》第十八、十九回有此情节)、《海瑞借粮》(莆仙戏、《大红袍》第二十一回有此情节)、《海瑞点炮》(邕剧)、《生死牌》(多种地方戏)、《海瑞背纤》(京剧,今人据《大红袍》第十八、十九两回改编)、《海瑞罢官》(京剧,吴晗据《明史》等资料编成)、《海瑞上疏》(京剧,今人据《明史》编)等。末三剧实为有海瑞戏剧以来最高水平之代表。

在"海瑞曲艺"方面,有《十美图》弹词,《福寿大红袍》《福寿小红袍》长篇弹词,又有《说唱海公奇案传》,内含《玉夔龙》《白梅亭》《一顶巾》《金兰会》《美人坊》《忠孝缘》《满堂荣》《桃花畬》等八种。

从以上有关这"两大股"的情况概述中,至少我们可以看出:虚构海瑞与严嵩、张居正的斗争,《大红袍》《小红袍》并非始作俑者。小说与戏剧、曲艺的关系,常见的是前者向后者供应题材,但这里的情况恰好相反——朱素臣、朱佐朝是清初著名剧作家,《朝阳凤》《吉庆图》是他们的代表作,并普遍为人所知,所以可以肯定,《大红袍》《小红袍》的作者会知道这些戏,乃至看过这些戏。即使是"关羽斗秦琼",也总得有人开"第一腔",那也得有创造精神。现在看来,虚构海与严、张斗,这发明权还并不属于《大红袍》《小红袍》的作者。

三 《海公案》的高低优劣

《海公案》全名《海刚峰先生居官公案传》,全书共七十一则,每则叙一个公案故事。这七十一个故事,一个也不能证明是海瑞生前的实绩,但却有四十六则可以证明是转抄于早出的公案小说,计抄自文言短篇小说集《耳谈类增》有十七则,抄自《百家公案》十八则,抄自《廉明公案》九则,抄自《诸司公案》二则,另外还有十三则中所用的判词抄自《折狱明珠》。如本书第一节所介绍的,《海公案》共有六个版本,其中包含一种《龙图刚峰公案合编》本，就是《龙图公案》（包公案）与《海公案》的合刊本。从其再版的情况及把它与“包公”并列的情况中可以看出，《海公案》流传面较广，影响也较大。

为什么会出现这种现象呢？为什么在海瑞死后仅仅二十年后，会出现这种集纳众多公案故事归于海瑞一人名下的小说集呢？这主要是因为海瑞生前的名气就很大，深受人民爱戴，死后更倍受人民怀念。书商托他的大名出书，当然会有利可图。所以这本书的写作，编写者并没有深厚的文学功底、真正了解海瑞，也很难说怎么深刻地表现海瑞，而是东抄抄西抄抄，稍作删改，换上海瑞的名字罢了；要说表现海瑞，有一点可以说，那就是海瑞做地方官时确实善于断案，现在把一些明察善断的故事都归属于他，这还有错吗？

这部书明显地具有早期公案小说短篇集文字粗糙的特点，使我们不能把它当做艺术精品来读。但是，如果我们思索一下，这本书为什么历明清两代数百年而没有泯灭？想象一下当时小市民的文艺生活：贩夫走卒，茶余饭后，以崇敬的口吻神聊“海公案”，赞美“南包公”……我们对于该书的粗糙就会多一分谅解的心情，少一分苛求的意见。当我们稍稍容忍该书的粗糙之后再来仔细研读它，就会发现原来其中还真有不少较好的东西，无怪古来读者，主要是下层人民并不嫌其粗糙。

下面，本着取其精华、弃其糟粕的原则，侧重讲那些好的东西，也简略提一提那些不好的东西差在何处，对《海公案》这七十一则故事分类向读者做些介绍分析。

既然是“公案小说”，关键一环必须有破案或判案。从这个角度来看，这七十一则故事大致可分两类：一类是人智破案、判案，即用科学的思想和科学的方法进行破案、判案；另一类则与此相反，是靠迷信的方法破案。在全书中，前者有三十七则，为数不少，但后者也有三十四则之多。

科学与迷信本质上是水火不相容的。“五四”新文化所倡导的“科学”的口号，其批判的锋芒就是指向封建迷信的，所以在思维逻辑上两者是不相混淆的，但在现实生活中，作为新旧嬗替的过程与现象，两者又常常混在一起。就像这部《海公案》，有二分之一的故事写了海瑞如何细致地勘察现场，重视证据，严密地分析，科学地判断，但同时又有近二分之一的故事写海瑞面对疑案，祝祷上苍，求得神灵启示，鬼神托梦，于是胸有成竹地打了罪犯一顿板子，罪犯熬刑不过，不得不吐出实情，等等。

其实，这并不奇怪，即使到了人类登上月球并无嫦娥玉兔的今天，很多迷信的东西不是依然存在吗？有的是赤裸裸的旧貌，仍有群众相信；有的是披上伪科学的新装，更有被迷惑者充当信徒。将近400年前的《海公案》这样一半对一半也就好理解了。

首先，我们来欣赏《海公案》中那些人智破案、判案的故事。

要讲依靠智慧科学地破案、判案，利用罪犯的迷信思想是最有趣的。《海公案》第二回《僧徒奸妇》是一个具有深刻意义的故事：一个妇人回娘家，独自行走于荒野，突遇暴雨，急忙跑进一座寺庙避雨。在寺中的一老一少两个和尚调戏她，因争风吃醋，老和尚把妇人杀死，埋于园中，事情做得很秘密，连同寺的其他和尚也不知道。被杀妇女的婆家与娘家打起官司，互相怀疑。海瑞一时不能决断，于是把案子放在一边，而选了一个犯有小过的公差去调查线索，立功赎罪。这个公差锲而不舍地追寻，终于打听到一点点线索，这案子似乎与野外的这座寺庙有关。但是，庙里和尚不少，是谁干的呢？海瑞想出了一个巧招儿，带人来到庙上，装做请求神明指点迷津的样子，“过寺焚香，频频仰首向天，自应曰：‘知道了。’独一僧于众中色变，公即令缚之，曰：‘上天已语我，杀其家妇者，尔也。’一讯吐实。”

装神弄鬼与迷信鬼神是两码事。前者的本质是无神论者利用对方有迷信思想故弄玄虚来威慑制服对方，后者才是有神论者，蒙昧无知，被人愚弄。这个故事中的海瑞利用罪犯的恐惧心理，利用怀疑对象和尚往往真心信神的特点，借神之力，威慑住罪犯，使之暴露，达到了“一讯吐实”的最佳效果。

此外，海瑞在用人上也体现出卓绝的智慧。这样一个没头没尾的失踪案，交给一般人调查，很可能一遇困难就退缩了，而交给一个有过错的人则不同了，他好不容易得到了一个表现的机会，一定会全身心地投入。

这使我们不禁感到，好的公案故事简直就是在给读者演示“作案”“断案”与“被害”三方之间的智力“捉迷藏”游戏。而作为“断案”一方来说，利用“作案”者的心理弱点，诱、迫、诳其就范，可以说是一个很重要的破案手段。运用这一手段破案，往往表现出断案者的极高智慧。像这样的故事，在《海公案》中还有十数个，下面我们只能选几种类型，各举一例简略加以介绍。

根据作案特点，暗中布下罗网，诱其入彀。例如第四十七则《烛台追客布》，讲的是一个布商在旅店丢失了五担布，怀疑店主勾结贼匪，去海瑞衙门告状。海瑞经审问旁证，知店主人是个老实守法之人，案件失去了线索。海瑞冥思苦想，想出了一个主意。他表面上不动声色，等过了一段时间，估计小偷已经开始销赃，就让手下人到处张扬，说衙门里的烛台能够识别指证盗贼。原来，中国人从古代就爱“看热闹”，这一下引来了无数观看者。结果海瑞并不去审问什么烛台，而是“故作震怒”地将围观者扣下，叱责他们不该搅扰公堂，各罚布一匹赎罪。众人纷纷交来了赎罪的布，布的来源当然是各有不同。海瑞让丢布的客商逐匹检验，看哪匹布是自己丢的。当时的布商习惯于在布上作些印记，这个丢布的客商不但有明记，还有暗号，所以小偷虽然涂掉了他的戳记，他还是认出了自己的布，由此而得到了线索，追查出小偷是谁。

这是一个古老的故事，在后来出版的《龙图公案》中，这个故事又被安到包老爷头上，只不过把“烛台”换成了“石牌”而已。这里倒不存在“发明权归属之争”，因为不论是包拯“包青天”也好，抑或海瑞“海大人”也好，这则故事并不是他们判、断案的实绩。可是，这则故事说明，我们中华民族在很早以前就有了这种“划出怀疑圈，然后逐个排除”的破案思维模式。这一思维模式在今天的司法实践中仍然被不断地运用。而小说中的海瑞，先按兵不动，令小偷放心销赃，然后以“审烛台”为幌子，暗撒海网，真是把这一思维模式用活了。当然，古人有古人的条件，今人有今人的条件。具体看故事中海瑞的做法，只有在古代经济不甚发达，一个县镇人口很少的情况下，再加上“父母官”封建权力的无限制才能奏效；当然也还有小说的夸张。我们今天破案绝不可以像这则小说那样，设个大圈套把那么多无辜的人都公开圈进来，而是要付出艰苦的努力，把工作做得更细致、更科学、更隐蔽。

利用同音词在主从二犯中制造误解。如第十二则《断赝金》，说的是首饰匠以赝品骗取顾客真金。过了一个多月，顾客才发觉，官司打到了海瑞处。虽然怀疑匠人抵赖，但终是不能证实。海瑞想出来一个好办法：他先在匠人手腕上写了一个“金”字，告诫他不许损坏涂掉，否则重刑相加，然后把他的妻子叫来，令她站在远处。这时，他高声叱问匠人：“‘金’字在否?”匠人跪于阶下诚惶诚恐地答道：“在!”这时，海瑞转向匠人妻说：“金子在，可持来!”匠人是哑巴吃黄莲——有苦说不出，而他的妻子以为他已招供，不得不回家把骗来的金子拿出。

类似的故事在《海公案》第二十一回又重复一次，只不过在人物关系上略有不同罢了。前面我们曾说这部小说集略嫌粗糙，这种重复也算得上一个显证。但是，这个故事本身还是很精致的。海瑞估计到匠人妻子起码是个知情者，甚至是个同案犯，因此利用同音词造成的误解，促成他们夫妻间的误会，轻而易举地得到了物证。

麻痹与利诱，或双管齐下，或单项施行。如第五十则《开豁江成罪》：有连氏貌美，流氓吴八图奸不遂，杀死连氏。连氏表弟江成偶来拜望，时值傍晚，见屋内无人，返身而走，但已踏上血迹；地保等寻血迹找到江成。海公审问后觉得可疑，于是假装判江成抵命，同时四处张贴告示悬赏寻求江成杀人凶器，以作为物证。吴八自然知道凶器在哪里，因为人是他杀的。为图赏钱，他指使别人去领赏，结果是海瑞得到了物证、追出了真凶。吴八自视做事诡密，小看了海瑞。他贪欲难禁，不辨真假，受了麻痹；从行家眼光看，先判死刑，后悬赏求凶器是老大一个漏洞；从外行想来也许只觉合情合理，其实没有凶器怎能定江成死罪？无知加上贪欲，重赏之下不愁他不上钩。吴八虽然也加了一分小心，指使别人去请赏，但那不过是一座不堪一击的纸糊掩体，他早已暴露于海大人面前了。

单施利诱，引其自我暴露，自投罗网。如第六十一则《缉捕剪绺》，说三个人结伙为盗，一人会做戏法，引来观众，另两个乘乱下手行窃。一个商人被盗二十两银子，怀疑身边一个看客，两人打起官司。海瑞问明情况，派吏卒捕役改扮成有钱客商模样，专往耍戏法的场子上“闲逛”，果然又被小偷盯上。但假客商貌似看得出神，而实际上时刻注意着周围的动静，结果抓住了其中的一个，另两个装作闲人来讲情，也暴露出来，偷客商的银子还没出手，就被擒获。

单施麻痹，稳住罪犯，迅即逮捕。如第六则《决东明乡刘松冤事》：当捉获主凶后，主凶又供出两名同伙的名字，海瑞拍案而起，怒叱其攀扯好人，但随即又秘密派人去把二犯捕获。是出尔反尔吗？不是。如果读者对当时的条件、环境略有了解的话，就会明白，就会对他的聪明、机警佩服得五体投地。原来在明代，一个县的大堂也不甚宏伟，堂口朝南敞着，平民百姓可以在堂口外站着“旁听”，所以当罪犯招供同伙时，门外保不住就有人在为他们打探消息。海瑞故意麻痹他们一下，可以省却许多麻烦。这也是不得不防啊！

以上所举的故事都是比较好的，其中有些具体做法，尤其是思路，即使到了今天也未必过时。但是在《海公案》这七十一则故事中，还有一些人智破案故事，我们今天读来却不能简单地予以称赞，而要有所否定。可以说，精华与糟粕往往是杂糅的，即使是较好的故事也总会有陈旧腐败的东西包含其中。这样的故事主要集中在几个“民事案件”上。

第十五则《决弟匿兄产》，被告杨威的兄长在辞世前曾以二千金给杨威，令其置买产业，待自己的儿子长大成人时分给一半。可是杨威贪心不足，背弃兄长遗嘱，待侄儿长大成人后不肯分与一半家业。海瑞审理此案，暗示牢中一盗贼诬陷杨威窝赃，因而暴富。杨威在辩诉中不得不露出其兄曾给予两千金等事实，于是按遗嘱处分。

第二十回《谢德悔亲》也是如此，诬陷理屈一方为盗，迫其履行诺言。这种做法是封建社会司法实践中常有的事。设置条件逼迫被告讲出不愿讲的实情，也取得了迅速破案、主持公道的良好效果，但我们今天怎样看待它呢？在古代，官员的权力很大，限制很少，所以要用权力干什么全凭良心，不拘方法。像这样由法官指使罪犯诬人为盗的做法，在今天是绝对不允许的，即使是从好的目的出发也不可以。

至于该书第一则《断问强奸》就更严重了。一个久拖不决的疑案，辨别不了是强奸还是通奸，交给了海瑞，他便令一个强壮的吏卒去剥女子的衣服。女子用力反抗，吏卒无法奏效，海瑞于是判断是“通奸”，因为女子如反抗，连衣服都不能剥下，不是通奸是什么？

这样断案是不是人智断案？当然是，因为这里面有求真理的精神在，很像是在做“实验”。但是，这样做实在是太野蛮了。这虽不是历史上海瑞判案的实绩，但封建时代的“父母官”这么做的大有人在，很多案例稀奇古怪地记在这里，可以为证。

把这么一些不文明的案例当好事硬安到海瑞头上，来赞美他的果决和聪明，在我们今天看来，不啻于往海瑞脸上抹黑，但在古人，大概还以为是在“贴金”吧！

在前面我们曾做过“断案”是官员、罪犯及受害者三方的智力“捉迷藏”游戏的比喻。在这一游戏中，断案的官员是主导方面。像前面所讲的那些故事中，断案者设置圈套使罪犯上当，固然很精彩，可是，这在很大程度上要依靠巧合，靠机遇——恰巧犯人会上当。而生活中未必事事有巧合，大量的案子还须断案者下笨功夫，而审问就是断案者的一个首要的基本功。耐心、细心地进行审问，可以从供词中找出矛盾，发现线索，打开缺口，穷追不舍，即可破案。在《海公案》中，有不少这方面的好故事。

作为一个好的审判官，必须有丰富的生活经验来帮助他进行判断、推理。《海公案》第二十二则《杨继儒释冤》便是一例。一个闺阁少女游春遇见富家公子杨继儒，见其少年飘逸，心意相属。身旁一伢侩老妪见状会意，为之传情，被杨公子婉拒。小姐思念成疾，老妪乃令己子冒充杨公子前往幽会，一晃数月有余。一天，女子家中来了两个表妹，入夜寝于这女子的床榻。老妪之子前来幽会，黑暗中摸到两个人头，怀疑女子又与他人私通，遂愤而杀之。及女子发现两个表妹被杀，心知是“杨继儒”所为，乃告官。但她隐去了与“杨继儒”私通幽会的事，一口咬定是杨继儒夜入强奸，不从而杀人。原判知县不谙世事，严刑逼供，真杨继儒时而招供，时而翻供，成为疑案。其实，如果稍有生活常识就会从中发现许多矛盾，产生许多怀疑。

案子到了海瑞手中，他根本不信那女子所供，抓住了暴日中女子肯为疲惫不堪的杨继儒遮阳这一点，提出了疑问：为什么杨继儒与你家有仇，你还肯为他遮阳？他以一个公子的身份，无法知道你闺阁门径，怎么能夜闯深闺，杀人逃逸，无人知觉？问得那女子无言以对，只好说出了老妪牵线等实情。海瑞然后逮来老妪，审出了以子“代庖”的经过，案破。

这同一题材的故事，大同小异者，在明清小说中反复出现，连《聊斋志异》中的著名篇章《胭脂》也与此有相似之处，说明在封建社会，青年男女没有恋爱的自由，也就特别渴望得到这种自由，甚至甘愿冒险；一见钟情恰恰是因为男女没有机会广泛会见而造成的——她甚至没有机会仔细看清与自己幽会的人到底长的什么样，被坏人鱼目混珠，酿成大案。她举告杨继儒，是为了报其杀妹之仇，而隐瞒自己与假杨继儒幽会的事实是为了避羞，结果险些冤死了无辜之人。作为一个断案官员，必须熟悉生活，熟知自己面前的原告、被告，罪犯、被害者等人的种种心理活动，以此来正确进行自己的判断推理，因为这些人嘴上说出来的远不是百分之百地可信，而他们撒谎或误会总是有原因的。

这方面的故事，《海公案》中还有一些。如第三则《奸妇失节明节》，诬告强奸逼死人命。海公批阅审讯笔录，挑出两三处不合生活常规的破绽，诸如三间屋挤住着七口人，无论是强奸还是自杀，都实行不了，由此否定了假案，揭破了真相，等等。

审问是一门学问，它有自身的规律和技巧。在先秦就已出现的“离人倒辞”之法（今天也称作隔离审问），在《海公案》中展现得很充分。第十三则，写张珏求其姑母曹氏粜米，其姑母不予；张怀恨在心，乘夜杀死曹氏，劫其浮财。海瑞先问邻人：“曹氏死前有何怪异之事？”邻人回答，只是其侄子来借贷，曹氏不予，骂了起来。海瑞拘张珏母亲与妻子，问张珏是否杀了人。她们回答说，张珏外出借贷以度荒年，并无杀人之事。其家距县衙二里左右，海瑞先遣其妻归，而派人于半路追赶上来，说张珏母亲已承认其子杀人了，并说杀人的事儿媳也知道。这样一来，张珏妻子在瞬间产生了怨恨婆婆的心理，又想洗清自己，就说出了真相：张珏杀人夜归，浑身是血……

又如第四则《奸侄妇杀媳抵命》，是一个制造假现场的杀人惨案，破案一是靠验尸发现疑问，二是靠“参错诘问”，发现口供不相吻合。由于原文不长，全录于此，使读者多少体会一下《海公案》浅白文言文的语言风格：

淳安县王福与侄妇通奸。侄隐知，持刀以待，而福反杀侄。杀后始大惧，与二子谋曰：“事已如此，无抵必死。”（没人抵偿，我必被判死刑）适次子妇在家，必杀之以两奸闻（以大伯弟媳通奸，上报），则祸脱。而更为娶妇，尤不失妇也。次子是之（同意）。而持刀膝栗（战栗）不前。乃长子以救父，奋杀之。于是以两首（人头）诣邑（送到衙门），称“杀奸”云。公一见即曰：“双奸杀则必一时，今尸色有鲜陈，必诈也。”参错诘问，对尽支离，刑之遂得其真。以父及长子抵妇成狱。旌表次子之妇，为之立庙致祭。

这个故事读来让人不寒而栗，但要想读懂它，还需知道一点儿当时的司法常识：在古代，杀死奸夫淫妇，无死罪，有时仅打几十板，煞煞凶气而已；舆论对这种行为是带称颂倾向的。所以王福的侄子暗中察觉叔父与自己的妻子通奸，“持刀以待”，就是准备援此例杀奸雪耻的，可惜反被人家杀死。王福淫侄妇而杀侄，死罪难逃，却与两个儿子商量出一个逃避罪责的办法，再杀一无辜之人——二儿媳，以凑成一对儿，也要援此例。可是，天网恢恢，疏而不漏，他们费尽心机制造假案，却不能不露出马脚。细心的审判官看了出来，“尸体的色泽有新有旧”，不是同时杀的，再经详细个别审问，终于真相大白。王福想逃脱法网，反倒把自己的大儿子赔了进去。

这个故事行文简洁，没有详写审问过程，但对审问所采用的方法，还是作了清楚的交待：“参错诘问，对尽支离”，就是用的“离人倒辞”之法。可以这样说，只要作案者或知情者在二人以上，用“离人倒辞”法就会奏效。即使被审问者事先串过供，只要审问者细心、耐心，不厌其烦地追问下去，一旦追问到他们未及串供的问题上时，矛盾就会立刻暴露出来，除非他们都是按实际情况来供，不然就会彼此抵牾，聪明的审问者就能从中找出突破点。

这则故事仅仅二百字，却写得惊心动魄，计有二人惨死，二人服死刑。以这样短短的文字，写了这样的大惨案，还没有忘记细节的点染，如写了王福二儿子虽赞同杀死自己的妻子来替父免灾，但动起手来却“膝栗不前”，——不忍下手，腿打哆嗦。到底是夫妻一场，又没有什么过失、仇恨，无故杀死妻子，常人谁都会“膝栗不前”。而王福长子则不然，他能下得了手，因为从他的角度看，父亲与弟媳，孰轻孰重是不用分说的。这一细节的敷演，确是闲笔不闲，画龙点睛，写出了无情惨案中的人情味儿，写得极为贴近生活。而这无情惨案的制造者就是王福，他不该淫侄妇，出于本能杀了侄儿后，更不该设计造假案，杀了无辜的二儿媳。他极端自私，丧失了基本人性和道德。《海公案》虽说属于通俗小说，但这一篇（还有许多与此情况相近的篇章）却很像文言笔记小说的风格。全文简洁周密，唯对侄媳未提及处分，是一疏漏。封建法律是决不会饶过她的。

写“隔离审问”的故事，写得最充分的要数第六十九则《判恶豪占妻》。骆可显系官宦巨富之家的公子，“倚仗父势，凌侮乡邦，人民皆惧他是富豪，让他是公子。后来见人畏惧于他，愈作模样横行。好酒贪色，专尚淫乱”。一天，他率家奴去田庄寻欢作乐，路过店家，看尤得才妻冯氏貌美，借故逗留，终于勾搭成奸。于是，他“与谋之曰：‘尤得才出身微贱，我可辖得他倒。只说你是我妾，某年月日因还母家，被他强拐在此……少刻家奴来，待你夫回，捉他去投明地方，将你抬回我家……他若敢言，即以铁索扣住，送官跟究，问他拐带之罪，更要追他衣服首饰’”。事情果然按他计划办成了。尤得才的婚书、媒人、干证，县官都说是花钱买通的。打了四十板，问了徒刑。后冯氏前夫余清郎从外经商回来了，尤得才去询问冯氏来历，余清郎说是来历清白，无拐带之情，要帮尤得才打官司申辩。骆可显听说后，立即写状子，抢先告状，争充原告，诬余清郎拐带冯氏。余清郎知在县里不能斗得过骆可显，就前往海瑞处告他。海瑞把一干人犯及案卷调来，见当年骆可显曾告尤得才拐带，近来又告余清郎拐带，“因思之曰：‘可显乃骆道贤之子，宦家子弟，如何只为区区一妇，每每缠告不了？清郎必是受屈，见前者判断不明，故不往县诉，而方赴此告也。适若依此言告清郎拐带，则前者非矣！若明年再告一人拐带，则前两者又非矣。此必骆可显欺心，谋人妻子，故前诬一人，今又诬一人，以行其奸也。必拘妇人并妇人之父来审，方见真伪”。

这一段海瑞的心理活动的描写，揭出了骆可显的行为的自相矛盾，这矛盾是靠细心审阅案卷和分析推理得出的。揭穿这一矛盾的方向也找得准：提审冯氏及其父（母）。骆可显见要拘冯氏及其父母，忙为冯氏临时假结了一对父母，企图混淆视听。案情又进一步复杂化了，也进一步明朗化了。如果直接去问冯氏，她已经与骆可显串通一气。海瑞又用起了“离人倒辞”之法。他先将真假父母收监，单问冯氏，年庚八字，父甚名，母甚姓等等，将冯氏口供一一录下，然后收监。单调假结的冯氏父母，也问同样的内容，回答却不能全对上号。而再问余清郎所举的冯氏父亲时，却能一一对上。又让真假父分别与冯氏相见，真父上前抱哭，而假父却熟视无睹，无动于衷。于是真假父母的障碍排除了。真父作为证人，证明冯氏没有被余清郎拐带，而是合法嫁娶。然后，海瑞从冯氏身上突破，使她招出实情，疑案大白。海瑞判：骆可显重责四十，问充军，追银二十两，还尤得才当年的“赎赃款”。假结的父母及冯氏各打三十。

这篇小说写了惩抑豪强的内容，这一点与历史上的海瑞在精神上是一致的。只可惜，《海公案》中像这样具有强烈批判现实意义的篇章太少。小说《海公案》借用了海瑞的大名，并没有把生活中的海瑞原型升华为艺术典型。越是这样，这一篇就越发显得突出。所述的富豪子弟抢男霸女的情形，确是海瑞所生活的晚明时代的社会现实，是当时社会生活的真实写照。海瑞毕生为之奋斗的，就是要削弱这些富豪的势力，给人民开一条活路。这篇小说写审问也别具特色，好像是生活中的真实的审问记录，一问一答，描写得非常细致，首尾齐全，可是又一环紧似一环，一问连着一问，直到揭开真相。

此外，《海公案》中还有不少写通过详细审问找出破绽，从而破案的好故事。如第十四则《仇嘱诬盗》和第五十八则《白昼强奸》都是较为精彩的例子。

《仇嘱诬盗》讲的是一个从物证上突破疑难，平反积年冤案的故事：吴满与戚已有仇，吴满被盗，捕获盗贼后，买通这伙盗贼诬戚已是同伙、是窝主。众口一词，“铁案如山”。六七年之后，海瑞任淳安县知县，阅往年案卷，见有破绽，但是这时那些盗贼都死了，一个证人也无法找到。海瑞见人证无指望，就去寻找物证。库存的物证不过是几件布衣服，是作为戚已盗吴满的“赃证”封存的。这些哑物能为戚已辩冤吗？能！

海瑞把吴满和戚已都拘到堂前，指着一件青布氅问吴满：“这衣服是自己做的还是买的成衣？”吴满说是自制的；海瑞又问为什么要用绢做里子（其实那件衣服是布里子），吴满解释是为了轻暖。再问戚已，戚已说衣服不是自己的，因为自己的青布氅是青布做的里子。原来，这衣服本是戚已自家的，被诬窝赃抄家，硬当做赃证收缴了。海瑞通过这么一问，问清了真相——吴满诬赖戚已。

这个案破得有难度，因为那些诬陷戚已的盗贼都死了，无人可审。但巧妙利用物证，同样可以平反冤案。

《白昼强奸》讲的是两个无赖汉白昼闯入私宅调戏良家妇女，被扭来打官司，二人一口咬定是与原告的妻子相好。避重就轻是一切罪犯的共同心理。怎样揭破他们呢？海瑞请他们各自说出那女人卧房中的家具什物是什么样的。二人胡说一气，各是一样，根本不对，证明他们是瞎蒙，案遂破。

上述这些故事中所用的种种审问方法，在今天略嫌简单了，但它们的精髓仍贯穿于今天的司法生活中。《海公案》以通俗小说的形式，记录了古代中国人的聪明才智。

用人的智慧去破案，是一种由已知求未知的过程。当已知甚少，不足以求出未知的时候，唯一正确的方法就是迈开双脚，踏踏实实地进行调查研究。在今天，即使在一个县里，这项工作早已同审判分开，有专人负责侦察。而在古代，则统由一个地方官（尤其是县一级行政长官）全盘负责侦察、审讯和判决，有时甚至需要知县亲自进行调查、侦察，其助手只是没有官阶的小吏。所以，《海公案》中所写的海公如何亲自微服私访，如何勘验现场等，是有现实生活基础的。

在今天看来，私访就是便衣侦察，而勘验则是检查现场或现场模拟发案过程等。私访的故事，如第四十一则《开饶春罪除奸党》就是一例。题目中的“开”字是“开脱”之意。

有一客商王德兴出门在外，不小心露了富，被盗贼盯梢尾随。当他投宿饶春客店时，盗贼抢劫了他的钱财。王德兴怀疑店主饶春是盗贼的内线，到海公处上告。海瑞审问饶春一番，饶春为自己做了有力的辩护。海瑞将饶春收监，又在暗处窃听了饶春的自言自语，醒悟饶春确实无罪，但没有什么证据。于是，他一面派人四处查找线索，一面问明王德兴所经过的地方。海瑞亲自出马，改扮成一位客商，沿着王德兴的路径走，四处打听消息。他偶然听到有周三、周五兄弟二人暴发横财，于是派人去会他兄弟二人做买卖，把收来的本银让王德兴辨认，果然是王德兴被抢的银子，证明周家兄弟就是行抢的人。

故事中的海瑞在打了饶春一顿板子后，及时回头，不忘调查，去监禁饶春处窃听，判明饶春不是窃贼；于是，他另起炉灶，改正错误，重新调查。没有什么线索，只有通过勤劳的实践去发现。这样的私访，实在是一种“广种薄收”的办法，但也不是盲目地乱闯。海瑞选择了最有希望的路线，张开眼睛、耳朵，捕捉一切信息。当听到人们谈到有人暴富时，海瑞立即把他划入怀疑范围。“私访”成了这桩公案得以揭破的关键。

至于现场勘验，第十则《勘饶通夏浴》最有代表性。饶通夏天洗浴，其妻沏茶一杯送至浴室，不想饶一饮而丧。前房之子疑继母害死父亲，告到官府。官判饶通妻有罪，饶通妻再三称冤。海瑞为判明饶通妻是否有罪，亲自到现场勘验。他详细查看饶通洗浴的地方，并在房中彻夜观察，结果发现屋内有大批蜈蚣，其老巢就在放置茶杯处的上方，从而判断出不是人为投毒，而是偶然的灾祸，“投毒者”就是蜈蚣。虽然蜈蚣有毒，但这个故事有没有科学性，我们说不清楚；然而，海瑞深入现场勘察，从思想方法上讲是非常正确的，其灵魂在于深入研究对象的实际，所谓“不入虎穴，焉得虎子”。许多封建官吏判错案子，就错在一个“懒”字上面。

私访也好，勘验也好，并不是破案的必备步骤，这样做的精神实质是重证据，重事实。只要依此精神办事，也无须事事躬亲。尤其是对情况多做分析，正确推理，更为重要。

第四十六则《匠人谋陈妇之首饰》就没有私访和勘验，但做了周密的调查研究，其中推理起了关键作用，结果在案发当日迅速破案。陈氏生父突发重病，正值农忙时节，丈夫不愿相送，陈氏就由一个小厮陪同，趁早赶路，回娘家探望父亲。她与三个早出做工的木匠相遇于郊外。三个木匠见陈氏所戴首饰值钱，趁路上无人，强行抢夺而去。陈氏来衙门报案，海瑞问陈氏，她什么也说不上来，这是恐惧惊慌所致。倒是小厮在一旁提供出一条线索：三人各带斧锯。海瑞因而怀疑是木匠所为；但又分析，木匠上工一般不用起大早，因而判断可能是为某一家建房的木匠，因为当时的风俗，上梁要选时辰。于是，他派手下人四处打探，看城内城外有谁家上梁，果然有一家。把那家主人拘来，问他所请木匠情形，果然有三人同行而来上工者。于是，令主人回家，谎称衙门有紧急木工活计，调这三个木匠。经过审问和搜身，三人在人证物证面前不得不承认了罪行。

这个故事的破案过程给人以真实可信之感。循着海瑞的那种思路，确实能破此案。破案中所进行的调查，似乎很简单，就是看看谁家雇木工建房，但这是在得到线索并正确推理判断后确定的调查方案，所以读来毫不觉得简单牵强，反而觉得精彩，叹服海瑞熟悉生活，思路细密，料事如神。

以上分类介绍的都是需要进行破案的。还有一些案件一清如水，无须破案，但判案仍然需要“人智”，而小说中海瑞所作出的判决，很是耐人寻味。

俗话说得好，清官难断家务事。一些民事纠纷案，告到官府，处理起来很能看出审判官的水平高低。今天，我们的司法部门处理民事案件，十分讲究“重调解”原则，因为民事案件双方当事人的行为往往是不违法或轻度违法，如使用强制手段或惩罚手段，就是罪不当罚，在制造冤案了。其实，调解是有古老久远的传统的，从《海公案》中也能看出这一点。

如第二十八则《七月生日》，是个疑妻不贞的民事纠纷案，告到官府，海瑞为之引经据典，说明并非人人足月而生。清代的袁枚也有在知县任上为人解释“五月生子”、调解家庭纠纷的精彩故事。这样，解救了一个新婚妇女，一个初生婴儿，至于她究竟是早产还是另有隐私，则采取“胡涂涂”和事佬态度，不去追查，因为查清了对谁都不利。在封建礼教的禁锢之中，如查清了这种事情果属私生子，恐怕是等于杀死母子两条人命。还是救命要紧！

又如第三十三则《一子两继》，说有江某因荒年，令其老仆弃自己新生之第六子。老仆不忍弃之荒野，残害幼小生命，恰巧某富户无子嗣，欲求过继而不得，老仆就把孩子送给了他，回家谎说弃置野外了。后经多年，江某前五子纷纷意外死去，无儿无女，家计虽然尚称富足，内心却十分凄苦，时常懊悔当初不该弃子。老仆此时尚在，知江某心情，乃告之第六子尚在人间。江某即备下银两往某富户处，意欲赎回儿子。两家争执成讼，海瑞判“一子两继”，就是承认这个弃儿有双重父子关系，而允许两家各为他娶一妻子，以便生子继承。这个案子放到今天，也得采取调解的办法，也可能判承认双重父子关系和双重继承权，但不能用给他娶两位妻子的办法了，因为在中国古代一夫多妻合法，可以用这个办法平息两家的争端；今天，一夫一妻合法，一夫多妻违法，犯重婚罪。

再如第七则《拾坯块助击》，叙王爱礼索债，借债人胡进保一时无力偿还，王则横加辱骂寻衅。两方殴斗，胡家小儿拾坯块助击，不中，反被王爱礼拾起还击，也不中胡家小儿，误中其身后的胡家九十二岁老奶奶。十三天后，老太太死去。于是，胡家上告，原判抵命，经海瑞改判误伤，令出资赔偿，负责丧葬。虽然王爱礼打中老人后，促成她的死亡，但一则他不是故意要打她，二则这坯块如打在别人身上也未必就死，毕竟是个风烛残年的老人；而以九十二岁高龄，受伤后还迁延十三日之久，可见能够排除故意杀人。如果再看一看判词，那就更有趣了——海瑞在判词中尽是叱责打人的王爱礼，但在判处上却给他减了等：

[海公判]审得王爱礼为富不仁，剥民肥己，盖流毒一方矣。今因逼债，相殴之急，而失手矣。但七拘不赴，此文（人）挠法之甚者也。尚且展晁错之智囊，弄苏、张之舌剑，捏称遭打致病，抵塞前愆，殊不知胡进保之母只凭伊口所谈，而伤亦经予目所者见。（王爱礼自称被殴伤，不去衙门。又写诉

状称胡家老太太是自然死亡等）爱礼合拟周殡，以殄刁风，不究。

给自首者减刑，古今一理。因为有了自首者，就省去了破案的许多麻烦，所以不论其出于什么目的，都要鼓励。

第六十八则《劫贼分赃不均》就是说的这么个案子：李矮伙同别人抢劫，因分赃不均，愤而自首。别人判了死刑和较重的徒刑，而判李矮减等充军。

另外还有第二十三则《以烟杀人》：桐庐一旅店常有客人暴死发生。一日，有客商某投宿该店，店中婢女见其为人潇洒，心生怜悯之情，暗中告之日："烟来扑地。"客商依言行事，得不死，举报了该店杀客图财事。海公判店主死，对婢女免予处分。

尊重事实，讲究动机与后果统一，这也是古今一理。《海公案》中也有故事能说明这一点。如第四十四则《谋命夺财》，讲的是范衡将商人秦兆推入井中，谋夺其钱财。后秦兆经人救出，至海公处告范衡谋财害命。海公判范衡发配。判得合不合适呢？应该说比较合适。范衡虽然意欲杀人，且付诸行动，具备犯罪动机与犯罪行为，但尚未造成杀人致死的后果，所以也应该减等判刑。

《海公案》中人智断案的故事大抵如上所述，这些好故事即使对今人也具有启思增慧的作用。此外，在人智断案故事中还有两个特例，就是第三十则《击僧除奸》和第五十一则《周氏为夫申冤》。它们写人智破案，写的却不是官府之智，而是民众之智，是被害人自救和被害人家属智赚证据的故事。它们都是很好的故事，特简述如下：

《击僧除奸》写一个书生与郊外寺僧善圆交往甚密。一日，书生访善圆不遇，于其居室内见一小木鱼，无意中敲了一下，忽然有暗道开启，一个少妇从中出来，这少妇竟是书生表亲袁其之妻。妇人见状，急忙退回。书生无意中竟然窥破和尚的隐私，不知如何是好，慌忙退出，正与归来的和尚相遇。善圆见书生表情异样，疑其机密事败露，好言好语拉书生入房中，说"今日之事势不两生，惟足下自裁"。书生后悔不迭，表面上求和尚给自己念经超生，又要了条麻绳准备自缢，麻痹和尚；结果他趁和尚下跪叩头之机，用椅子压住和尚的头颈，用麻绳把和尚绑上，然后跑出来报案。后来发现这和尚的地窖中竟藏有五六个妇女，都是和尚诱骗来的。

《周氏为夫申冤》讲的是盛显达交友不慎，欲与同里张二外出贸易。张二是个无赖，极力促盛显达成行，途中用酒把盛显达灌醉，乘夜将其推入江中溺死，然后声称其不慎坠江，把一船的货物据为己有，贩到苏州变卖，获利而归。为了让盛显达之妻周氏“放心”，他拿出三分之一的钱财送到盛家，诡称：“盛兄在后回，先令我带银归着，他收完账目便回。”

过了几天，他觉得这样说交待不过去，也是小看了周氏，就又去盛家，谎称：“盛兄已回来，至半路被水溺死。”周氏问他听谁说的，他说：“有一客人与之同回，彼客上岸起早，盛兄在船，遭水贼至，船沉水底，因此溺死，是这客人说知。”周氏要请那客人来问话，张二搪塞说已离去了。周氏对这种不正常情况顿起疑心：“吾夫死必不明，必是此贼谋死，故来假言粉饰。可将言语探之，必知端了。”她强忍悲痛，装出毫不介意的样子说：“吾夫去时，我不忍与之分别，我将一玉绦环与之记别；我夫今既死矣，玉绦环必无矣。然他死不足惜，惟吾之玉绦环可惜矣！今再无得有！”

张二见周氏不恋故夫，为讨好周氏，他竟把玉绦环奉还给周氏，所说的谎话就更离谱儿了：“前日我回，盛兄曾付玉绦环与我。既是尊嫂的，即当奉还。”周氏赚来物证，至海公处告张二谋财害命。在大堂上，张二无法解释，为什么人家夫妻间的纪念物会落在自己的手中，案情由此突破。

在这两个故事中，虽然海瑞退居次要地位，但受害人一方凭借智慧与害人者进行斗争，并取得某种程度的胜利，这也是生活中常有的事情，写出来也是很好的故事。不论是那个文弱书生还是周氏，他们的一个共同特点就是临危不乱，处变不惊，积极动脑筋，想办法。这一点对人们普遍具有教育意义。

《海公案》中的迷信破案故事大致可分三种：一是鬼神托梦，鸣冤解疑；二是神仙怪异力量协助破案；三是猜破字谜。从破案角度看，这些都是反科学的，它们与公案小说的本质精神也是悖谬的，但作为小说，作为文艺作品，其中个别故事具有可读性，甚至可以说如换一副眼光来看则是好作品。

鬼魂托梦的故事中，绝大多数是被害者的冤魂前来投诉。由于破案过程简单化了，所以倒省下了笔墨来写作案过程，有的故事曲折，有的故事离奇，有的故事凄婉动人。例如第三十九则《捉圆通申兰姬之冤》，故事情节就较为曲折：

一个和尚圆通，在做法事过程中看见余寿孔妻子兰姬容颜美丽，心生歹意，但总无机会。后来他想出一条毒计，哄骗余家小丫环窃取兰姬睡鞋一双，故意当着余寿孔的面掉落出来，使余目睹妻子的贴身物件竟在和尚之手，因怀疑妻子不贞而休妻。圆通见余寿孔中计，立即回乡更名蓄发，托媒谋娶兰姬，竟遂心愿。事隔许久，一年中秋，圆通与兰姬赏月饮酒，醉后得意忘形地说出自家身世及如何设计离间余寿孔与兰姬等。兰姬得知自己中了奸人的圈套，羞愤自杀。兰姬亲属上告兰姬死因不明。海瑞无破案之法，“于是夜焚香祷告穹苍曰：‘海瑞受人臣之职，惟欲下民咸乐其土，以副厥职……乞明示之，无任仰荷。’祷告已毕，后堂独坐，至三鼓时分，忽然一阵黑风侵入……”一个女鬼前来诉冤，正是兰姬的鬼魂。海瑞据此判圆通凌迟。

按佛教教义，和尚应禁绝人欲，但和尚也是肉身，自然有七情六欲，所以古代现实生活中确有不少和尚违禁的故事，其基本模式是阳奉教义而阴违之，必要时残害他人以满足或掩饰自己。因此，通俗小说普遍有一种倾向，就是不给好和尚扬名，专给坏和尚立传，写他们如何虚伪奸诈，勾引女人。这实在是寓有解放人性、揭露禁欲主义的虚伪残暴的进步意义。

《海公案》中揭露和尚的故事还有许多。这一篇在写和尚如何施行奸计、兰姬受冤枉后心境之凄苦等方面，描写较细腻。可是作为“公案小说”，它却无论如何不能说是好作品，因为它在写了曲折的案情后，没能写海瑞如何细致调查，周密推理，科学地破案，而是写他去乞求上苍，轻易地破了案，宣扬了封建迷信，使人读来索然无味，降低了作品的艺术档次。

第五十四则《判好友劫财》也是这样，可以说案情写得更为复杂、曲折，但写到破案，则令人失望，味同嚼蜡：海瑞正愁无法破案，被冤屈的董贤的父亲托梦替儿子鸣冤，案件由此得破。原来，董贤与孟侍郎女定有婚约，系家长指腹为婚。后董家破败，孟侍郎毁约，董贤与之辩理，孟侍郎要难为董贤，就说只要董贤拿得出重金聘礼，立即允婚。孟小姐得知，颇不以为然，但不敢与父亲争辩，暗中打发小婢前去约董贤后花园相见，欲以私房钱及首饰等资助董贤。董贤惊喜万分，遂告学友丘孔教。丘乃狡诈之人，闻言暗起歹心，用酒将董灌醉，冒充前往。不料孟家小婢见过董贤，见丘来冒认，将欲声张，被丘杀死，丘夺金而去。董贤酒醒，已误相约时间，急忙赶去，正值孟家发现婢女已死，四处捉贼。于是他们将董贤捉住，送交海公……案情具有揭露封建婚姻罪恶的性质。

再如第五十五则《判误妻强奸》，案件够得上离奇的了，破案一靠托梦，便失去了“公案”本色。宋尚德娶妻余贞妹，每每疑其妻失贞，不事生计，日夜厮守，后其妻劝他做些生意，免得坐吃山空。不得已，他说出了自己的忧虑；其妻作出了保证：如若有人相犯，则自杀全节。他这才上路去做买卖。时隔不久，他又悄悄潜回家乡，并求助于“朋友”秦化与张光邦前去“调戏”自己的妻子，以试探其妻是否贞节。张光邦为人轻薄，借机侮辱余贞妹。余贞妹奋起反抗，杀死了张光邦，然后自刎。宋尚德追悔莫及，为逃避罪责，谎称张欲行强奸，被余氏所杀，余氏自杀，报案。忤作勘验现场也未能发现破绽。后余氏冤魂托梦，使海公知道了内情，此案真相大白。

这篇小说塑造了一个性格古怪的男人，从医学的观点看，他很可能患有臆病。他是悲剧的制造者，同时也身受其害。对这样的故事，人们往往会把它当做奇闻轶事来读，并不计较通过什么方法来破案。但是，如果在写完了离奇的案情之后，再来写如何发现疑点，如何追踪线索，最终突破难点，科学地破案、判案，那样锦上添花，将把这篇小说推上一个新的艺术高度。以上两案到了《龙图公案》里面，都写成了人智破案。

再如第二十七则《间断冤儿报仇》，写店家饶福曾图财害命，后生得一子，长成后总要杀父。告到官府，儿子忽然说："我并不是你的儿子，我是那被你杀死的店客。"于是，饶福杀人案破。这个故事宣传因果报应的因素特重，简直就像宗教的宣传品，但总算有一点惩恶劝善的作用。

还有一个故事，虽也是鬼魂报冤，但读起来总使人有一种凄怆的感觉，别是一番滋味在心头。故事说淳安县有个闵元庆，家养一口猪突然发疯，向海瑞跪吼。海瑞令将猪带回衙门，问是否有冤情，猪还点点头，并作人言。猪虽不能写状，但海瑞还是受理了此案。原来闵元庆曾与裴杰争讼，为取胜，他杀死了自家仆人，赖裴杰害命。原县官糊涂，判裴杰偿命。此猪乃被害之家仆灵魂附体，前来鸣冤。闵元庆为打官司争胜而害二命，终于连自己的性命也赔了进去。

为什么不写冤魂如何托梦白冤而写他托生一猪呢？这里似乎存在着一种隐喻。在那个年代，多少下层人民，其社会地位如同猪狗，不能说，不会道，更谈不上写写算算，受尽了欺侮。但不平则鸣，即使是猪，也同样能把状告下来。而海瑞确实是清官，即使是猪来告状，他也不嫌其丑陋卑微，照样受理。一念及此，这故事虽然荒诞不经，却令人感叹不已。

神仙怪异力量协助破案的故事，很有点儿像神魔小说，不过是短篇，很简单，但也有清新可读者，例如第三十五则《玉蟾救主》，写温州府泰顺县东阳乡有一富家，蓄一老佣工，数十年有余，"发黄齿落，痴愚尤甚"，但少主人苏应试喜欢带着他出游，令其提壶执杯。一天，苏应试与二位学友游玩，酒酣分韵联句作诗："花摇金海乱，酒载玉山巅。……"一时间没能续上。老仆忽然接续吟道："伴玩年来久，骑鸾日下回。"两个学友惊异地问苏应试："闻君家苍头甚愚，今所吟诗，岂愚人哉？且'骑鸾'有仙意，岂神仙乎?”老仆人说：“是!”老仆自述身世，本是仙界一白玉蟾，因在王母宴上越次食仙李，被谪人间为奴，现在限期已到，可以回归仙境，并应客人要求，表演仙术，把手中酒杯化为仙鹤，骑鹤升空。苏应试等三人要求度脱尘世，白玉蟾说：“诸君非仙材，难上升。但异日有难，连呼我名，我来救君厄也!”后来，有仇人陆友奴诬陷这三人杀人，当海公开棺验尸之际，苏应试想起当年的话头儿，连呼白玉蟾之名。棺中尸体竟复活，说“我死非由此三人”，于众人中指证一人，原来正是陆友奴。待陆友奴服罪，那尸体又仆然倒地。原来是白玉蟾做法。

这个故事读来有如神话，令人心向往之。其主要的笔墨根本没有用在“公案”上，而是在写苏应试等人遇仙的情景；后来的案件，也是为写仙术而设，藉以验证白玉蟾的神通广大。

再如第三十四则《断问猴精》，说绍兴地方有一猴精与一和尚勾结，为害一方，人们奈何它不得。后来来了一个道士，做法术拘起一个看客，飞奔入山，与猴精搏斗，并制服了猴精，交海公审问处斩。在这个故事中，海瑞退居极次要地位，只是最后在他那里通过一下罢了。

又如第三十二则《大士庵僧》，写一个和尚见财起意，逼迫施主赵泰自杀。赵泰请求向观音大士祷告后自杀，和尚应允。赵祷告后自缢，观音显灵，以双手擎其足，故得不死；又引一人至，解脱赵泰捉住和尚。这个故事也带有很浓的宗教宣传味道。海公的地位也是无足轻重的。

以上所举两类迷信破案故事，虽然个别故事清新可读，但作为“公案”小说，终究不是正宗，甚至可以看作是反科学的封建糟粕。对于古代文化遗产的精华与糟粕，我们是要有弃有取的。但是，这一工作切不可简单化，不能从抽象的概念出发。上述这些迷信破案故事，今天只说它们是封建糟粕，并不等于对它们有了清醒深刻的批判认识。我们要看到，这些故事是数百年前的作家写给数百年前信鬼神的读者看的，而那时的民众普遍存在迷信思想，则是因为愚昧无知，因为生产力低下。我们不应苛求古人，也决不能容忍封建毒素，不予批判。分析古代的文学作品，应该像毛泽东所说的那样，要侧重看其在当时的历史发展中起什么作用，看其对当时的民众的态度如何。这些迷信破案故事在当时社会传播开来，其主导社会作用是传扬封建迷信，但有的也具有借鬼神惩恶扬善，伸张正义，鼓励抗争和威慑邪恶的作用。我们今天评价这些作品，对其落后的一面应当坚决摒弃，而对其中有些微价值的内容作一点肯定，这不但不会妨碍我们弃其糟粕，反而会使我们做得更坚决，更彻底，更准确。

迷信破案的第三种类型就是猜字谜式的破案故事。最有代表性的要数第三十七则《奸夫误杀妇》。这故事被晚出的《龙图公案》抄去，易题为《斗粟三升米》。

写一个人外出贸易，求签算卦，得了四句谶语："逢崖切莫宿，逢水切莫浴。斗粟三升米，解却一身屈。"前两句使他躲过了两次致命的灾难，第三句作"斗粟三升米"，经海瑞猜出，杀死其妻的凶手叫康七，因为官斗一斗十升，得米三升，余者七升是糠。康七是这商人的邻居，与其妻私通，本欲趁商人洗浴的时候行刺，结果误杀了商人妻子。

这一类故事是《海公案》中较差的。论其思想内容，宣扬的是封建迷信；论其艺术表现，绝大部分故事粗糙简陋，有的甚至连内在的逻辑都没有，令人无法卒读。所以，也就不多作介绍了。其源盖出于对汉字的神秘崇拜心理。

以上我们对《海公案》全书七十一则故事分类举例介绍了一番，同时对其优劣文野也作了简单的分析。为什么在这本书中科学与迷信共存呢？在这里我们想作些粗浅的探讨。

大千世界，千奇百怪，科学与迷信共存的现象并不少见。纵观人类思想的发展历史，当原始人群产生鬼神观念时，这本身也包含着重大的科学意义，也是人类的一大进步。尽管鬼神观念是对世界的错误的反映，但它的产生说明人类的思维能力、认知能力在能动地探索客观世界。对客观世界的认识与对人自身的认识混淆不清，所以产生了万物有灵论的想象，产生了灵魂不灭及鬼神观念。其后，一些更为进步、更为科学的思想才得以诞生。无神论思想，就是从有神论思想中孕育发展并分离出来的。此后，有神论与无神论的斗争此消彼长，无不与科学文化发展相关。有神论利用新鲜的科学文化成果装扮自己，改变形式以求生存；无神论运用新鲜的科学文化成果求得发展和深化。这就造成了具体事物的多样性、复杂性。从司法史角度看，科学地破案、判案，恰恰是从"神判"中分离出来、发展出来的。中国古代关于"獬豸""皋陶"的传说可以证明这一点。

獬豸不过是一种四足独角兽，古人神化它，用于判案。据说它能明辨是非，用独角专触理亏的人。后来，产生了"人判"，出现了皋陶，他是负责刑狱的官员，但在遇到棘手的案件时，他还利用"獬豸"。这表现出"神判"向"人判"发展过程中的互渗。

通过了解上述现象，使我们对《海公案》为什么有近一半的迷信破案混杂其中有了进一步理解——原来这一现象的出现，也是历史发展的必然结果。对于《海公案》中的迷信故事，我们今人能看得一清二楚，是因为我们据有现代科学文化；而产生《海公案》时代的人却不可能看得如此清晰，对那些毫无根据的东西，他们或许全信，或许半信半疑。同样，今人看今天的事物，也与古人有相似之处。

然而，有一条经验之谈可供参考，那就是科学的东西讲究求真理，崇尚实证，不怕推敲，而伪科学及迷信的东西讲究盲从，善造伪证，怕人怀疑。凡是那些玄而又玄，无从证明，又不许怀疑的东西，往往不是科学。因为我们对古典文化糟粕与精华的弃取，其真正的意义在于现实，在于以史为鉴，更好地认识今天，把握今天，所以在这里谈谈当今世界的问题也不能算作多余的话。

四　《大红袍》的虚虚实实

《海公大红袍全传》，今知共有十三种版本，均是六十回，题为“李春芳编”，是一个假托之名。只因明本《海刚峰居官公案》题署“晋人义斋李春芳编次”，便假托此名，实为清朝无名氏所撰。

那么，《大红袍》写了怎样一个故事，海刚峰、海瑞何以有如此巨大的人格魅力，令明清两代许多人为之作“传”呢？

在此书里，叙写了在历史上不曾存在的海瑞与严嵩的斗争。在人民处于无权状态，只能仰赖清官申冤的日子里，海瑞成为人民的意志、愿望的集中体现，成为正义作家讴歌的对象。

全书可分为四大部分：第二十回以前为第一部分，演述海瑞、严嵩各自出身经历及矛盾的构成；第二部分（第二十一回至五十回），围绕海瑞与严嵩之间的矛盾展开，是全书的主体；第三部分（第五十一回至五十七回），写严世蕃的恶行及海瑞对严世蕃的斗争，成为海瑞与严嵩斗争的补充；最后三回，主要叙述嘉靖病死，海瑞忧国，参奏严氏，郁郁而死，身后仅留大红布袍一领遮尸。隆庆皇帝将严嵩父子及其党羽下狱，成为海瑞与严氏家族斗争的尾声和结果。

第一部分先从海瑞的出身经历写起。明朝正德年间，广东省琼山县有一个名叫海璇的读书人，娶妻缪氏。夫妻和美，相敬如宾，只是年过四十，尚无一子。一日，天降暴雨，有一狰狞怪物闯入书房。海璇知是怪物避劫，便以身相护。此物便是传说中识善恶、辨真假的獬豸兽。此物托生海家，取名海瑞。海瑞资质聪明，耿直无私，而又性至孝友。十岁时，海璇亡故。在母亲缪氏的鼓励下，海瑞苦读十年，赴省城应试。途经雷州时，已故张孝廉的女儿宫花因鬼作祟而疯魔。海瑞一身正气，为其驱除鬼魅。张夫人温氏感念海瑞的德性和才华，便把宫花许配于他。海瑞百般推脱，不肯允诺，却因伤暑病重，误了考期，只得无功而回。返回雷州时，温夫人施巧计，使女儿与海瑞成婚。成婚之夜，海瑞坐怀不乱。后海瑞携宫花回家，婆媳融洽。缪氏亡故后，幸赖张氏勤俭持家，使守制在家的海瑞专心研读。

再说那正德皇帝，虽有万名嫔妃充斥后宫，却无一个龙子，便遵从大学士朱琛的意见，欲立信阳王后代、吉州别驾朱某为皇储。此人贤能廉洁，礼贤下士。因怕被人加害，正德皇帝便派缇骑将他锁拿进京。进京途中，路遇江西分宜人严嵩。严嵩虽家无片瓦，却略有才华，流落江湖，以测字相面为生。严嵩相朱某某当贵为天子，差官张志伯也能随其做官。众人只是将信将疑。朱某进京，果然被正德帝封为太子，并受禅为帝，改元嘉靖，尊正德为太上皇，升张志伯为步军总督指挥。后来，正德病逝，嘉靖登基，下诏开科取士。

时海瑞孝服已满，闻得这个恩典，便与诸友赴省入场。在旅店中，有两个偷儿欲偷海瑞财物，被海瑞堵住去路，并以好言相劝，让二人回家。二人受其感动，改邪归正，甘愿终生遵纪守法，为海瑞服役。幸喜海瑞省试得中，来雷州拜谒岳母，并遵岳母之意，将妻张氏带回娘家，即进京会试，却因不懂藩司的陋规，没有贿赂库科的官吏而耽搁了行期，进不得场去，只得在开豆腐店的张老儿家中住下。

此时，严嵩已考中进士，并钦赐状元及第，即用为翰林修撰兼掌国子监，一时宠幸无比，皇帝惟其言是从，惟其计是听，不久升为通政司。又与张志伯在外卖官鬻爵，广收贿赂。其家人严二，依仗主子的权势，重利放债，抽剥小民。这年，京城大旱，粮米昂贵，生意又淡，张老儿欠下官府地税。张老儿无奈，只得感恩戴德地从严二那里借贷十两银子。严二借天色昏黑，竟以假银相骗。张老儿多次与严二理论，不仅没有讨得真银，反而受到奚落，忧郁成疾。官府又催得紧，张老儿走投无路，海瑞代张老儿交纳税款。严二到张家索债，张老儿百般哀求，无济于事，张老儿妻女只得出面恳请。严二见其女元春有沉鱼落雁之貌，便心生邪念，欲娶其为妻。严二一方面对张家以银买好，另一方面又派媒婆催逼。张老儿不许，元春也气倒在地。严二恼羞成怒，请人写了一张状纸，到兵马司指挥徐煜邦处告张老儿赖债。张氏母女见严家财势俱全，只得向海瑞求援，恰好海瑞与徐煜邦是同乡。海瑞向他讲明缘由，并代张老儿偿还十两银子。徐公传严二受审，严二矫强恃势，见官不跪，徐公秉公而断，执法用刑。张老儿取保回家候讯。三部联合会审纵容家丁的严嵩（明朝定例，凡有在京大小官员作奸犯科者，皆传三部会讯），兵部尚书唐瑛、刑部尚书韩杲、太常寺卿余光祖，三位大臣联衔将严嵩宽纵家人、出本放债之事，具本申奏皇帝。嘉靖看了，心中偏袒着严嵩，故只责其失察，革职留任，而不问其出本放利之咎，草草了事。张老儿得释，严二则被枷号示众。

再说元春见海瑞屡次有恩于父，心中感激，便亲自做了一双鞋送给他。海瑞百般推辞，只收下一只作为纪念，另一只仍留在元春处。

严二一心恨着张老儿，恨不得一时寻事陷害于他。适值嘉靖有旨，要选宫妃。严二遂将元春名字、面貌令画工绘了，送到大兴县来。县令果然将其选中。张老儿和仇氏百般哀恳，无济于事，唯有海瑞在一旁劝慰。元春来到内署，自思红颜薄命，也不悲泣了。半个月后，进宫面君。嘉靖见了，龙心大悦，次日册封元春为贵妃，张老儿夫妇也被封为一品，搬到衙门居住，仍然把海瑞留在店中。

这年会试大典，嘉靖钦定几位大臣做大总裁，严嵩做正总裁，各官俱不心服。三场策问，海瑞场场切中时弊。朱卓云将海瑞卷子首荐上去，三位总裁俱称叹不已，以为第一非海瑞莫属。惟有严嵩心怀妒忌，要显自己厉害，故意用油脂污染卷子，撤下去，另换一张卷子去替补。敀此海瑞名落孙山。

海瑞回家没有盘缠，又不想向张家借钱，便搬出豆腐店，困居京城。元春虽蒙恩宠，却时刻念着海瑞恩情，未尝须臾忘报。见新科进士录中无海瑞的名字，元春心中着急，便与母亲仇氏商量寻找海瑞的办法。元春将剩下的那只鞋送给内监冯保，让他沿街叫卖。人们见只卖一只鞋，个个掩口而笑，说他是呆子。这日，恰遇海瑞。海瑞见了鞋，想到自己的那只，知道必有原委，遂讲明身份。冯保欢喜不迭，进宫禀报张贵妃。张贵妃便把海瑞的情况报告给皇上。皇上特赐海瑞进士及第，授浙江淳安县儒学。海瑞得了凭状，只苦无盘费，不得赴任，只得在李纯阳处借来十两银子。正在此时，内监冯保和张老儿分别送来银两。海瑞将银子分开，一百两资助李纯阳，一百两寄慰妻子，然后离京赴任。

严嵩在皇帝面前百般献媚，深得皇帝信任，不数月就升为刑部侍郎，后又升为吏部尚书，兼大学士。严嵩威权日盛，文武多有依附其势者。步军统领张志伯进封国公，并与严嵩结为儿女亲家，彼此勾结作奸，鬻爵卖官。为了广收贿赂，张志伯央严嵩在嘉靖帝面前求情，替他弄了一个巡查各省钱粮的美差。张志伯奉了圣旨，由直隶、山东巡察而来。地方有司惧其权势，莫不送财。巡至山东历城县，知县薛礼勤竟不肯奉承。此人耿直廉洁，两袖清风，素有廉吏之声。张志伯故意难为他，薛礼勤却对答如流，不卑不亢。张志伯无奈，只得派其心腹与薛知县谈及钱粮仓库之事。薛知县却毫不让步，置生死于不顾。第二天升堂，薛礼勤所报的数目与库中的分毫不差，张志伯抓不住把柄，只得明目张胆地诬陷其贪污，并命左右缇骑将薛知县正法。薛知县大骂而死，围观百姓无不落泪。

再说海瑞一面到淳安县上任，一面命海碓回粤迎接家眷。海瑞此际，凡有兴利除害之事，无有不为。这时，张志伯巡查到淳安县。海瑞不仅不去迎接，反而羞辱了其旗牌官胡英。胡英索要船只、纤夫，海瑞不畏权势，怒打胡英。然后，海瑞把自己与胡英对锁着，一同来见张志伯，并面责张志伯贪赃枉法，索贿受贿。张志伯理屈词穷，又怕海瑞认真，坏了自己的名声，只得悻悻而去。临行之际，海瑞亲自下水为张志伯牵缆，让众百姓专心农务。百姓纷纷下水相帮，张志伯见状，只得开船而去。回京后，张志伯将巨额赃物缴到严府。张志伯深恨海瑞，欲置之于死地，又恐遽杀之易惹起激变，便故意在皇上面前举荐他，召他进京，另寻妙计除之。海瑞先与严党张志伯初斗，自此又与严嵩同在一地，形成对垒之势。

第二部分写海瑞上任后，先到丞相府谒见，但一连去了五朝，竟不得见。原来严嵩的心腹严二把守宅门，凡有官员初次禀见者，必要三百两门包，否则不得入见。海安将原因告诉海瑞，海瑞一筹莫展，张夫人主动将私房钱和首饰拿出相助。等到见了严嵩，海瑞面揭其短。严嵩本想发作，又恐坏了名声，只得暂且隐忍，怒骂了严二，命严二将门礼退还海瑞。严嵩对海瑞更加仇恨。

张娘娘自蒙皇上宠爱，在宫三载，产下一位太子。皇后死后，嘉靖欲立张娘娘为后，严嵩以其出身微贱相阻，实欲立自己的外甥女郝卿怜为皇后。嘉靖仍立张娘娘为皇后，严嵩心中不悦。严嵩与兵部给事赵文华设计，请皇帝到严府赏花，席间令郝卿怜盛装而出。嘉靖帝被其美貌所惑，将她带回宫中。郝卿怜做出百般媚态迷惑皇帝，嘉靖帝对她言无不从，十分宠爱，最后废张皇后而立她为皇后。

张皇后和太子被打入冷宫，海瑞等臣上本阻谏，嘉靖仍执迷不悟。数载后，时值皇上四旬万寿，大小臣工皆去祝贺。席间，群臣做诗唱和，无非都是赞扬之句。海瑞却以区区八句之诗，触了皇上的痛处，使他想起被打入冷宫的张皇后及太子。嘉靖不顾严嵩的阻谏，把张皇后和太子赦了出来。郝卿怜因此失宠，严嵩更加痛恨海瑞。

张志伯将严嵩的族弟严源举荐给皇上。严源本是一个庸才，为了蒙骗皇帝，严嵩与张志伯连夜向他灌输戍守之道。第二天，严源鹦鹉学舌一番，皇上赐其甘凉总督之职。严嵩的儿子严世蕃酒后使性，打死"于翠勾栏院"院娘。知县不敢根究凶手，反而把尸体扣押。一日，海瑞到史官李纯阳处闲谈，说起严嵩的种种不法之事，趁李纯阳出门待客之机，他偷得李纯阳写就的严嵩罪状十二款，并作稿具奏于皇上。嘉靖帝御览后，命三部联审。海瑞为了证明严嵩罪状之确凿，不得已供出李纯阳。邢部尚书郭秀枝与李纯阳有隙，欲乘机置李于死地。李纯阳知道难逃失职之罪（未把所记十二款罪状存于金藤柜），在大堂之中，他大义凛然，与郭秀枝针锋相对。嘉靖看了三部的两份复奏，本欲将严嵩革职治罪，无奈郝卿怜求情，只得杀了李纯阳了事。海瑞见李纯阳被杀，悲愤已极，求皇上赐他与李纯阳同死。嘉靖只得赐李纯阳冠带，用五品六礼安葬，追赠为翰林学士。海瑞竟亲自随灵柩相守，直至小祥，并把李妻及子李受荫接到家中同住。

海瑞在闲暇之际，用心教那李受荫经史，比亲生的还倍加爱惜。大祥后，海瑞以其女金姑许配于李受荫，李夫人以家贫相辞，因海瑞坚持，李夫人只得依允。李夫人思乡心切，执意要回潮州，海瑞却无积蓄与她做盘缠。无奈之中，海瑞只得求助于太子。太子亦无钱，内监冯保设计，使严嵩失手打碎了太子的茶盏，向他索钱一千两，送与海瑞。嘉靖帝还以不敬之罪，判严嵩到云南司过堂三日。海瑞亲执三号板子，怒打严嵩四十大板，直打得他皮开肉绽。严嵩向嘉靖控告海瑞，嘉靖得知宠臣被打，大怒，命御林军把海瑞拉出去处决。海瑞在法场之上，仍以社稷为念。刚到午门，恰遇内监冯保，冯保将情况告知太子。太子向皇帝求情，帝改命杖责八十，监禁三个月。严嵩探知海瑞得太子保奏不死，即时修书一札，请廷尉用杖结果海瑞性命。因太子从中救助，使海瑞免遭毒打。严嵩一计未成又生一计，请他的门生桂岳伺机而杀海瑞，又让严二在狱门把守，以防有人照应。桂岳把海瑞投在阴风透体的狱底，以期把他折磨致死。海安求见太子不得，只得哀恳海瑞同乡刑部郎中邓来仪。邓郎中借查狱之机，把人参糯米饼儿送与海瑞充饥，海安也混进狱中见到海瑞。太子闻知情况后，大哭，亲自来到刑部衙门。桂岳慑于太子威势，只得背负海瑞来见太子。从此后，桂岳不敢怠慢，每日好酒好菜伺候。张后又向嘉靖求情宽宥海瑞。帝允诺，派海瑞到山东省济南府历城县做知县。

海瑞到了山东，并不急着上任，改扮成测字先生，一路访查。如此半月有余，访得严嵩的干儿子，历城富户刘东雄，财雄一方，势霸一郡，恣意妄为，无恶不作。海瑞不畏权势，发出朱票缉拿刘东雄。差役们只笑海瑞不谙世务，并不去缉拿，反向刘东雄通风报信，并借刘东雄之言威吓海瑞。海瑞一方面重责差役，同时又将计就计，以严嵩口吻修书一封，请刘东雄照顾海瑞。刘东雄送来重礼，海瑞又派海安、海雄回送礼品，实则探明刘府道路。海瑞趁刘东雄做功德之机，扮作算命先生，取得刘东雄信任，留海瑞在书房替其妻儿算命。海瑞偷得刘与严嵩勾结作恶的书札，因把书札弄乱，被庄丁发现，刘东雄把海瑞投入水牢。是夜，雷雨大作，一阵大风竟把海瑞掠出牢房。海瑞绝处逢生，找到提督钱国柱。钱国柱即时点兵三百，海瑞亲自带兵，攻打刘庄，并从水牢中捞出尸体五具。大堂之上，刘东雄不肯招供。海瑞录案详报上司，王绮反而庇护严嵩。海瑞怕有反复，复提出刘东雄再审，这一回备极严刑，刘东雄打熬不过，只得招供。海瑞请尚方剑杀死刘东雄，一时人人称快，匪类闻风自警。因刘东雄是严嵩爪牙，严嵩更加痛恨海瑞。

适逢南交国起兵，侵扰边陲，敌强我弱，形势危急。严嵩欲借刀杀人，故意举荐海瑞前去安抚。帝准奏，命海瑞以兵部郎中出使。海瑞到达南宁，扮成小军模样，缒到番营之中，把番营及其粮草运输情况弄了个一清二楚。南交兵来攻，海瑞命将士坚守不出，待彼怠惰，攻其不备，大获全胜。他又命将士烧毁南交军粮草，迫使其退兵。然后海瑞亲自来到番营，以朝廷安抚之意告之，并赐银玺一颗。番军畏其威势，服其恩德，拔寨而去。

严嵩以为海瑞必为南军所杀，更加肆意横行，竟与赵文华、张居正合议杀害张皇后及太子。他们让张居正的仆人陈春随严嵩混入宫中，行刺皇上。被抓后，一口咬定是受皇后和太子指派。嘉靖命三法司会审。严嵩恐陈春泄秘，在酒菜中下毒，把他毒死。皇后及太子向嘉靖陈述实情，帝释疑。

海瑞回京复命，升任都察御史，自请复核陈春一案。严嵩等三人怕阴谋败露，便故作讹言，说南交国造反，请海瑞前去催贡、安抚，又偷偷地派张居正的家奴沈充在道路上追杀。海瑞抓住沈充，问明缘由后，免其一死。沈充感恩，又因受过南交国郑继王之恩，熟悉南交王情况，愿随海瑞前往南交。严嵩本以为海瑞必死，不承想他又生还且催来贡品。严嵩怕海瑞回朝对自己不利，又奏海瑞为湖广巡抚，使他远离京城。

海瑞往湖广进发，一路访问民情。他访得衡州土匪周大章，吃喝嫖赌，偷抢掠杀，又霸占江面，不许别人摆渡，人称“阎王渡”。为探得真切，海瑞又装作寻友不遇的游子，引起周母余氏的怜悯，住进周家，偷得知府关上遥与周大章相互勾结、纵盗害民的信札。周大章生性狐疑，见海瑞住在他的房中，顿起疑心，但因酒醉无力，只得将海瑞锁进房中，留待明日处理。周妹兰香最为伶俐，余氏依兰香之计而行，救出海瑞。周大章醒后，见海瑞已逃，又丢了信札，知道大事不好。官兵来到，周大章被擒。次日，海瑞以信札为凭，判关上遥害民纵盗罪。海瑞又以重刑审判周大章，周大章熬持不住，只得招供。按察司二员亲押周大章到市曹处决，见者无不快心欢喜。海瑞又将十两银子赠送余氏，并送余氏进普济堂，以报相救之恩。海瑞既清了周大章及党羽匪犯，遂起程巡按他郡。一路访察而来，秋毫不犯，清廉自守，深得百姓爱戴。

第三部分专写严世蕃作恶多端及海瑞对他的斗争。

那严嵩把海瑞截往他省，不便回京，更加任意妄为。严嵩之子严世蕃任吏部侍郎，与掌管东厂的太监王惇狼狈为奸，横行不法，且性好男风。一日，他竟设计把定亲王的心腹内侍引进严府，灌醉于荷花亭，任其玩弄。定亲王勃然大怒，亲率家丁大闹世蕃府。严嵩到皇上面前诬陷定亲王谋反。虽有吏部尚书唐瑛直言相劝，嘉靖帝仍将其下至狱中。三法司再三严讯，定亲王不肯承认，案情只得搁置。海瑞任满回京，升任户部尚书兼都察院左都御史。他闻知定亲王犯法始末，上表为定亲王鸣冤，并写下保状使其获释。

严世蕃接任湖广巡按。自接任以来，他不以政务为心，专要贿赂，又选用美貌少年，成天玩乐。一日，严世蕃到太学讲学，见到美少年胡湘东，遂以千金聘到按院主笔砚之任。两个月后，他以赏雪做诗为由灌醉湘东，肆意凌辱。胡湘东醒后大怒，以石砚掷之。严世藩诬陷湘东行刺，并以诗暗示知府杀害湘东。知府问明情况，不忍加害，竟弃官不做，与湘东逃往京师，求海瑞申冤。海瑞奏请皇上，重新提审严世蕃。严嵩请内监王惇向嘉靖帝求情。嘉靖有心偏袒严氏父子，便将世蕃罚俸三年，革职留任。

海瑞得知严世蕃被王惇所救，大怒，便连夜修成本章，以整肃宫闱为名奏请查验全体宦官下体。嘉靖帝命其主事。海瑞抓来不肯注册受验的王惇，将他阉割干净。王惇从海瑞诗中知道此事是因庇护严世蕃一案所致，从此不敢偏袒奸臣、作威作福。

尾声部分写杨继盛、莫怀古二事及嘉靖之死。

嘉靖帝钦赐海瑞“盛世直臣”的匾额，以表其忠。严嵩痛恨海瑞，适逢南京户部尚书员缺，他便奏请皇帝请海瑞补任。海瑞去后，严嵩伙同党羽，更加肆意妄为。兵科给事中杨继盛恨嵩误国，连夜修了本章，数嵩十款。严嵩竟矫诏杀之。

光禄寺丞莫怀古有一祖传温凉宝玉杯，被裱褙匠汤忠看见；汤忠又见莫妻雪娘美貌，便心生歹意。他把宝玉杯的事告知严世蕃，严世蕃来要，莫怀古不肯拿先人之宝来媚奸臣，便与妻子逃离京城，途中被官兵所抓，送到戚继光处审理。老仆莫成甘愿替其一死，莫怀古逃出京城。那裱褙匠向世蕃乞雪娘为妻，新婚之夜，雪娘将其刺死，然后自刎身亡。

嘉靖帝染病不起，遗诏仍以严嵩为丞相，海瑞为文华殿大学士。海瑞在南京遥祭嘉靖，修本参奏严嵩父子，却因忧心国事，一病不起，在使臣接他回京之前，不幸病亡，死后惟有一件大红袍遮尸，张夫人竟没有积蓄银钱作还乡路费。新君隆庆帝命拨银送海瑞灵柩回原籍安葬，追赠少保，谥忠介。

隆庆看到海瑞及众臣弹劾严嵩的奏章，将严氏父子及其党羽下狱，百姓无不欢喜。

《大红袍》第六十回末“批评”说：

近有以南词《大红袍》唱本行于世，其中多生枝节，写海公动辄狂奏，殊不合理。今编此卷，确实而书，庶忠臣不作狂士之讥。

这话说得真滑稽。大意是说，另有一本南词《大红袍》，胡乱编造，把海瑞写成狂人模样；针对这种情况，才编出这本《大红袍》，据实来写海瑞。这真可谓“此地无银三百两”!

因此，我们首先要说《大红袍》最大的、第一的特点，就是百分之九十五以上是虚构的，大胆已极的虚构。小说里面，海瑞当知县顶撞张志伯一节，确有海瑞与胡宗宪公子、与鄢懋卿因不肯行贿、不肯超标准供应发生矛盾等实事的影子，其余的完全是虚构。海瑞到北京做户部主事的时候，严嵩、严世蕃父子早已完蛋了，所以海瑞大约从来没与严氏父子见过面，没打过交道，又哪里有机会产生矛盾、进行斗争呢?

不但这个“海—严斗争”的总体框架是虚构的，书中写海瑞一方和严嵩一方的那些所作所为，也就是刻画双方的那些题材，那些血肉，也大都是虚构的。

在前面我们专门叙述了海瑞一生的大事，这里可以少花些笔墨，只要指出：《大红袍》中关于海瑞科考仕进的情况，海瑞斗严府家人严二，海瑞保护张娘娘及太子，海瑞与李纯阳合作斗严嵩，海瑞打严嵩及张皇后救海瑞，海瑞贬至山东历城做知县、斗严党刘东雄，严嵩恶意举荐海瑞平定南交国番兵，又举荐海瑞任湖广巡抚，海瑞对宦官开刀阉骟，海瑞遗章在隆庆皇帝面前告倒严氏父子等，都是假的，就可以了。

倒是严嵩、严世蕃，这里需要多费一点笔墨。严嵩（1480—1567年），江西分宜人，高个子，削肩膀，眉眼疏疏朗朗，说话膛音洪亮，少年时勤学苦读，写一手漂亮的书法和文章。他的仕途的起点是一个飞黄腾达的黄金梦，他靠着阿谀奉承嘉靖皇帝，又有本事——会写漂亮文章，会揣摩皇帝的心理，吃苦耐劳，果然青云直上，执掌朝政二十年，最后以撤职、抄家、儿子被处决、自己八十七岁高龄冻饿而死，结束了这个黄金梦。

严嵩初做京官时，也曾违逆过嘉靖一次。嘉靖因为是藩王入继大统的，总想把自己的祖先、父母抬起格来，朝臣谁反对，他就惩处谁；严嵩也反对了一下，后来一看风头不对，赶快顺风转舵，赞成圣旨，坚决执行。此后，严嵩终生顺着嘉靖，使嘉靖看见他开心，用着他顺手，他渐渐权大势盛。为了利用皇帝干坏事，他学会玩弄皇帝，顺着皇帝的心理引导皇帝做出错误决定，杀他要杀的人，罢他要罢的官，而使嘉靖觉得这些决定是自己的意志。他从来不同刚愎而懒惰的嘉靖顶着干、对着干、提意见、作批评。

严嵩与南宋的秦桧不大一样。秦桧与赵构共同有一条妥协投降的路线。严嵩辅助嘉靖写青词乞求长生不老，但那只是宫廷生活范围的事，对全国的政治经济，他们没有什么主张措施，只是维持那腐败黑暗的局面，听任其慢慢恶化。在这当中，严嵩最突出的劣迹是结党营私，残害忠良，贪赃枉法，误国害民。而嘉靖长期对他保持好感与信任，执迷不悟，朝政交他大权独揽，庇护、掩饰他的一切过恶；嘉靖醒悟得太晚，但许多朝臣前仆后继的鲜血与头颅，毕竟还是唤醒了他。他没留给隆庆去处理，是他亲手处理了严氏父子。他死前四年做出了基本处理，死前一年做出最后处理，杀了严世蕃，但严嵩老贼比嘉靖晚死一年。

严嵩一生的罪恶太多太大，罄竹难书，举几件突出的事做代表：

一是从巴结夏言到杀害夏言。夏言是江西贵溪人，与严嵩是老乡，年龄略比他小，中进士也比他晚，官却比他大。靠夏言荐举，严嵩被留在北京礼部尚书任上。严嵩贪污受贿很突出，夏言不愿与之相交。严嵩下请帖，夏言竟派人退帖。严嵩就亲自来到夏府，双膝跪倒，双手捧帖，朗读恭请，弄得夏言很过意不去，只得过府赴宴，尽兴方归。严嵩的独生子严世蕃贪污受贿更是胆大包天，夏言察知准备参他一本。严嵩得知，亲率世蕃求见。夏言装病不见，严嵩就买通门房径直入内，父子双双跪在夏言装病的卧榻旁先假装问候，后苦苦哀求，直到夏言以男子汉人格作出保证，决不参奏世蕃，才千恩万谢离去。严嵩在这样卑躬屈膝对待夏言的同时，背地里大造夏言的谣言，拉拢反对夏言的势力，准备伺机打击夏言。关于收复河套的决策，作为首辅的夏言，支持兵部侍郎曾铣主战，但也是嘉靖批准的。作战期间接连发生天灾人祸，严嵩乘机诬告是夏言、曾铣主战误国造成的，又密嘱严世蕃买通狱中要犯仇鸾诬告夏、曾贪污受贿；恰逢战局逆转，边关告急，嘉靖便先后批准，先斩了曾铣，后杀了夏言，开了明朝杀首辅的先例。这件事《大红袍》中没有写。

二是从利用丁汝夔、仇鸾、赵文华等人到抛弃甚至陷害这些爪牙。俺答兵兵临北京城下，兵部尚书丁汝夔请示首辅严嵩战和决策。严嵩主守、主和，丁汝夔唯唯听命。俺答兵烧杀淫掠足够，又签订了明朝妥协退让的屈辱条约，方才退兵；因内宫宦官多京郊籍人，使嘉靖双耳贯满怨声，结果拿丁汝夔等人下狱。丁家派人至严府求救，严嵩大打保票，保证无事；在嘉靖面前他却丝毫不敢承认自己的罪责，完全推诿给丁，脱得一干二净，使丁在刑场受斩前大哭大骂：“老贼严嵩害了我！”

仇鸾是个无能的将领，曾拜严嵩为父，升官总督。他排除异己，一帆风顺，手握兵权后，对严嵩表现骄纵，严嵩即秘疏诋毁仇鸾，并在边关报警时建议派仇领兵迎敌，又在仇鸾败阵后促成弹劾的批准，结果仇鸾受到革职待命处分，一命呜呼。

赵文华与仇鸾大体相似，认严嵩为父，在东南督师，推过揽功，为严府带来大批财宝，除严嵩外，对严妻欧阳氏文华称“娘”，世蕃二十七名姬妾处皆有厚礼馈赠。文华地位较高后，也生了异心，他把得自严嵩处的“长生药酒”献给嘉靖，并说明来历，这无异于离间皇帝与严嵩的关系。严嵩立即得报，召见并斥骂赵文华。以后借修造西苑正阳门楼，有人在嘉靖面前巧告赵文华刁状之机，严嵩撤销对他的支持，赵文华便被削职为民，儿子戍边，落得悲惨下场。这几件事《大红袍》中也没写。

三是残酷迫害正直朝臣。一个是小官沈炼，他上书告严嵩十大罪状：1.纳武臣贿，边防弛息；2.受藩王馈，干涉宗室；3.揽御史权，败坏政纪；4.搜刮地方，财政空虚；5.钳制谏官，阻塞言路；6.妒贤嫉能；7.纵子作恶；8.运贼回乡；9.擅权误国；10.贻君父忧患。嘉靖给予沈炼廷杖流放处分，严世蕃则吩咐党羽路楷、杨顺务必处死，结果他们就以流放地发生白莲教起兵为机会，硬将与白莲教毫无牵涉的沈炼塞入名单，就地“正法”。严嵩给路、杨赏赐不丰，促使二人想到沈炼还有三个儿子是后患，将两个乱杖打死，一个充军戍边。

另一个是兵部员外郎杨继盛。杨上疏告严嵩十大罪恶，五大奸宄，情词恳切，说得嘉靖动了心，召严嵩质问。严嵩特别能摸透皇帝心理，他抓住杨继盛疏尾说的话：“如果认为臣子我说话不实不准，请皇帝召景王、裕王询问，……”告诉嘉靖：“杨继盛与景、裕二王私自交往，诬陷臣子我，请陛下您明察！”嘉靖最怕群臣私交王子，最怕人说自己糊涂、受人欺弄，果然就下令逮捕杨继盛，严刑拷问后台主使人是谁。杨继盛被打得骨折肉碎，也不妄招；审讯官员中凡主持公道者皆被罢黜，杨最后被判处死刑。这件事《大红袍》第五十八回以简笔草草写出。类似这样的人，是长长的一串名单呢。

再说严世蕃（？—1565 年），是严嵩的独生子，生年约在 1500—1510 年之间，卒年约可在 55—65 岁之间。他相貌不如乃父排场，短脖子，一只眼，很肥胖。他为人的特点：一是富有文才；二是狡猾残忍；三是淫欲特盛。嘉靖批出来的圣谕，严嵩认不出来的他认得出来；草拟文稿供皇帝采用时，他写的比严嵩写的更受嘉靖赏识；六部请示严嵩什么事情，有时严嵩答话说：“何不与小儿（指世蕃）商议？”有时更直截了当地说：“且由东楼裁决！”东楼就是世蕃别号。很多人被杀害，罪责在严嵩，谋划则在严世蕃。严世蕃贪污受贿比乃父胃口更大，手段更公开，但他最有个人特点的是诱娶、逼娶民间美女供自己淫乐，有姬妾数十人之多。

至于严氏父子的垮台，也是一个比较漫长、波澜起伏、充满趣闻的过程。因小说没有写到，这里只讲一两件事：

嘉靖住的万寿宫失火，改住玉熙殿又觉得狭窄，便下令臣子设法。严嵩建议暂居英宗逊位期间住的南城离宫，这使嘉靖充满迷信观念的头脑极感不快。徐阶则请求重建万寿宫并且很快修成，这使嘉靖亲近徐阶，进一步疏远年迈的严嵩。宫廷高层的这个秘密并未传开。有一天御史邹应龙因避雨进入一个宦官家里，恰巧宦官在家，闲谈中言及此事以及道士蓝道行扶乩时斗胆写出的对严氏极其不利的乩语等内情。这促使邹应龙下决心揭发严氏父子的罪恶。果然，他抓住了时机，告倒了严氏父子，取得初步胜利：嘉靖勒令严嵩退休，岁仍给米百石，逮捕世蕃等，经审判戍边。

御史林润在弹劾鄢懋卿时，摆出很多罪状，如冤杀杨继盛、沈炼等经嘉靖批准的事情都写上了，严世蕃探听到这个稿子的内容，就高兴地对严党爪牙们说："不用害怕，咱们这案子要被否决了。"徐阶给这个稿子提意见说："你们想让严世蕃等人有活路吗?"大家说："一定要让他们死啊!"徐阶就批评他们的写法是救活严世蕃的写法，因为写了很多经嘉靖批准的事。后来，他们把稿子里的这类罪恶全删去了，专抓严世蕃自己干的那些不法事情来写。严世蕃又探听到了这个情报，立即惊诧地说："我完了。"果然，奏疏一上，嘉靖立即御批严世蕃处斩，抄家得黄金三万两，白银二百多万两，珍宝服玩值几百万两，土地、房屋、园林数量均极惊人。以上所有严氏父子的实事，《大红袍》基本没有写到。

从以上这些实情，我们可以看出：《大红袍》里的严嵩父子与真人严嵩父子相比，精神大体一致，事实根本不同，奸恶的深刻性与丰富性远远不及真人。严嵩在小说中对海瑞只有"外遣"一手，反复使用：一举荐他安抚南交军，二举荐他南交国催贡，三外放他为湖广巡抚，四调他任南京户部尚书，招法不多，也不如真人阴狠。关于这个问题，因《小红袍》也是这样的虚构路数，我们放在下面《小红袍》一节中重点加以探讨，这里只限于评价一下《大红袍》取得的成就与不足。

《大红袍》如此虚构起来的情节与结构框架，总体上给我们一个印象——仿佛两架风筝在空中飞舞：红风筝是海瑞，线系在皇后、太子一端，黑风筝是严嵩，线系在嘉靖一边。两只风筝，似斗非斗，高低翻飞，一正一邪，一廉一贪。由于小说中大部分情节是严嵩排挤海瑞"外遣"，正面交锋极少，这个比喻非常恰切。海瑞一方，有李纯阳、唐瑛、杨继德、无名逃官知府等人。严嵩一方有张志伯、张居正、关上遥、严世蕃等人。这拓宽了两军对垒的层面，又突出了海瑞、严嵩两个主要人物，其构思用心良苦，取得的成就是线索鲜明，故事热闹，且有较强的可读可听性；不足之处是结构的有机程度不高：苦心经营的张皇后线索并未贯穿到底，后半部再不提起；高潮不明显，故事的演进属"重复堆垒式"，结局草草。总的看起来结构可称完整，两只风筝不论表面上飞得多远，由于线紧紧缠在一处，总还要相顾相撞，飞得越高，斗得越狠，离得越远，斗得越凶，故而可说它还算表现出一种较为成熟练达的总体风格。这种风格印象与文字的洗炼也不可分。

它的语言风格是流畅的，它采用浅显的文言文为主体，简洁明快，通俗易懂，适宜于表现政治历史题材，尽管这题材是“九虚一实”的。其题材处理与《三国演义》相背，语言则与之相近。

人物塑造粗中有细，成就虽不甚高，但比较注重多方面表现人物丰富复杂的性格层面，还没有形象脸谱化、概念化、单一化的毛病。如海瑞，在表现他的忠烈的同时，不忘他作为血肉之躯的儿女情长的一面。塑造次要人物，能注意用极简练的漫画式笔触突现人物性格。如内监冯保，一方面对忠臣海瑞百般庇护，另一方面又不忘借机讹诈严嵩；衡州土匪周大章，残忍、暴虐，但在酒醉时，又绝不放松对生人海瑞的警惕，生动地表现出其狐疑的一面。这使全书保持了一定的水平。

书中有些地方表现了浓厚的封建迷信色彩，在思想上、艺术上都是最刹风景之处。

总而言之，《大红袍》虚构了一个海瑞，虚构了一个严嵩，虚构了一个历史上并不存在的海瑞斗严嵩的矛盾，表现了一个“忠奸斗争”的具有一定进步意义的主题，取得了较好的成就，获得了当时群众的好评。在三部海瑞题材小说中，《大红袍》名列第一；在中国小说史上，《大红袍》属三流偏上作品。

五 《小红袍》的是是非非

《海公小红袍全传》，各本都是42回，没有作者署名，约计有10万字。

《小红袍》写的是什么故事呢?

第三十一回之前是小说的主体，写海瑞与张居正的斗争；第三十二回至四十一回是小说的余波，写海瑞复官，处理几件冤案，与主体无关；第四十二回写海瑞百岁无疾辞世、升天为神的结局。

小说的主体三十多回，可再分成四个部分：第一至四回集中写张居正的种种罪恶；第五至十回写海瑞被迫还朝反击张居正；第十一至二十三回，写“搜国宝”的反复斗争——张居正负隅顽抗，力渐不支；第二十三至三十一回，写天波府搬兵，张居正终被海瑞扳倒，是故事情节最荒诞的部分。

第一部分写海瑞年老还乡之后，隆庆帝死前托孤，四岁小儿万历选中张居正为辅弼之臣，受其操纵；张居正渐生篡国之心，升任亲信，排斥忠良，引起皇叔镇辽东王不满奏本，结果他被张居正假传圣旨满门抄斩；抄出白银二百万两，张居正窃为已有。

一日，太后赐宴慰劳张居正。张醉后僭卧龙床，调戏宫女灵儿，意欲奸污，被太后撞见逐出。张居正惊恐，暗思毒计，命其四子在家乡荆州养兵，又对沿袭宋朝旧规赐免钱粮的杨家将后代起征钱粮，以充养兵之费。

一日，外邦使者来朝进贡，赠张居正走盘珠百粒，珊瑚树一双，猫儿眼宝珠一匣，黄金千两。张居正却贪心不足，仍觊觎进贡皇帝的无价之宝——百日烟炉、醉仙塔和醒酒毡（后文中又添写出避水珠、夜明珠），竟连夜找巧匠仿造假宝，次日进呈万历，将真宝窃为已有。

其长子茂修，次子惠修，靠相爷恩威，双双高中进士；张居正又请求万历御批为状元、榜眼，进入翰林院。他又表奏其妻回荆州养老，万历封为乳母娘娘，为之起造宫殿，立“下马牌”，命一切官员至此下马下轿。张居正暗命其妻在荆州招收匪徒沈勇占山为王，养兵待命。

又一日，万历命朝臣圆梦。他梦见文臣中一长人持弓（张）要射自己，被一汪洋大海中穿红袍、满面瑞气的老者所救。吏部给事中孙成圆梦说，害万历的就是张居正，救他的就是海瑞。引起万历对海瑞的怀念，意欲招他回朝。张居中却谎称海瑞已在三年前病故。万历皇帝乃派人前去海南御祭海瑞。

第二部分写海瑞并不奉御祭圣旨自杀，而是赶赴北京。一路上主仆轮流挑行李，住柴房，吃素食，十分朴素。路遇进士周元表，述及他因不向张居正缴贿银一千二百两，反而奏本控告，被居正判斩，万历减为充军戍边；这样的新科进士冤案，共是三十四人。海瑞命解差开锁，释放周元表。到京，海瑞住在门生杜元勋家。杜为国子祭酒（大学校长），他对海瑞扳倒张居正的打算支持但缺乏信心。次日，海瑞上朝，见一副颂张的对联：

托孤寄命调和鼎鼐万民有福

赤心为国燮理阴阳今古无双

海瑞便在墙上另写了一副：

张居正正而不正欺幼主卧龙床黑心宰相

张茂修修而不修仗父势不读书白肚状元

写完躲于屏风之后。张居正上朝见联大怒，知海瑞来京，后悔失策；他召见海瑞，海瑞反命他来见，对他不但冷嘲热讽，而且用笏板痛打一顿。张茂修估计海瑞必奏本控告其父，乃串通大太监孙凤，阻驾暂不坐朝，一连三日。至第四日，万历坐朝，海瑞奏本，弹劾居正六款罪过：私杀皇亲镇辽东王；丈量田亩，虐害军民；私卧龙床，戏弄宫女；私藏国宝；卖官鬻爵，广结奸党；诈索规例（按：索贿），贪婪强虐。张居正反诬海瑞欺君惊主，合该自尽。万历命朝臣评本。吏部给事中孙成故意说二人皆当斩首，又说张居正大恶应满门抄斩。万历了无主见，退朝之际海瑞扯龙袍强谏，迫使万历请示皇太后。皇太后告知万历，海瑞于先帝有大恩，并赐宴慰问海瑞。

次日，孙成订购棺材八十一口，冒满门抄斩之险，再次弹劾张居正。适逢海瑞重奏旧本，万历不准；孙成又来评本，乃全家绑赴法场。海瑞亦自赴法场，情愿陪死。这时，开国元勋徐达之后龙虎将军徐雷法场留人，请出太祖朱元璋“龙象”谒见万历，说明孙成乃自己妹夫；万历只得赐宴、升官，为孙成压惊。此时，海瑞奏请贬孙成为荆州理刑，意在居正家乡安放一颗钉子。孙成暂不理解，万历欣然批准。后孙成求教于徐雷，方能领悟海瑞里应外合的深意。

海瑞在朝不奏新本，只参张居正。万历说他的六款罪状没有凭据，海瑞立即举出周元表等三十四名新科进士拒绝索贿被迫害一案。万历为三十四人平反封官，却不追究张居正罪责，反而以厌恶心情赐海瑞“荣归乡里”；海瑞不肯，万历乃封他一个“无官无印无衙门”的皇帝“耳目官”。海瑞十分高兴，将计就计，正可到处察看，自由行动。

与此同时，孙成到达荆州，初步掌握了张居正二子重利盘剥、草菅人命、淫人妻女等罪恶行径。他在到达时，首先挫败了张府的气焰，又强行释放了提篮挑担少量贩卖私盐违法、被盐院枷号三个月的贫民，却讨来令箭封条，查封了盐院官船上的大宗走私舞弊盐包，迫使盐院立即会见众盐商凑集四万两白银吃茶钱向孙成行贿，孙成命解送北京海瑞。他又在表面上袒护张府的假象遮掩下，将张三公子诱骗至刑厅“饮酒”，百姓苦主纷至沓来，孙成喝酒谈笑间变脸，将三公子逮捕。张府只得紧急修书报告张居正。

第三部分写海瑞奏本获准，万历委派兵部给事中陈三枚为搜宝使，新科进士周元表为副使，去荆州搜宝。张居正急修家书，告家中赶紧藏宝，却被海瑞所派快马赶过，由孙成就地将信使拦截，将密信缴获。陈三枚到达荆州，扮作麻衣相士，打进张府，假意恭维四公子“龙行虎步”，称之为“万岁”，取得了他的信任，探得了国宝所藏密室；周元表则会见孙成，径来开读御旨搜宝，自然轻易取胜。在押解国宝回京途中，由于估计不足，仅派二十名兵丁护送，被张府一百名家丁扮作强盗打败，抢去两件宝贝；周元表怀揣避水珠、夜明珠跳水，返回荆州孙府。陈三枚跳水后，却被张府党羽土匪沈勇捞起，劫往山寨准备请功。次日，沈勇外出打劫，陈三枚被寨中一落难妇女窃钥开锁救出，二人一同逃出山寨回到孙府。而沈勇却在打劫官船时被杀。群贼无首，焚寨逃散。于是，陈、周、孙二次围搜张府，重得国宝，并将张四公子逮捕归案。三人密定虚虚实实之计，确保押解国宝安全返京。

张居正在京闻荆州之讯大惊，急派一百家丁扮作海瑞接宝护宝兵丁来抢；又串通党羽大太监孙凤私盖玉玺，做成对孙成晋升、逮捕、处死三道假旨，派党羽陈国舅装病休假秘密出京，阴谋在通州处死孙成。

海瑞虑念安全事关重大，请徐雷派兵二百人接宝，张居正劫宝家丁被识破，杀得大败；海瑞又疑陈国舅装病有鬼，乃尾随其后，跟踪至通州，在法场救出孙成，命其速返荆州任职，重新逮捕了张家三、四两公子。他则以一条铁链，一头锁住陈国舅，一头锁住自己，回京面见万历。万历多面维护，终因人证俱全，只得将孙成逐出朝廷永不任用；将陈国舅免官勒令退休；将张居正降三级任用。此时国宝已安全解来北京，尚未在万历面前亮出。

第四部分写海瑞估计到万历必定对张居正袒护到底，没有武力威慑不能扳倒张居正，乃派人去海外仙岛岣屺山请求佘太君发兵讨贼。这七八回书写得不但分外荒唐，而且文、题不符，错三落四。总之，是杨家将节节取胜，步步进逼；这时，海瑞将搜得国宝陈列朝堂缴旨覆命，又将张居正近期一系列阴谋暴力活动揭出，促使万历下令：将荆州张府门前下马碑打碎，将京中张居正府第封锁。孙成将三、四公子招兵买马、私制龙袍等反状审明。杨家兵营进屯至首都城外，万历方准将张居正之子、状元张茂修送交杨家处理，他被就地斩首正法。杨家仍不肯撤兵，定要张居正来见。结果议定：抄没张居正家产，做一夹底棺材，将张居正置于棺中诈死，抬往杨家兵营一过，仍旧抬回。万历命张居正“速速回乡养老”；海瑞复任“南直操江”。海瑞与张居正斗争至第三十二回完结，后十回再不提起。

第三十二回至四十一回写了四件冤案：

详写一案为周家兄弟冤案：周文桂入赘袁家，岳父、妻舅皆是地痞流氓，文桂与之不睦，游学在外，助登莱道主官执掌刑名。他写信邀其弟周文玉来登莱谋差，妻舅阿牛遂下毒手，买通本地狱中要犯诬扳周文玉同伙，使其下狱；自己赶去登莱，谎称文玉不得脱身，经商量替他前来谋差。适逢登莱道的小妾与登莱道的公子私通，其父乃逐子进京科考，令文桂陪送；阿牛亦自告奋勇，并于途中诱使公子返回公馆接出小妾。然后，阿牛杀死公子，劫走小妾；文桂反被牵连入狱。

略写三案为：察院毛文奇包揽词讼案、李三公子强夺民妻案和土豪田文采欺压乡里案。

小说写海瑞办案，破得透彻，判得公正，既没有神鬼，也没有智慧，就是微服私访，沉入民众底层，把案情弄得了如指掌。

第四十二回写海瑞告老还家之后，活到一百岁，在极为繁盛的寿诞宴席上一笑而逝，夫人与之同终，死后灵魂升天，封“天下都城隍”。

《小红袍》的主体部分所写“海瑞与张居正斗争”，这个问题并不简单，让我们像剥竹笋一样，一层一层往里剥：

在小说里，“海瑞与张居正斗争”就是“忠与奸斗争”“正与邪斗争”的具体化。这是我国古代文学里一个有传统性的主题，有一定的进步意义。儿童看电影，总爱问：“他是好人？是坏人？”是啊，这是人、事、物一个最简单、最原始的分类。忠、奸、正、邪比这个概念复杂多了，但也含有这种意思——现在说《小红袍》，就是好人整倒了坏人，好官整倒了坏官。果真这样，朝政就能清明一点，人民就能好活一点。这与推翻封建帝制、革命，自然还“不搭界”；我们自然也不能责备海瑞为什么不去做“李自成”，只要我们没有神经错乱的话。万事万物都有它的质的规定性，也就是局限性。暖水瓶替不了自行车，自行车替不了手杖。

小说里的张居正，主导的一面固然是对皇室不忠，弄虚作假，私窃国宝，甚至谋夺皇位，但还有两个相辅相承的方面：一是搅乱朝纲，陷害忠良，排除异己，任用私人，胡作非为；二是纵容家人，鱼肉乡里，抢男霸女，杀人夺产，无所不为。所以，小说里的张居正是一个十恶不赦的首恶元凶，全国上下都想食肉寝皮的角色。到什么时候，我们也不能说这样的人是好人。

小说里的海瑞，从家居被迫反击写起，以后步步紧逼张居正，一步紧似一步，逼得张居正还手无功，招架也无力，步步为营，又招招失败，直到彻底崩溃；而海瑞呢？他老当益壮，不辞辛劳，不怕风险，而且威信绝高，又足智多谋，他的力气还没有用尽，他还没有疲劳，他还要管些案子才回家呢。

这样的“海—张”矛盾设置，我们得予以适度肯定，因为这反映了封建政治的本质现实——昏君加佞臣与贤臣作对，这更反映了广大读者、听众（指听说书者）的心理愿望——正义终究战胜邪恶。谁如果说中国小说、戏曲里的这种“光明尾巴”是从阿 Q 的头顶上借来的光亮，那我实在不敢苟同。试想：中国今天虽然还有许多事情不能使人满意，但宏观地看一看，这么久远，这么广大，这么众多，这么蒸蒸日上，乃是几千几万年来代代相接，与天、与地、与人艰苦卓绝斗争得来的；中国的自然条件并不是一流的，但中国搞好了就有希望在二十一世纪或二十二世纪跃居一流。必胜思想，不肯认输，是中国国民性中的一大宝贝。再就是爱国主义。我们的小说、戏曲里就反映了这种素质。而且你虽然可以说它是浪漫主义，是理想主义，不是现实主义的，但浪漫主义最可宝贵之处是在黑夜的迷雾中点燃航灯。现实主义的悲剧使人愤懑，浪漫主义的喜剧使人欢快，一个给人憋劲，一个给人鼓劲，有异曲同工之妙，是不可以厚此而薄彼或厚彼而薄此的。

在适度肯定这个矛盾设置的前提之下，《小红袍》具体体现这个矛盾的构思也应予以肯定。小说开头演述了张居正种种罪恶阴谋，并在后文中大多予以照应，但关键一环是“盗国宝”。说来也是笑话。这国宝恐怕只对酒鬼来说才是无价之宝，醉仙塔可以无限地供应他美酒，醒酒毡又可以使他大醉酩酊之后随时醒来。但这不正是昏君迷酒色的好宝贝么？更何况，“物”在这里只是一种象征，“盗国宝”盗的即使只是一根铁棒，那也是外国使者进贡的“宝”。就这样，张居正一方，盗宝—藏宝—夺宝—再夺宝；海瑞一方，探宝—缴宝—再缴宝—护宝；张居正、海瑞，仿佛正月十五耍龙灯，一条红龙是海瑞，一条黑龙是张居正，二龙戏珠（国宝），煞是好看。若是演戏，这便是一种“戏胆”，小说里该叫什么？中心线索？太洋了点儿，也不大对劲，姑且称之为“书胆”好了。

这个“书胆”固然滑稽可笑，不过当我们想到《小红袍》的可读性与可听性，作为一种通俗文艺，又得承认这颗“珠”无与伦比了，太政治化的东西，只能提及，不能作“胆”，“凡心俚耳”不感兴趣。我们写这些话，始终设想是置身在说书场中，否则我们的要求就会失当了。

《小红袍》中的说书内证俯拾皆是。例如，第十四回陈三枚落难立水中这段独白：

老天吓，我陈三枚虽不算作忠臣，也要扶助幼主，除奸灭邪，不想今日却死在这里，到如今，怎能够三呼万岁朝金阙，怎能够晨昏定省拜双亲，怎能够金屋画眉相唱和，怎能够堂前训子读文章？老天吓，如今但愿奸臣诛灭，天下太平，我陈三枚就死在九泉，也得瞑目。

这明明是说书人口吻，甚至像是“说小书”的到此声泪俱下地“开唱”，只是书中这类可唱段落还不多罢了。

弄明白、想通这一点，我们的评论才可以说得恰如其分。比如，海瑞在小说中像是神经病患者，语言、动作都是高度夸张的、神秘荒诞的；佘太君出兵更是“关公斗秦琼”。可唯有如此，说起来才热闹，才撩人，那文武相生，冷热相掺，张弛交替，正反相衬，才能把听众的心紧紧地抓住。有如今日电视连续剧不能不把“可视性”摆在中心位置一样，当年的说书又怎能不把“可听性”——下层市民爱听什么——摆在首要地位呢？

现在，轮到说说张居正的问题。

历史上的真人张居正是不是一个大奸臣呢？绝对不是。

《小红袍》把他写成大奸臣，是不是毫无根据、发神经病呢？也不是。

张居正是晚明时期富有改革精神、做出较大成绩的一位政治家；

张居正又是一位德行有亏、生前身后受到人们正当非议的政治家；

张居正是一位死后受到错误处理，被扣上许多冤枉帽子的政治家；

张居正又是一位明朝本朝便平了反，历史学家比较一致地作了功大于过结论的政治家。

张居正执政十年，他针对晚明现实所采取的一系列施政方针，不能认为只对明王朝政权有利，应看到它们对国计民生都有好处。他以凌厉的姿态管束万历小皇帝，不但正面教育开导，而且从财政上卡他的铺张浪费，把户部带有赤字的钱粮账目摆在万历桌上，请他“量入为出”；万历命令工部铸钱供他花用，张居正以“利不胜费”硬给停了；言官们要求停止苏、淞一带的宫廷织造，万历不同意，张居正当面请求，砍掉了一半；经他请求，还停止了武英殿修缮工程，裁减了外戚无功升官的数额；万历小的时候，皇太后责罚训斥他，动辄就说：“叫张先生知道了，看你怎么办？”乾清宫的小太监孙海、客用等人引诱万历游乐，张居正就上条陈，列出这些宦官的罪恶，请求把他们驱逐出宫。所以，万历非常怕张居正，又非常讨厌他。

张居正又以凌厉的姿态整理了朝政。他大刀阔斧地推行一条鞭法，使财政经济危机大大缓解。江南权豪势要之家，逃税抗税，他选择精明强干的官员对付他们，收齐了他们的税，也招致了他们的怨恨。对于官吏政绩的考察，中央政令的推行，漕运粮船的通航，他都设立了一些有效的制度办法，做到了令行禁止。一时之间，国库充盈，政风严肃，社会治安，边防武备，也都很有成绩。各方面具体讲起来，很多很多。张居正确实是晚明的一位改革家，是晚明最后一位有建树的首辅。

但是，张居正也确实德行有亏。他最为当时人所讥议的，一是善使权术。他和高拱长期共事，人称莫逆之交，但在关键时刻，他在政治上出卖了高拱：高拱作为首辅，要搞倒大宦官冯保，事先将此机密消息通报阁僚张居正；张居正一面表示完全同意，一面将此消息紧急通知冯保，使冯保得以求援于皇太后。结果，皇太后干预此事，将高拱罢职放回老家，提拔张居正做首辅。张居正还在那里装糊涂，演好人，虚情假意地一个劲打报告请求收回成命，挽留高拱在朝任职。这完全是阴谋家的嘴脸。而张居正处理人际关系往往如此，非仅此一例而已。

二是自律不严。尤其是他的晚年，豪华侈糜，专横恣肆，不知有所节制。他左右心腹之人贪污受贿，也大大助长了他的恶名。他的三个儿子“皆登上第”，人们都议论说不是凭着真本领考上的；他家的老苍头（奴仆）游七也捐钱做官，很多“勋戚文武之臣”都来巴结游七，和他通婚。张居正死后被抄家，共抄出“黄金万两，白金十余万两”，说明他虽不是晚明贪贿之风的代表人物，但也决不是两袖清风如海瑞式的廉洁政治家。

由于他生前搞改革得罪了一些人，不检点留下一些小辫子，要权术伤害了一些人；又由于万历非常讨厌他，所以多亏他死得早，只有57岁，他的祸患才在死后爆发了。万历皇帝听信了宦官张诚的谗言——说张居正的宝藏远远超过皇宫大内，就首先收拾了冯保，接着收拾了张居正生前安置的党羽，然后把张居正的“赠上柱国、太师”“谥文忠”等荣誉称号全部剥夺，并且抄了他的家，逼得张居正的长子张敬修将三十万两家产寄托在外之后，上吊自杀。万历还下令完全削去张居正生前官秩，夺去所赐玺书四代诰命，公布他的罪状于全国，甚至说应当“剖棺戮尸而姑免之”。张居正的弟弟、儿子也都发配充军，一家人搞得很惨。万历这样对待张居正，是晚明政治衰败的一个转折点。

终万历之世，没有人敢说这是冤案。万历之后，渐渐有人鸣不平，到了崇祯十三年才彻底平反，肯定了张居正“受遗辅政”十年，“肩劳任怨，举废饬弛，弼成万历初年之治”的功绩，肯定了他执政时期“中外乂安，海内殷阜，纪纲法度莫不修明”的局面。但是，这种局面却永远不再降临到大明帝国来了。不出五年，大明帝国便寿终正寝了。后来，在清代，在近现代史学界，人们对张居正几乎都是采取基本肯定、有所批评的态度，并没有什么太大的分歧。

是不是明末对张居正的平反，由于天下大乱而鲜为人知呢？是不是张居正的恶名传布已久难以挽回呢？如前所述，清初就演丑化他的戏。《小红袍》出版后，这些戏也还在演。《小红袍》把张居正当成奸臣来写，与张居正蒙冤数十年不得平反是分不开的；书中还有几件具体情节与张居正的“真迹加冤情”极为相似，估计就是由“真迹加冤情”演化而来的：

万历怀疑张居正“宝藏踰天府”，抄了他的家，小说写了“搜国宝”这一中心情节。

张居正死后被指责为“构辽庶人宪炜狱”，这位被废王的妃子还上疏控告“庶人金宝万计，悉入居正”，小说写了张居正陷害镇辽东王，并吞没了他的财产。

张居正身后被指责“谓高启愚以舜、禹命题，为居正策禅受”，有意篡夺朱明天下，小说写了他意欲谋反。

张居正“三子皆登上第”，“左右用事之人多通贿赂”：小说中写了他四个儿子，二在京，靠权势登第作官；二在乡，豪奴恶仆，为非作歹。

张居正勾结太监冯保，小说写他勾结太监孙凤。

很重要的一点，是海瑞、张居正确实有矛盾。不过，这种矛盾是没有“内容”的：

万历初，张居正当国，亦不乐瑞，令巡按御史廉察之。御史至山中视，瑞设鸡黍相对食，居舍萧然，御史叹息去。居正惮瑞峭直，中外交荐，卒不召。十二年冬，居正已卒。[瑞始复任职]（《明史》海瑞本传）

就是说，张居正与海瑞在政治主张上虽然颇有相通相近之处，然而人品风格有高低正邪之异，张居正不但不能信用海瑞，反而打击、压抑了海瑞。然而，十年之间，两人没碰头，没发生任何具体的矛盾。

由这些材料可以看出，《小红袍》写张居正害死镇辽东王，吞没其家产；意欲篡夺皇位，废明自立；窃国宝，后被抄家；儿子仗势点状元，为非作歹，都有似是而非的“罪状”根据。

所以，你说《小红袍》的作者全无根据，也不是，但就其全局来说，就其基本点来说，《小红袍》是把张居正搞错了；尤其是在写到杨家将一节，直接写到征税问题上来，说杨家是世代免税的，张居正竟然也要起征，这是为了他谋反准备财力，等等，这完全是站到反动的一边去了。写海瑞斗倒他，更纯属子虚乌有。

中国文学史上，尤其是通俗文学这一支里边，这一类“冤假错案”还真有一些。

头一个最大的是曹操。那不是一本《三国演义》的问题，而是整个民族文化心态的问题。“人心思汉”则导源于民族危机的深重。人们于是抽掉了东汉末年那些黑暗腐败的政治，“思”起四百年的大“汉”来了。你曹操虽未篡汉，但毕竟你儿子曹丕废汉立魏，基础就是你打的。所以，就把朝代与民族混在一起，认曹操这个历史大功臣为乱臣贼子，一张大白脸，落得个骂名千古，实在是今古奇冤。当然，曹操作为一个文学艺术典型，不但是成功的，而且是不朽的。可是，说一个笑谈：如果你是曹操，地下有知或者起死复生，你愿意充当这个典型的原型吗？我想，你不但不愿意，而且会向法院“起诉”，说塑造什么典型我不管，但请不要用我的姓名；使用我的姓名，又与我的实际有很大出人，对我是一种侵权的行为。

如果张居正的后人对《小红袍》这类小说、戏曲也提出这个问题，法院应如何处理呢？这个笑谈不就成为很实际的问题了吗？有一个朋友告诉我，张居正的后人在荆州住不下去，就到江苏省兴化县避难，至今繁衍生息于此。

是啊，如果这类小说继续出，戏剧继续演，人家后代提出“侵权”的问题，提出改动姓名的问题，我看是应当胜诉的。《大红袍》里的严嵩、严世蕃就提不出这个问题，因为这大、小学士父子俩的罪恶是应得千古骂名的。他们的后人没人承认这两位祖先，真要起诉也得败诉。

可是，不应挨骂而被痛骂至今的“屈死鬼”还有。杨家将题材小说、戏曲中的负屈者潘仁美，如今已在电视荧屏上再次露了他那“奸臣脸”；《甲午海战》中那位被错怪为汉奸的管带大人的后代，不是也早就提出了平反的要求了么？这些情况，提出了一个我认为值得深思的问题——“随它去”还是“管起来”？

我认为，在社会主义文艺中，使用真实姓名的文学艺术典型必须基本真实，颂扬失实的固应防止，抨击失真的更应绝对避免。社会主义文艺的题材不一定是现、当代生活，有时也采用古代的和外国的，也应奉行同一原则。已经“颂扬失实”“抨击失真”的古代文学艺术作品，应当运用这一原则作适当处理：演出界改编时应修改纠正，最方便的办法就是改变成虚构的姓名；出版界重印时虽应保留书的历史原貌，但在出版说明中应作出郑重的交代。例如《小红袍》，不再版便罢，再版便指出张居正真人与小说的差异，如何如何冤枉，等等。

我以为，这是社会主义对人、对文化应当采取的严肃态度。死人，古人，也是以往的活人嘛！

这样做，对我们的子孙后代也施加了一种影响，进行了一种教育，就是：说别人的是是非非，那是极严肃的事情，那是要对人、对己负责任的事情——既有道德责任，也有法律责任，决不可以信口雌黄，更不应该胡编乱造。冤枉的事情，不论过去了多少年，都会被纠正；被冤枉的人终究会得到平反，得到公正的评价；冤枉别人的人必得承担责任，甚至受到谴责。

南宋大诗人陆游听到说书唱曲的盲人说唱《赵五娘》时，曾感慨万千地写下一首绝句，其两句说：“身后是非谁管得，满村听说蔡中郎。”蔡中郎并没有“马踏赵五娘”的“劣迹”，死后千年还到处受人唾骂，多冤！放翁感到，这种事情谁也管不了，只好听之任之。我以为，时代进步了，古人管不得的事情，今人管起来的多得很；“身后是非”也应分寸适宜地管起来。人类下一个世纪还要管月球呢，也许还要管更多的星球！那么，人类自身写作文艺作品，随便拿人家的姓名写些没有的事，是不是也应当管起来呢？我看应当。

六　海公题材值得开拓

上一节末尾关于“不应冤枉古人”的议论，如果说是属于消极的、防范性的文化建议的话，那么一个积极的、进取性的想法，就是社会主义文艺在创作历史题材、传记题材作品时，应在借鉴古代这类作品的同时，远远超过它们，创造出文艺美学与历史科学高度契合的精彩宏伟的作品来！

我国古人创作的历史题材、传记题材的小说戏剧，多如恒河之沙。这里面富含着正反两面的创作经验，可供我们借鉴。依我看，它们大体上走着三条基本路子：最成功的一条是《三国演义》所代表的“七实三虚”的路子，第二条是“极实少虚”的路子，第三条是“极虚少实”的路子。后两条路子的作品虽然也取得一定成就，做出一定贡献，但没有超过《三国演义》的。这之间的高低上下优劣，含有诸多因素，但从作品总体框架的构思设计这个角度来看，太实则流于琐碎，太虚则流于荒诞。《大红袍》《小红袍》基本属于后者。

我并不想建议写历史题材、传记题材的人一律走《三国演义》的“七实三虚”之路，我认为：文艺最强调的是创造性、个别性，走哪条路子都可以。问题是，“极实少虚”的，如何汲取以往二十几史演义的经验教训，用历史科学的眼光理清历史线索，深入浅出，巧于剪裁，做到实而不繁，成为文艺性浓烈的历史普及读物；“极虚少实”的，不仅要避免冤枉古人，而且也要达到对历史深刻认识，不要抛开史实，而要充分发挥虚构的神功奇效去揭示历史的本质。“七实三虚”本是成功之路，这里不必多说，但自然也有“百尺竿头，更进一步”的课题。

这里谈一种感受。由于业务关系，笔者年复一年地翻看古人写的历史题材、传记题材小说，爱看不爱看也得看，看得熟了，认识到：“极实少虚”

的作品，多出自读书人之手，从史书到小说，缺乏现实生活的“酵母”；“极虚少实”的作品，多出自勾栏瓦舍，虚构得挺热闹、挺集中，但真正有关这段历史、有关这个人的资料，似乎并没有机会、条件精心研究过。这是古人的两种不足之处，我们应当避免。

这后一种情形总使人觉得好像在一片大煤田的矿藏主脉上，古人浅浅地开过一个小煤窑，真正开发成年产若干万吨的大煤矿，还是我们的事情。海瑞的题材，就使我们有如此感受。海瑞的文集、传记资料，他的《治安疏》，作小说的古人似乎都没怎么看过，基本上是借“海瑞”的大名自己虚构一套故事。虚构的这一套，如果比海瑞本人的实迹既生动又深刻，那我们或许只好闭上嘴巴什么也不说，但情况并非如此，其生动性、深刻性都比海瑞的真实业绩差得远！

新中国成立后，毛泽东曾号召人民学习海瑞。此后，有三出戏——《海瑞罢官》《海瑞上疏》《海瑞背纤》，代表着文艺界的新成果，远远超过了旧时代《大红袍》《小红袍》的水平，达到了新的高度。可是，好景不长，这些戏很快就被说成是“反党反社会主义的大毒草”而横遭“批判”，如同当年海瑞被抓进监狱、刑部拟旨判斩一样。这些戏，只能说是一个良好开端，只能说是一些中、小型成果，距离我们写古代史已有的最佳成果——姚雪垠著《李自成》相去还远，更不用说同我们的理想标准相比了。“学习海瑞”的夭折逆转，是很不应该的，这对于我们建设社会主义精神文明，创造一种生动活泼、坦率认真、实实在在、上通下畅的气氛，一点好处都没有。

在海瑞身上，有一种极深刻、极丰富的爱国主义思想精神，其中有深邃的理论家、战略家捉取社会痼疾症结所在的洞察力，有说出这种病症和药方的惊世骇俗的勇气，他那炽热深沉的热爱中包含着爱人民、爱国家、爱皇帝。

曾流行一种思想方法——遇着上面说的三个爱，就会说“爱皇帝”是封建糟粕，无足称道，应当扬弃。我以为这过于简单。海瑞有许多爱老百姓的业绩，但他最突出的表现莫过于爱大明帝国，爱嘉靖皇帝。我们不应脱离历史实际去做抽象的理论思维。在那时，要想把社会、把人民的生产、生活搞得好些，只有把大明帝国搞得好些才行，而大明帝国这台“机器”，如果皇帝这个“关键部件”不转，又怎么能正常运转呢？所以海瑞真像一位高明的针灸师，并不把病人扎成“刺猬”，而是一针刺到了要害处——请嘉靖皇帝“上班”。

这里所说的“上班”，问题十分复杂，因为嘉靖已经二十多年不“上班”

了，大部分时段是放心大胆地交给严嵩、严世蕃父子去管，他自己躲到北京郊区的西苑去练长生、求不老。这时，他已经由于炼丹吃药，身体彻底垮掉了。

海瑞在《治安疏》里把问题抓得极准，分析得极透；症结在此，办法在此，至于采纳不采纳，杀头不杀头，海瑞不管，他买上一口棺材，横下一条心，说出去了。嘉靖皇帝昏庸一世，在这件事情上，他总算准确地体会到了海瑞的善意，总算对得起海瑞，没批准杀海瑞。他死去以后，海端的表现进一步说明，他爱嘉靖爱得多么深挚！我以为，这不能叫做愚忠，这是爱那个国家的“关键部件”。“海瑞与嘉靖”这出“戏”，戏剧性极强，内涵极丰富深刻，是理解海瑞的关键，也是解剖传统爱国主义的典型材料，值得我们深入挖掘。屈原、杜甫、岳飞，个个都如此，个个都不得不如此！

海瑞的很多言行，当时人不理解，作小说的人更没理解；今天，我们应当有准确的理解。例如，海瑞逼徐阶带头退田，大家都很称赞，而对他力主“井田制”为上，便觉得是复古空想了。其实，他说得很清楚：“欲天下治安，必行井田。不得已而限田，又不得已而均税，尚可存古人遗意。”（《明史》海瑞本传）历史上很多人都是打着复古的旗号，去干自己的新事业。任何人的理论思维都不可能完全摆脱前人的思维框架。海瑞是在“井田制”的古老说法启示下，敏锐地抓住了晚明最尖锐的、最根本的社会问题——农民与土地分离，这个问题不解决，的确不能实现“天下治安”。后来，这个问题引发出来的资产阶级革命，提出的口号便是“耕者有其田”，便是“平均地权”，便是废除封建土地所有制；而海瑞从当县令到当巡抚，抓得最紧的就是逼迫大地主退田，使百姓有田可耕。从这里我们可以窥见他的睿智与果决，领悟到他性格中如此深刻的悲剧性——这悲剧性正是他的睿智与果断同现实条件不允许他去付诸社会实践之间的矛盾造成的。

再如，他晚年出山，曾给万历皇帝上书，建议严惩贪官污吏，《明史》海瑞本传记录他的原文及各方反映非常有趣：

……大略谓：“陛下励精图治，而治化不臻者，贪吏之刑轻也。诸臣莫能言其故，反借‘待士有礼’之说，交口而文其非。夫‘待士有礼’，而民则何辜哉?”因举太祖法剥皮囊草及洪武三十年定律枉法八十贯论绞，谓今当用此惩贪。其他规切时政，语极剀切。独劝帝虐刑，时议以为非。御史梅鹍祚劾之。帝虽以瑞言为过，然察其忠诚，为夺鹍祚俸。

大意是说，海瑞上疏万历皇帝，认为万历收不到励精图治的效果，是由于惩治贪官污吏太轻。大家用“待士有礼”来为这种轻罚辩护，海瑞斥问，老百姓饱受贪官污吏的残害，他们有什么过错！谁用礼来对待老百姓？朱元璋曾用“剥皮填草”挂于公座之侧的残酷刑法威胁贪官污吏，晚年又订了凡贪赃卖法达八十贯钱的处绞刑。海瑞主张重新启用这两条重典。当时的官场舆论（“时议”）认为，海瑞报告的其他各部分都很好，唯独严惩贪污、动用酷虐的刑罚是不对的。于是就有“浮”上来的带头人梅鹍祚出来弹劾海瑞。最妙的是万历皇帝本人的反应：

海瑞惩治贪污的意见太偏激；

海瑞以七十二岁高龄的老臣提此建议，精神可嘉，但不宜采用；

对弹劾海瑞的梅鹍祚，给以罚扣工资的薄惩。

这反应，多像一个马戏团的小丑在钢丝上所做的平衡动作！海瑞所提的问题，是晚明腐败政治的症结所在。如此严肃、如此重大、如此尖锐的问题，被如此巧妙而又如此愚蠢地回避过去了，“平衡”过去了。谁也不能知道，海瑞在去世前两年受到这样的“尊宠”，是哭还是笑？我想，也许是哭笑不得吧！

治乱世必用重典。剥不剥皮，填不填草，那是具体做法，另当别论；晚明的贪污受贿之风，风靡全国，像恶性传染的瘟疫一样。如果真有所谓“中兴之主”，那海瑞的原则意见是应当认真研究，坚决推行的。可惜，万历不是这样的中兴之主；下距大明帝国寿终正寝，这时还有六十年，大明帝国又一次失去恢复青春活力的良机！

所以我们说，海瑞是一个战略家，或者说是一个有战略眼光的政治家，而不是一个原则性略呈弱态的策略家、事务家。他所到之处职权之内，严厉打击贪贿行为，逼迫豪门大地主退田，都是用战略眼光来看晚明现实，像我们今天的“B 超”“CT”“核磁共振”一样，清晰地透视着病灶，不顾生死地报告病情和建议“动大手术”，乃至不顾一切地径直动起这种手术来！

所以，海瑞的“逆龙鳞”精神，是基于对社会问题的深刻认识和高度责任感，而绝非浑浑噩噩的蛮干，像有的人说的那样！

以上所论列的这些，本不像我们这里叙述的如此枯燥无味，本以极其错综复杂、丰富生动的人物与故事为其表现形式，可惜都被《大红袍》《小红袍》“窃国宝”“搜国宝”之类的杜撰故事掩盖过去了。

让我们研究研究晚明历史和海瑞传记的资料，重新塑造一个更生动、更深刻的海瑞吧！

让我们研究研究古人创作历史小说、传记小说的经验教训，把这类题材的小说大大提高一步吧！

名家解读古典名著

侠义公案小说(下)

解读《施公案》与《彭公案》

萧宿荣　著

世道不公，人们幻想清官；世事不平，人们盼望侠客，于是侠义、公案小说长盛不衰。从《施公案》与《彭公案》起，清官与侠客开始合作，于是侠义、公案小说开始合流。作者从内容到形式对《施公案》与《彭公案》作了历史的、辩证的解读，揭示了千百年来的“清官梦”与“侠客梦”的深层文化现象。

一 《施公案》与《彭公案》的诞生

(一)"康熙之治"与《施公案》《彭公案》所反映的时代历史

清代嘉庆(1796—1821年)初年,中国小说史上一种崭新的长篇章回体小说创作模式诞生了,这就是以《施公案》为标志的"侠义""公案"合二为一的小说。《施公案》问世以后,在社会上广为流传,被一续再续,一仿再仿。受其直接影响,光绪十八年(1892年)有《彭公案》付梓。

两部小说写作的时间虽相距约一个世纪,但它们所反映的历史背景却是一致的——都以清康熙朝(1662—1723年)为虚托,且两书的构思相仿,两书中的人物和情节多有交叉和衔接之处,前呼后应的侠客就有黄天霸、李七侯、窦尔墩、朱光祖、计全等二十来个。两书所表现的内容也大体相仿,即一位大清官率领众"官侠"屡破疑案、大案,为国除害,为民申冤。《彭公案》虽出于《施公案》之后,但其中故事发生的时间却在《施公案》之前,故两书堪称"姊妹篇"。

《彭公案》开篇有这么几句话:"康熙佛爷自登基以来,河清海晏,五谷丰登,万民欢乐,国泰民安。"第九十五回又云:"当今圣上聪若尧舜,德配天地,四夷来朝,八方宁静,五谷丰登,万民乐业。"固有溢美之处,但清圣祖康熙皇帝却的确是中国历史上少有的几个聪明能干、励精图治的皇帝之一。

满族入关的最初几十年,满族贵族重新掠夺土地,推行皇庄、王庄制,在经济上有局部的倒退。到了康熙手上,统一了台湾,削平了三藩,全国空前统一强大起来。在经济方面,他控制了历代增丁加税制(《清朝通典》:"滋生人丁,永不加税"),对提高社会生产力是有利的。他十分重视河务,屡请专家为黄患、淮泛、漕运改进堤疏,并六次南巡,勘察水利,致使全国垦田率逐年递增。康熙朝的工商业也很发达,苏州每年造优质铁力木船就达六千艘。又增设通商口岸,促进丝织、棉纺、陶瓷、冶炼业的发展。

在内政方面,康熙帝实行"满汉复职制",重用汉人。他三次亲自率领军队转战大漠,平复分裂主义者葛尔丹的叛乱。派遣图理琛前往伏尔加河下游,去看望受沙皇"役属"而"恒归向中国"的土尔扈特部落同胞(至乾隆时,土尔扈特部落同胞突破沙皇军队的重围，返回祖国)。他专为西藏确定班禅额尔德尼封号，派皇太子允禵等经青海入藏平叛，送回达赖六世。康熙为统一版图辽阔的多民族中国作出了巨大贡献。

在外务方面，他力主武功，不屈外侮，建立了爱珲、齐齐哈尔等城堡，派彭春引水师攻克沙俄匪徒所盘踞的雅克萨城，在斗争中与沙皇签订了《尼布楚条约》，迫使他们承认了乌苏里江、黑龙江流域是中国的土地，捍卫了中华民族领土的完整。

在文化方面，康熙带头学习经史，从各省选拔文品兼优的汉人入翰林院侍读；组织大批汉人修明史、编纂类书（如《佩文韵府》《渊鉴类函》《古今图书集成》《康熙字典》等)，使文艺大兴。

康熙一代，延至雍正、乾隆、嘉庆朝，堪称“盛世之治”，中国的经济文化都有很大进步。虽然他有过不可饶恕的罪过（如大兴“文字狱”等)，但这一个多世纪的中国是向前迈进、走向兴盛的。（参见宝文堂书店 1982 年版《施公案》附录，谢振东等《论〈施公案〉》)

固然，康熙帝领导大清王朝逐步走向鼎盛，然而他的统治也毕竟根基方稳，那些根生于人民之中的绿林好汉、剑侠豪客，对其统治来说似厝火积薪。虽是疥癣之疾，到底也关痛痒。因此，统治者一方面靠武力平定，一方面靠招诱安抚。这种新的政治形势，强烈要求统治者举“清官”，抚“绿林”，以进一步巩固其统治地位。所以，《施公案》《彭公案》二书虽不作于康熙朝，但却能以康熙朝为人物活动的背景、故事情节展开的时空而不给人以大而无当的感觉。

作为反映现实的文学，与现实的生活必定是息息相关的。《施公案》《彭公案》所反映的虽然是历史的题材、康熙朝的故事，但两书的创作时间大概起于十八世纪末叶的嘉庆初年而迄于二十世纪伊始的晚清。为什么《施公案》《彭公案》会诞生于这个时期且均被一续再续、经久不衰呢?这就是我们接下来要说的话题。

(二）中、晚清的社会特点与“公案”“侠义”小说的合流

十八世纪的清中叶是相对平和稳定的时期，“康乾盛世”使社会秩序得到恢复，生产发展了，生活比较稳定了。同时，清政权的日益巩固，又使满族贵族勾结汉族地主重新瓜分土地，于是皇亲国戚、贪官污吏、土豪恶霸同

恶相济，日益鱼肉百姓，社会风气又渐渐开始腐化堕落了，所以人们盼望“清官”复出、“侠士”再现，为民除害，清扫恶孽，成为非常迫切而现实的情势。

进入十九世纪，清王朝已盛极而衰，开始走下坡路了，封建政权日趋腐败，阶级矛盾日益激化，各种弊端日渐显露，国力每况愈下，各地反抗政府的斗争时起时伏，或零星自发，或有组织有规模，社会局面越来越动荡不安。在这种形势面前，单靠清官安抚或单凭武力镇压，都很难奏效。清廷乃实行“剿抚并重”的政策，使“清官”和“武侠”的结合在政治上成为可能和必要。这应该说是“公案”“侠义”小说在十八世纪末期合流、在十九世纪末大量涌现的重要的社会历史背景。小说史家胡士莹先生对此有这么一段分析：

“一方面，市民和农民对土豪恶霸、盗贼罪犯、贪官污吏的愤恨十分强烈，而对封建制度却缺乏本质的认识，因而《施公案》等书的清官理案、‘除暴安良’的假象，也很容易迷惑市民。另一方面，主要的一面，清代中叶以后，在以清王朝为首的封建统治阶级方面，这种公案侠义小说更集中地反映了他的反动阶级愿望，他们在阶级斗争和民族矛盾中虽然还暂时是胜利者，但也已感到岌岌可危，急需为反动阵营招兵买马，而他们利用舆论的伎俩也更熟练了。因而，他们不但像明代的公案小说那样，用清官来麻痹人民，使其放弃斗争，被动地等待解救，更用‘侠义’来腐蚀人民，妄图使其变节投降，主动地为皇帝当打手。这充分反映了清代中期以后，清王朝在人民的武装斗争面前的恐惧和仇恨。封建统治阶级对于‘侠客’‘清官’所起的蛊惑作用是大喜过望的，于是就竭力扶持奖励，利用他们来扩大宣传，宣传忠君思想、奴才思想和变节投降的行为，把它们尽力地美化。”（胡士莹《话本小说概论》，第 672—673 页）

这样的社会学分析不可谓不深刻、不精辟。

再则，晚清的中国受尽帝国主义、殖民主义的欺凌与侮辱，受打挨揍，历尽苦难，水深火热中的劳苦大众反思于这种积弱积贫的现状，既渴望有清廉贤能的官吏来整饬社会，更期望能以弘扬急公好义、慷慨赴死的侠义武士精神来振奋人心、振兴国家。应该说，这也是清官侠义小说在晚清隆盛不衰的一个重要原因。

鲁迅先生在论述《三侠五义》等侠义公案小说时道：

“为市井细民写心，乃似较有《水浒传》余韵，然亦仅其外貌，而非精神。时在明亡已远，说书之地又为北京，其先又屡平内乱，游民辄以从军得功名，归耀其乡里，亦甚动野人歆羡。”（见《中国小说史略》）

在《中国小说的历史变迁》中亦云：

“这些书（指《施》《彭》之类）大抵出于光绪初年，其先曾经有过几回国内的战争，如平长毛，平捻匪，平教匪军，许多市井中人，粗人无赖之流，因为从军立功，多得顶戴，人民非常羡慕，愿听为王前驱的故事，所以茶馆中发生的小说，自然也受了影响了。”

这是从社会心理因素的角度来解剖公案、侠义小说合流并广为传播的原因。

晚清融合形形色色的下层市民、各种有钱的上层市民和“城市地主”而成的市民阶层的意识形态也杂糅了各种各样的思想成分，其总的心态是：对贪官污吏、土豪恶霸、盗贼犯罪十分痛恨，却又不愿铤而走险，于是把希望寄托在清官、侠士身上；他们不满于现状，却又唯恐社会动乱打破现状，于是又切盼清官、侠士来维持社会的平衡；他们有着朦胧的自由要求，却又不敢贸然一试，而寄厚望于以“自由”实现自己意愿的神出鬼没的侠士。这样，在一定程度上体现了最底层市民意愿的英雄侠士和在根本意义上体现了市民上层社会理想的清官，便奇妙地结合在长篇章回小说里，以集合的方式反映了中晚清社会带有普遍性的市俗愿望。无疑，这种清官、侠士合而为一的小说模式是人民群众颇愿传颂而又令上层统治者乐于接受的一种特殊的意识形态。一种文学样式只要有了读者，便有了生命力，有了发展、发达的基础和条件。

以上是从文学形式发展的外部条件来谈公案、侠义小说合二为一的时代背景。再从文学发展的自身规律与特点来看，清代中叶以前，武侠小说与公案小说以不同的题材、不同的流派各自独立地发展着，清代中后期的社会特点，使人们对文学作品产生了一种新的期待，即让那些代表着封建社会的“公平”与“正义”、同为处于困境而又无勇气反抗的市井细民心中的“救星”的武侠小说中的“侠客”与公案小说中的“清官”相辅相成，携手奋斗，使侠客的行为受到法律的保护，使清官的能量因侠客的神勇绝技而大大增强，形成一种颇为理想的格局。当时畅行的专讲柔情的《红楼梦》无法满足这一期待，专讲妖怪的《西游记》也无法满足这一期待，即便市民嗜读的《三国演义》《水浒传》同样无法实现这一愿望。武侠小说、公案小说中主角形象的接近与互补，使武侠小说、公案小说的合流有了可能。被鲁迅先生称为

“侠义小说先导”的《施公案》应时而生，别开生面，很是新奇，正好迎合了大众对小说艺术新的期待，所以流行得特别快、特别盛，在社会上很受欢迎。另外，《施公案》是一部由口头说唱文学经过记录、整理、加工而成的小说文本，而清代市民社会的繁盛，使“评话”艺术特别发达，民间坊刻遍布全国。小说艺术的商业性很强，大部分的武侠、公案小说都是说话艺人的创作或文人为满足“评话”演出的需要而创作的。显然，这些都是影响小说艺术转变的重要因素。

从社会文化心理来看，清代中叶，人们的审美理想包括文艺欣赏习惯已开始发生变化，不再满足只“奇”不“险”的公案小说或有惊有险但缺乏悬念、奇闻的武侠小说。人们的视听开始转向那些篇幅浩繁、矛盾更加尖锐、情节更富惊险、思想感情更与己贴近且更富感官刺激的评书、小说。

文化市场的这种迫切要求，迫使艺人、书商和文人合作，对原有的单一题材的作品加以调整、充实、改造、合流、提高。公案、侠义小说的合流即是文学艺术发展的自身需要所作的具体的自我调节。

诞生于中、晚清的《施公案》《彭公案》为什么要以康熙朝为假托呢?法国的剑侠小说作家大仲马在《侠隐记》前面有喻：谁揭露本国时弊，除了逃到外国去写作外，再就是假托前代，不然就得去蹲巴士底狱。莎士比亚就是假“丹麦是个大牢狱”来抨击包括英吉利在内的欧洲黑暗时期的。我们知道，为加强思想控制，清代文字狱风行，担心以文贾祸的文人学者，或钻入故纸堆里埋头考据学而功绩卓著的“乾嘉学派”；或假古讽今，似《儒林外史》暗托朱明、明骂清朝；或联合艺人、书商写一些既能使“圣心大悦”、至少不会触犯“龙颜”、不被限制且又能迎合小市民口味的作品，武侠公案小说正遵循了这一原则。

再则，康熙帝崇高的声望与盖世的功勋，使身处衰世的人们心神向往之至，祈盼能有一个“康熙”再世，以赶走贫困和衰弱，让国家再度强大起来，这是康熙帝自身所具有的特殊的感召力使作家十分自然地想到要假其威力，且《施公案》《彭公案》常触动皇权勋戚，请圣祖出面开口来杀伐决断无疑更具有震慑力。所以作家假借强盛的康熙朝为大背景以映衬当时的现实，力求起到惊醒世人、振兴世风的作用。

因此，《施公案》《彭公案》以康熙朝为背景而讽喻当朝，乃是历史与现实、加上文学自身的特性三者共同决定的。

（三）关于《施公案》《彭公案》的版本

《施公案》一名《施公案奇闻》，又名《百断奇观》。作者不详，正集共八卷九十七回，现在能见到的最早的版本是嘉庆二十五年（1820年）厦门文德堂藏的小型本《绣像施公案传》，序言末尾题“嘉庆戊午年（1798年）孟冬新绣”，这个本子现在藏于伦敦英国博物院。此外较重要的版本还有北京图书馆藏的道光九年（1829年）金阊本衙刊本《绣像施公案》，首都图书馆藏的道光十年（1830年）刻本《施案奇闻》，同治五年（1866年）务本藏版刊印的《绣图施公案》。这几个本子都是九十七回，且均载有嘉庆三年（戊午）的“序”。此后，续书迭出，所以在回目上不断发展。现藏于北京图书馆有光绪十七年（1891年）赤城珊梅居士《序》的《三公奇案》（系宋龙图包公、施不全和蓝鹿洲三公）便增加了“天师伏魔封功”一回。到了光绪二十九年（1903年），《施公案》的续书已达十集之多，《施公案》发展成为五百二十八回的巨著，约一百二十万字，上海广益书局将正集、续集全部汇集起来印成《绘图施公案》。它的回目超过了前于此的任何一部章回小说。

我国古典小说，用通行文言的，名“墨刻儿”，以口头语在茶肆中演说的，名“道话儿”——其短篇者为“段子”，其长篇者，一如牵藤挂蔓，延续发展，故名“蔓活儿”。《施公案》便是一部典型的“蔓活儿”。从史实到传诵，直到变成口头文学作品，如胡适说的，它像“滚雪球一样越滚越大，最初只有一个简单的故事作个中心的母题（motif——原文），你添一枝，他添一叶，后来经过众口的传说，经过平话家的敷衍，经过戏曲家的剪裁结构，经过小说家的修饰……内容更丰富了，情节更精巧圆满了，曲折更多了，人物更有生气了”（胡适《七侠五义》“序”）。《施公案》也正是这样成书的：先有口头说唱，乾隆时已榛莽胚胎，至嘉庆初年始刊刻成书，光绪末始有集大成者。

《施公案》的版本，无论是同治、光绪年间的，还是民国的，无论是木刻、石印本，还是活字、铅印本，多有讹误不通之处。新中国成立以后，出版极少，加上十年浩劫它成为“禁书”，毁坏殆尽。1982年，北京宝文堂书店以光绪二十九年（1903年）集成的五百二十八回《施公案全传》刻版之大达书局民国二十年（1931年）重印的四卷铅本为基础，参照其余诸本进行校勘校注，在文字、词语、称谓等诸多方面加以订正、统一，对“情节紊乱、主语交错、极不清楚的语句、段落，揣其意旨进行了必要的整理”，对“满语、江湖黑话、满清武职、宗教词语、古僻典故及成语、不易懂的方言”作了简略注释，排印了四百零二回内部发行，方便了部分读者和研究人员。1985年延边人民出版社又出版了《施公案全传》。

侠义公案小说的优秀代表作品《三侠五义》问世于光绪五年（1879年），它的成功掀起了晚清武侠小说创作的全面高潮。十三年后的光绪十八年（1892年），《施公案》的姊妹篇《彭公案》问世了，立本堂刊行，前面有光绪壬辰（1892年）刻书人张继起的序、孙寿彭·松坪的序及作者贪梦道人的自序，二十三卷一百回。光绪二十六年（1900年）又有《续彭公案》四卷八十回问世。此后，续书接踵而至，连篇累牍，共有十七续（其中有些今已不可见）。《彭公案》遂成为清末侠义公案小说中卷帙浩繁之一大说部，广为流行于坊间里巷。因为续作众多，《彭公案》的版本非常混乱，历来疏于清理、校勘。为了方便小说研究人员和戏曲、曲艺工作者，北京宝文堂书店1986年以大达图书局刊行的铅印本作为基础，参照上海共和书局的石印本（光绪十九年1893年印）进行校勘，重新标点，加以分段，改正错讹之处，并对书中诸多拗口不通顺之处在文字上作了必要的疏通整理，排行了三百四十一回公开发行，使广大读者得以一睹《彭公案》的风采。

《施公案》《彭公案》虽然在清末乃至民国时期名声较大，在群众中影响甚深，诸多情节片段被搬上戏剧舞台，但由于它们本身的艺术质量不高，加上续书泛滥成灾，参差不齐，历来不被小说史家、文学史家重视，研究不够，整理不够，故版本问题至今尚比较零乱，目前我们无法作更详细全面的介绍，只好寄希望于日后作进一步的挖掘整理了。

二 话说《施公案》《彭公案》中的“公案”

（一）《施公案》《彭公案》的故事梗概

顾名思义，《施公案》《彭公案》就是写施公、彭公怎么破案、断案故事的小说。再具体一些，就是讲康熙时代的著名清官施仕伦、彭朋怎么“微服私访”、出生入死，在侠客的帮助下与案犯斗智斗勇，最后迭破公案，剪除贼寇、收拾恶霸，为皇帝除患、为百姓申冤；讲他们怎么由一个“七品芝麻官”逐级升为一品大臣的。钦案、民案，大案、小案，疑案、难案，民事案、刑事案，林林总总，牵牵连连，接二连三，而施公、彭公“清似水，明如镜，断事如神，折狱如神”。到底他们断了些什么样的“公案”，又是怎么断的呢？我们根据宝文堂书店的铅印本分叙《施公案》《彭公案》的故事梗概如下：

《施公案》中的施仕伦以扬州府江都县知县出场，因相貌奇丑，御赐“施不全”雅号，然而他的性格刚毅执著，为人聪明果敢。胡翰林老夫妇被杀而头不见，他正为此发愁犯难之际，有“九只黄雀”“七只小猪”托梦而来，令施公顿悟，乃命差役去将九黄、七珠拿获归案，并因此而牵引出十二盗寇来。殊不知此举激怒了金镖黄天霸，他夜半三更挟持施公开监放人。施公受惊不小，令捕役火速缉拿夜行客黄天霸到案。黄天霸酒后落网，施公怜爱其才情侠义，亲释其缚，并好言相劝，待之以礼，服之以理，黄天霸感其不杀之恩，愿归顺于施公，效犬马之劳。在黄天霸及其结拜兄弟飞山虎贺天保的协助下，施公将横行乡里、强占民女的关大胆及其恶奴阎三片捉拿归案，连同杀人犯凶僧九黄、淫尼七珠及十二寇一起处斩。

因治县有功，施公奉旨进京，黄天霸因出力尽心而未见提拔不愿随往，遂与王栋、王梁兄弟告归林下。为十二寇鸣不平，黄天霸年少时的结拜兄弟、恶虎庄庄主濮天雕、武天虬将施公一行劫持，并要杀他以为朋友报仇。黄天霸赶来与兄弟反目格斗，因“忠”丧“义”，杀死濮、武二兄弟，还逼迫二兄嫂上吊自缢，手段残忍，为江湖绿林所不齿。

施公至京面圣，受封为顺天府尹。他不畏权势，大声申斥潜越国律、私放对子马耀武扬威于京城的九门提督陶花歧，使其慑服；又奏请检验太监之身，一扫内宫之淫威，令京官刮目相看。因大刀关小西告密，施公擒获京郊西山桃花寺的杀人恶僧慧海。受皇上赏识，施公以“为国勤劳有功”之名升任通州仓厂总督。在此任上，施公放手大胆，治贪惩盗，一扫仓中积弊，又于大旱之际祈雨成功，钦旨加封施公太子少保衔，以钦差大臣身份前往山东放赈救灾，并沿路出巡稽查。施公携关小西等便服上路，屡遭困厄凶险，幸得贺天保救护。惊恐有余，施公亲自爬上卧虎山求请黄天霸再度出山。

黄天霸复出，不久即将大芽山抢粮山盗于六、于七兄弟击溃。放赈完毕，北上返京，在绿林好汉朱光祖的大力帮助下，施公将鱼肉百姓、作恶多端的德州霸王庄皇粮庄头黄隆基及其恶管家乔三就地正法，大快民心。到了景州他又将仗恃权势、横行乡里的独虎营恶阎王罗似虎及乔四、石八等缉拿正法。在河间府商家林，施公一行擒获了假冒钦差的侯七等寇。过任邱县，闻有采花大盗一枝桃谢虎奸淫妇女、杀人劫财，地方被他闹得鸡犬不宁，众好汉智勇兼施，终将淫贼捉拿归案，百姓感恩戴德。施公此行功劳不小，回京交旨，钦赐总漕巡按要职，赏“如朕亲临”金牌一块，并奉命外查河路一带的府州县道。黄天霸因殿前献艺，大悦龙心，钦赐漕运副将职，关小西亦被任命为漕运参将。

赴淮安路上，施公一行沿途私访。在天津运河八里桥，他收用了江湖名侠神弹子李公然及白马李七侯，平伏了漕运粮船相争械斗，革除了陈年陋习。经沧州，黄天霸等扫平了称霸乡里的薛家五虎。

采花贼飞来燕一枝兰武功非凡，淫奸抢掠无恶不作，逞威于山东乐陵，又偷盗了施公的金牌，众官侠齐心协力，将其收进法网，并趁势剪灭了卧牛山的强人草寇。

海州凤凰岭老侠张七之女赛云飞张桂兰不服黄天霸名声，为试他武艺，以身试法，夜窃金牌，并点名要黄天霸去讨，黄天霸负气夜走凤凰岭，要一决雌雄。在老绿林朱光祖、褚标等的好心撮合下，天霸与桂兰缔结百年之好。不久，关小西又在菊花庄与另一女侠郝素玉大战数百回合后，相识相亲，结为秦晋之好。

访得赣榆知县谢养儒赴任途中被关东巨盗毛如虎劫杀，毛窃得文凭，冒名上任，涂炭生灵，惨无人道，施公乃以美人计将毛擒获正法，百姓方得以见青天。

摩天岭豪侠余成龙平时不劫往来客人，专抢富豪地主、贪官污吏，而暗怨黄天霸背信弃义，玷辱江湖，乃夜盗金印。黄天霸等全心全力，最后火烧了凌虚楼，夺回金印，剿灭了余部。旋又有水龙窝费得功等劫掠资财，抢劫民女，施公派张桂兰等将其一举歼灭。

时值黄河水患，施公奉旨踏勘赈济灾民后，即遣关小西、计全等押运粮饷进京。德州殷家堡灾民因未得赈济而不满，将粮饷全数劫去，施公等不辨虚实，命黄天霸等率兵讨伐，却屡攻不克，相持不下，还是经过朱光祖居间调停，殷家堡堡主愿将千金殷赛花许配给贺天保之子贺人杰，双方才握手言和。

而后闻报关东大盗赛天罡蔡天化于天津直隶一带盗窃奸淫，肆无忌惮，黄天霸等在他面前一筹莫展，无计可施，只好借曹德彪设擂比武择婿之机，请出老侠客万君兆，才点中蔡天化穴位，将其擒获归案，又趁势扫平聚夹峰贼僧铁头和尚及恶霸温球，安宁地方。

忽然有圣旨到，仁寿宫御马被盗，钦限施公半年内破案。侦得案犯为窦尔墩后，众官侠三进连环套，却胜不了窦的双钩，于是利诱看马人吴用人，盗出御马，擒获巨盗。案破，黄天霸以功大升任淮阳总镇。返淮途中，黄天霸等又在王家甸拿获了采花贼双飞燕。

三年届至，施公漕督任期已满，奉旨进京陛见。途经卫辉府草凉驿，窦尔墩之子窦飞虎为父报仇，行刺未遂，被擒受诛。行至大名府时，施公又调遣殷家堡殷龙父子与黄天霸等好汉里应外合，一举歼擒了关帝庙淫僧无量和贼党十八罗汉。抵京见驾后，施公奉旨留淮安漕运总督本任，黄天霸补授江南提督。

火树银花，元宵佳节，御用琥珀夜光杯在宫内被盗。施公、黄天霸受命寻访。赴任途经沂州府，施公被劫，黄天霸等舍命救出，并大破舞山贼巢。获悉夜光杯已为琅琊山王朗所得，施公乃请出万君兆、飞云子等名侠，调集诸路英雄，大破齐星楼，擒获王朗，取回了夜光杯。施公趁势劾奏奸臣胡文骏纵子胡为、勾结王朗之罪，致使胡被逐出京城。破案有功，钦旨加封施公太子太保衔、紫禁城骑马、南书房行走。黄天霸、关小西偕夫人并诸多英雄亦各有加封，应了第一百八十回施公“身沾恩宠，封妻荫子”之谓，皆大欢喜。

与施公“不全”相反，彭公朋相貌堂堂，一表人材，且是进士出身。初任为三河知县。百姓为恶霸左青龙横行乡里、无法无天而怨声载道，忍无可忍而又无可奈何，彭公乃微服私访，独走夏店村，险遭捆绑，幸遇京东名侠白马李七侯仗义相救，脱离虎口。李七侯的胞弟李八侯素有恶行，民声鼎沸，彭公私访时立刻被识破，李八侯将他吊在马棚上，险些丧命。好在刘典史率官兵及时赶到，救出彭公，擒获李八侯并恶奴孔亮。左青龙的靠山很高很大，彭公将其拘捕治罪后，自己也丢了知县之职。李七侯愤愤不平，诚邀北七省绿林豪杰凑银五百两，帮助彭公复职，独河间府剧侠窦尔墩违逆不交，南霸天金镖黄三太约其比武，暗镖中的，令其服膺，羞愧隐遁。众侠客凑足万两银子，交由左玉春进京，拜托裕亲王替彭公说情。前后仅半月，彭公又官复原职，令彭公惊讶不已，感激涕零。

黄三太功名心切，好胜心强，于沙滩劫官银后，复于京师大红门一镖击中逃出牢笼的猛虎，为御驾压惊去险。皇上感其勇武，赐黄马褂以为赏，黄三太享誉绿林，名噪一时。赛毛遂杨香武妒羡不已，乃潜入宫内，在康熙眼皮底下偷走了还剩半杯美酒的九龙御杯，令康熙大为恼火，着彭公急速破案。

御杯几经辗转，落在扬州避侠庄都霸天周应龙手中，周武功盖世，力敌群雄，彭公等以计火烧避侠庄，讨回御杯。

因破案有功，彭公擢升为河南总督。赴任途中，为擒恶道士马道元的同党张耀联，彭公被张耀联投下水牢。幸有小方朔欧阳德、玉面虎张耀宗二侠赶至救脱。李七侯失职又被玉面虎奚落，含羞自遁，竟不辞彭公而别。过连洼庄，彭公的御赐金牌被盗至漏网贼紫金山周应龙处。在老侠客蔡庆等的鼎力相助下，众官侠攻破了紫金山，擒获了周应龙、张耀联等人，高通海舍命入寒泉穴捞起金牌。众人俱得赏赐，独欧阳德一人不愿为官，继续云游天下，外出私访，一日得知上蔡县的宋仕奎心怀异志，乃遣师妹婿粉面金刚徐胜潜入宋家堡作内线，于宋准备造反之日，里应外合，一举擒获宋氏父子。因屡破贼寇，皇上授任彭公为兵部尚书。

以钦差大臣身份，彭公西行前往大同查办总兵傅国恩图谋造反之事，顺路查访民情。于新保安北新庄，欧阳德、蔡庆等将强占民女、抢霸地产的皇粮庄头花得雨捉拿归案并就地正法，为民申冤。至怀安县溪皇庄又拿获了裕王府的皇粮庄头花得云等不法分子。到了大同，傅国恩老奸巨滑，众官侠在傅府屡中埋伏，彭公便请来建筑者纪有德老英雄讲说埋伏机关，于是大破画春园，傅国恩携淫妇九花娘从地道逃走，水底蛟龙高通海在其逃跑途中智擒了傅国恩。众官侠乘胜追至剑峰山，以计赚得山主活阎王焦振远三子并九花娘及丑女马赛花，不料焦振远武功卓绝，神通广大，劫狱成功，逃之夭夭。最后在焦的结义兄弟银头皓首胜奎、金眼雕邱成及伍氏三雄的大力协助下，方重获焦氏父子和九花娘、马赛花二淫妇。有功人员俱得赏升。

伍显因入京途中杀了一对通奸的狗男女，亲至保安州自首。为伍氏三雄下狱鸣不平，碧眼金蝉石铸盗走康熙心爱珍玩桃花玉马。皇上授命彭公破案。因石铸顽固执拗，百般刁难，彭公派内大班汤文龙、何瑞随三雄回家将石铸捉拿进京，桃花玉马完璧归赵，石铸被发配去西北充军十年。康熙本为马上天子，一日因好奇闲适，微服骑驴私访秘香居，于众徒混乱之际，飞云和尚偷走了康熙手上的珍珠手串。好在邱成等及时追捕，方将手串追回，而让飞云脱逃。

皇上怒西夏多年不朝，久怀二心，派钦差彭公前去交涉查办。因缺武艺高手，过卫耀府时，彭公调用正在充军中的石铸。石打不过奸淫杀掠的张黑虎，乃以计擒之。伍氏三雄亦将焦振远的三个儿子“焦三鬼”打得落花流水，落荒而逃。

拔刀以助彭公，《彭公案》中的主角侠客马玉龙潇洒登场，到二营山救出了被缚的武杰和纪逢春，不久就到彭公身边来当差了。在永城，彭公被劫持，下落不明。原来他是被红龙涧的戴奎章、宋起风劫走，众官侠利用仇隙将彭公救出水牢，擒获罪魁戴、宋二人。经灵宝县时，飞云和尚、马道玄道士为报旧仇行刺彭公未遂，石铸以计捉住了飞云等人，但又让他们给跑了，于是众官侠在葵花观、玉圣庵等处与飞云等赛智斗武，却又被二莫山戴成的四门阵困住，恰好邱成、伍氏三杰及时赶到，破了贼阵。徐胜有功升了宁夏总兵。

飞云和尚贼心不死，再度行刺，众人奋力追捕，却都被吴元豹的毒烟熏得东倒西歪。马玉龙技高一筹，盗得解药，才将吴等打败。受吴元豹挑唆怂恿，清水滩寨主马玉山之女马玉花盗走了彭公的御赐蓝马褂、大花翎。马玉龙奋勇作战，终于大破清水滩，生擒马玉山。为追捕飞云和尚、清风道士和焦二鬼等，马玉龙、石铸等身陷兴龙寨，幸亏寨主余化龙见马玉龙品貌出众，武艺超群，欲择以为婿，并掉转枪头要捉拿飞云等贼。飞云、清风等早已逃至庆阳府连环寨的金清处。

行至潼关，接得圣旨：彭公屡剿巨寇、安抚黎元，钦赐银龙佩一枚，免死金牌一块；马玉龙战功卓著，封为守备，加四品职衔。才谢旨完毕，人报大内失落九头狮子印，钦限彭公一月内破案。余化龙前来告密，说佟家坞佟金柱倡立天地会八卦教，预谋造反，九头狮子印就是坞内的白猴杨堃望偷去，准备挂兵马大元帅时好用。奉彭公命，余化龙、马玉龙等易名潜入佟家坞卧底。因武功第一，受佟金柱器重，马玉龙作了都总会，掌有兵马大权。

庆阳府的三月会上，彭公又险些被飞云和尚、清风道士杀死。京城内大班头汤文龙、何瑞生为寻访九头狮子印，随邱成前来刺探佟家坞，为佟所擒，幸被马玉龙和千里独行侠邓飞雄所救。潼关总兵石文倬与天地会暗中私通，马玉龙于阵前将其擒获。开天中正王佟金柱以“改山河扶保真主，灭大清另正乾坤”号令众教徒，手持阴阳八卦幡大施威风，迎者皆败，最后被邓飞雄的红毛宝刀削断破其法术。官兵大胜，佟兵逃窜。马玉龙得到天文教主张洪雷所送的总账，率兵大破孽龙沟，擒获了佟金柱，并押送回京，被赏以副将职衔。

天地会八卦教余党韩登欺压地方，被马玉龙惩罚痛打不服，乃设群英会招纳教徒，遍邀水旱两路英雄、明劫暗盗豪杰，要报仇雪恨，并准备乘机夺取庆阳府，自立为王。马玉龙率领众官侠大战群雄，于阵前生擒韩登，又以八仙剑杀死了武艺高超的连环寨主滋毛水虎金亮。金钱水豹金清为报兄仇，盗走庆阳府官印。马玉龙为讨印身陷孽龙潭的卧龙坞，险些送命。石铸水性绝佳，下潭捞起金印。马玉龙绝处逢生，得高僧救济，二败金清，将其擒获，破了连环寨，名声大振。

抵宁夏府后，得知巡抚喜崇阿之子伯充武被贺兰山金斗寨主金枪大王白起戈之女白莲仙姑白凤英掠往贺兰山秘处幽欢，彭公乃遣欧阳德等将白凤英等三个风流公主一并擒获，随后奉书责备白天王失查之过及听任部下屡扰边境之过。白天王见书生怒，于是心怀叵测，请彭公至嘉峪关外的金斗寨赵太平筵谈合约，限彭公百日内打破四角山的牧羊阵。为找寻阵图的设计者，众好汉历尽千辛万苦，而赛诸葛周百灵因与白起戈既为亲家、又因功高而享受宰相待遇，怎么也不肯下山。众官侠乃以离间计使周家破人亡。为报此仇，周四处点火，挑唆西塞各路兵马以西海金家坨为阵地与官兵对抗，顿时战火四起，越烧越旺。金家三杰兵败后，彭公又想方设法，分化瓦解周百灵的好友，终于让周的拜把子兄弟、双龙山的震西方妙手先生项国栋以酒灌醉了周百灵，捆绑送来见彭公。软硬兼施面前，周百灵不能不画牧羊图，一月方成，众英雄才得以按图破阵，并擒获了逃犯飞云和尚、清风道士和焦家二鬼。白起戈违反誓约，起兵对抗，老道马遇贵以飞沙迷魂袋发五毒香绝招，厉害无比，数英雄被彼擒获，彭公不得不请来隐士、文雅先生张文彩和神机居士高广志以破其道术。适逢马玉龙的师父蒋得芳来到阵前，白天王手下的大牌头蒋云龙见师父在对面阵中，便率部投降。白天王见军心涣散，大势已去，乃负罪请降，表示愿年年德朝，岁岁称臣，并把女儿白凤英嫁给伯充武以结姻亲之好。至此，西夏平定。

彭公圆满完成使命，回京见驾。康熙帝以彭公此行查办甚力，于国有功，于民有德，乃赏赐世袭一等男爵，着仍在军机处行走（这是小说作者的谬误，雍正七年为保守朝廷用兵机密，设军需房于隆宗门内，十年才更名为军机处，以亲王、重臣充任，称军机处行走。康熙时尚无此机构）。徐胜归军机处记名，遇提督缺升用。石铸以副将拔补，实授河南参将。惟马玉龙战功卓著，保驾最力，忠勇异常，钦赐头品顶戴、建威将军，升宁夏府将军。

《施公案》《彭公案》的故事概要大体如上。可知清官所至，不外乎“除暴安良，歼巨寇，惩污吏，断疑案，申冤情”之类（《七续彭公案·序言》），于是清官由七品做至一品，侠客由“义”而“忠”，由“盗”而“官”，得以封妻荫子，光耀门庭。

（二）“公案”知多少

《施公案》《彭公案》中的“公案”都各有好几百宗，大小不一，曲折有别，作者施墨也就或多或少，有浓有淡：有的穿插叙述，一笔带过；有的专章演绎，数回方休；有的则左牵右连，环套相扣，头绪纷繁。两书中的民事案件都屈指可数，作者的运笔重心也本不落于此，而是着力于以下三类案情的演述分解：一是杀人强奸等一般刑事案；二是铲除恶霸豪强的重大案件；三是与侵犯皇权有关的特大钦案。而《施公案》《彭公案》又各有轻重：《施公案》的第一类比《彭公案》多，而《彭公案》的第三类较《施公案》众，且大多为谋反叛逆的朝廷命案。我们不能一一复述，只好提取各类中较有代表性的案例陈述于后，这或许可以作为我们评价判断施公、彭公及其助手黄天霸、马玉龙等人是非功过的主要依据。

1. 奸盗凶杀刑事案

这一类案件的受害者多为生活在社会底层的劳苦百姓，如农民、手工业者、店员、中下层商人和贫困潦倒的书生之类。他们往往无缘无故地遭受到地主、巨商、流氓和匪棍的欺压、侵害，人身、财产的安全得不到应有的保障。如《施公案》第一百六十六至一百七十一回就是典型的写地主对农民进行有预谋的迫害的：地主佟六看中农民白富全的妻子朱氏风流俊俏，于是买通地痞贺重六，以合伙经商为名，将白害死，得以强奸朱氏。

类似的还有第七十八回金铺的陈老板为了霸占张氏，将其丈夫孟文科灌醉后活活烧死；第一百六十回地主恶霸牛腿炮诈人房屋；第二百七十五回郎如豹私造假契，强行吞并他人田地房产，霸占民女，勒索银两。

在封建社会里，这样的案件真是太平常，简直平常到无法称为“案件”的地步，小说中写了不少，我们无须一一列举。其中不少案件的作案手段都极为残忍卑鄙，如第二百七十回吴良为了达到与李氏通奸的目的，把铁钉从李的丈夫王开槐头顶上钉下去，还把一根银针从其小女儿肚脐眼里戳进去致其死亡。又如第二百四十八回无耻淫妇陈氏谋毙亲夫朱天佑，酷虐惨毒，与表兄潘慕安一起，用一根竹管把一条蛇烧入丈夫的肛门而后窜入肠内，使丈夫立即毙命，残不忍闻。

《彭公案》的重心已倾向武侠，此类案件写得不多，但也有较典型的，比如第四十一回的恶太岁张耀联就是其中一个。在河南的五里屯，他“走动官长，结交衙门，霸占房屋土地，奸淫少妇长女，无恶不作”。他肆无忌惮地将李荣和颇有几分姿色的妹妹李珍娘及其妻张氏抢走。再如第七十四回的花得雨也是一大恶霸，他明抢刘凤歧之妻并移尸栽赃于人，手段下流卑鄙。

这第一类案件中比较特殊的是“采花血案”，写一些武艺高强的流氓无赖打着“江湖好汉”“绿林豪侠”的旗号，于夜阑人静时强奸妇女并杀人留记。这些采花贼作案后都必定留下一个特别的记号，以为炫耀。

《施公案》写了四个采花贼：第一百六十一回的一枝桃谢虎，每次强奸妇女、偷盗财物之后，他都要在墙上画一枝桃花；第二百三十七回的飞来燕张桂兰在山东乐陵境内来去无踪，一连作出一二十宗采花血案，行前在墙画上一枝桂花和一枝兰花；第三个是第三百二十九回的赛罡风采花魁蔡天化，他武功盖世，使用一种熏香，名曰“鸡鸣断魂香”，让人在鸡鸣时才能醒过来，藉此在津鲁一带玩弄了无数黄花闺女，“便是各地方官妻妾，也有被他奸淫的、拐去的”，受害女子被玩弄了还不知道罪魁是谁，含羞莫白，无论军民，个个皆知，人人都晓，几达到闻风丧胆的地步。此贼练就一身奇功，刀枪不入，力战群雄，黄天霸等亦无可奈何，还反过来对施公下战书，限他一年内捉住，否则他要把施公劫走，其狂傲可知。第四个是第三百七十六回出场的双飞燕，他在铜山一带先奸后杀，案后必留下一枝白绒扎就的双飞燕子花，自命风流倜傥，实则无耻之极。

《彭公案》写了七个采花贼：第五十一回的玉美人韩山年方二十，“面如团粉，白中透红，红中透白，双眉斜飞入鬓，二目宛如秋水，神光满足，准头端正，齿白唇红，俊俏无比”，在河南境内采花作孽，寻欢图乐；第六十二回的宋起龙是“色中饿鬼，花里魔王”，见了美貌妇女，他非明偷即暗抢，无人敢惹；第六十八回的和尚英八每次采完花后定将人杀死，还用粉漏子漏下一朵白如意花来，猖獗一时；采花和尚还有飞云和尚尹明和第一百五十二回的玉面如来法空，他们终日在外寻花问柳，白天跟踪，晚上必采；尹明的兄弟尹亮也“好淫贪色，看见好妇人，无论在哪里，夜晚必要前去，先采完了花，然后一刀杀死，用粉漏子漏下一个采花蜂在墙上”，故绰号“采花蜂”。最蛮横的采花贼大概是第一百三十回的张黑虎，同时到彭公面前告他状的就有九个人，因奸不允被杀的少妇长女有九个人，他在强奸刘秉琦的小女之后，特留诗云：“自幼投师爱练武/英雄生来心性鲁/终朝秉性好采花/来至河南卫辉府/白昼看见美多姣/因奸不允刀下苦/豪杰到处要留名/陆地飞行张黑虎。”确实无法无天，地方拿他没办法，“文官老爷要去传他，他对文官老爷持刀威吓，晚上还去到衙门，把文官老爷和夫人赤身露体地捆在树上”。要不是官侠们人多势众，还真不知这些采花大盗要为非作歹到何等程度！

这种种的刑事案件，与民众性命攸关，充分地表现了那个时代劳动人民的苦难与悲剧，客观上是公开嘲笑了统治阶级的无能，也是对他们黑暗腐朽一面的不经意的暴露。正是那些为数不在少数的地方恶霸、流氓痞子、匪徒无赖把下层人民的生活搅得鸡犬不宁，把百姓大众骚扰得诚惶诚恐。施、彭二公在众官侠的佐助下，严厉打击贪官豪强，惩处恶霸地主、流氓无赖，缉拿杀人凶犯，为百姓除害申冤，安宁地方，无疑是值得肯定的。

2. 牵涉上层王公、贝勒、内府、皇亲的豪强恶霸、皇粮庄头的大案

这类案件在数量上并不多，但因为与皇族密切相关，所以写出来便特别能折射当时官僚制度的种种弊端，反映皇室的腐朽、统治阶级的堕落以及整个封建社会的黑暗。或许作者是带着鞭策的本意，但客观上这毕竟是对封建社会丑恶面的一种曝光，对我们全面认识清代社会无疑具有重要的感性价值。

我们还是先从《施公案》谈起。第三十四回“七人告土豪”，写的是大地主关升纵容恶奴才阎三片霸人妻室，强奸少女，草菅人命，并以假契吞并他人房产，抢割别人的稻谷，闹得乌烟瘴气，但因为州官徇情、沆瀣一气，连私访的施公也被吊打；第一百二十六回的皇粮庄头黄隆基倚权仗势，不遵王法，无故伤人，侵占抢夺，霸有千顷土地。他“上交王公侯伯，五府六部，还有七星阿哥是朋友。招众天下绿林客，窝藏一群响马贼，州县官员不敢惹”，为所欲为，作恶多端，难以对付。这些故事与康熙朝的现实是吻合的。清兵入关后，内廷与六部均在京畿、热河一带圈划皇庄、王庄、官庄，占地极广，所派去的管事称皇粮庄头，他们横行霸道，人莫敢制。而《大清律》中有明文规定：凡地主、东家拷打奴丁，只要“臂腿受杖”，格死勿论。显然这是在纵容怂恿剥削阶级及专制机构对人民任意严刑逼供、屈打成招、罗织成罪。

第一百四十二回的恶阎王罗似虎，因为兄弟在千岁宫内当总管，且被康熙佛爷封为阿哥安达（满语，皇族宗室用来称呼“把兄弟”），有钱有势，于是目无国法，“不守本分，胡作非为，爱交光棍，包揽官事，开设赌场，讹

诈富人”，霸人妻女，占人房产，放账滚利，私刻假印讹诈州县，私铸铜钱，造作假银，气焰嚣张，专害良民，万恶滔天，罄竹难书。施公微服私访被其捆绑吊打，几乎丧命。

《彭公案》第七回的索亲王义子左青龙也堪称是恶霸的典型了。他倚仗做裕亲王府皇粮庄头的叔叔，“霸占房产，私捏假字，欺压孀妇，鸡奸幼童，侵占地亩，私立公堂，拷打良民，威逼强婚”，无恶不作。彭公为平民愤，才问了他立斩之罪，就立即有同县的武举武文华来替他说情。武见彭公不买其账，即扬言要把彭公拉下来。果然没几天，彭公被言官御史李秉成以“舆情不洽，任意妄为”为名弹劾下官。还有第二百一十六回索皇亲的管家刘黑虎仗势欺人，“在外面欺压良善，包揽词讼，无人敢惹”，光天化日之下竟敢抢掠民间少妇良女，不可一世。

第二类案件的案犯均与当权的上层有这样那样亲疏不等的万缕千丝的瓜葛，而书中的彭公、施公在判决这类案件时是坚决地站在百姓大众一边的。为准确破案，施、彭二公也十分谨慎小心，他们深入群众，深入虎穴进行调查核实，而几乎每一次的微服私访都会被识破而被捆绑，或被吊打，或被投入水牢，受尽皮肉之苦，冒着生命危险；发现冤案，他们也敢于同权势作斗争，为百姓贫民平反昭雪，吐气申冤。对那些胡乱判案、草菅人命的昏官酷吏、糊涂蛋，除当场申斥外，他们还给予弹劾撤职。他们不畏权势，秉公执法，但有时却被权势所累。施公对罗似虎抗旨开刀，置内宫太监所传八王爷放人旨意于不顾，大快人心，也大得人心；彭公明知左青龙权势显赫，但却大胆开刀问斩，结果丢了河南巡抚之职。施、彭二公在办理此类案件时能不昧良心，注重民意，是富有一定的人民性的，是应当称道的。

3. 与侵犯皇权有关的钦案

“钦案”是《施公案》《彭公案》着墨最多的部分，或许两书的创作旨意都可凝聚为一个“忠”字的缘故吧，作者写到此类案件时也最为卖力，写施公、彭公对康熙的“忠”，写黄天霸、马玉龙之流对施公、彭公的“忠”。

这类案件的表现形式也多种多样，盗印，窃杯，牵御马，盗珍玩，偷金牌，乃至偷国犯边，都是犯上作乱、想在万岁头上动土的举动。作案者武功高超，野心不小，而多为依水筑寨、占山为王的绿林好汉、江湖名士，他们出于不同的目的——为复仇、为争气、为扬名、为刺激、为天下，以不同的方式、手段拿出各自的看家本领、绝招怪术，“龙宫”探宝，一时惊动圣颜，慌了官府，忙了“清官”，乐了同好。

这一类案件从案发、立案到侦察、破案都见来龙去脉，有头有尾，事态的发展每曲折多变，起伏翻腾，较之前二类公案已更有情节，故事性更强了。也正是在这类案件中，武斗场面多了，也写得更精彩、更细致了，在心理刻画方面也作了尝试，所以人物形象更生动、更有血有肉了。

小说中最富于戏剧性的是偷金印盗金牌的故事。两书对这类故事的渲染都不惜笔墨，尽最大力量悬念化，以扣住读者、听众。

我们先来看看盗官印的。“印”是权力的象征和代言物，绿林侠客的偷印行为本身即是对统治者的一种戏谑和蔑视，一定程度上表现了他们的反抗意愿，表达了他们希望摆脱束缚、我行我素的心态。《施公案》的盗印者是淮安府摩天岭的过天星余成龙，书中说他“平时并不劫掠往来过客，专门打劫富贵人家，因此左右颇为安静”，这该算是地道的侠客义士了。那他是出于什么动机要前来盗取钦差的印信的呢?小说中也有交待：“闻得施公左右能人甚多，他偏要显显本领，因此前来盗取印信。”他自已对上山来索印的老友褚标说得很坦白：

“为的是素闻天霸武艺高强，随了施大人，建了许多功劳，立了许多事业，我们江湖上、绿林中的朋友，不知被他害了多少。我等去取印信，并非要害施公，亦非假词给江湖绿林的朋友图个报复，只因要与天霸比试比试。……我等并无他意，不过要与天霸比一比手段罢了。”

余成龙有一身本领，且无一不精，极擅飞檐走壁。他趁施公秉烛观书的时候，先给施公递一简帖以投石问路——“过天星特借印信一用，日后着人去取”，让施公信以为真，急忙派施安去察看，余随后跟上，看清了放印处后，立即点着了一处窗户纸，声东击西，于杂乱喧闹中轻而易举地将黄金印取走了。

《彭公案》写盗印的有两次：一次是佟家坞的佟金柱志在谋反。为中选都会总当大元帅，白猴杨堃在佟金柱面前立下誓言要入京偷取九头狮子印。于是他趁太后老佛爷万寿之日演戏之际，混入紫禁城，把国玺九头狮子印给偷了出来，还留下四句诗来调戏彭公，真正富有戏剧性：“白刘石姓论英雄/夜入京都紫禁城/禁地盗去狮子印/拿问彭朋便知情。”他们盗印并不似《施公案》中的余成龙是负气斗狠，而是另有所图，“打算挂兵马大元帅时就用此印”(第一百九十回)。

另一次是连环寨主金亮在会仙亭群英会被马玉龙手刃后，他的弟弟金清为报此仇，派儿子夜入庆阳府盗走府印，还在知府床前留刀寄柬，以示自己的勇武与胆略：“豪杰夜入庆阳府/去到知府衙署中/一怒盗去黄金印/要斗护卫马玉龙/钦差不明民遭害/为仇就在会仙亭/若问英雄名和姓/我父水豹叫金清。”这次盗印给官侠们带来了巨大的困难，为追回印信，忠义侠马玉龙险些丧命。

施公、彭公手持的御赐金牌是特权的象征，在许多场合是“如朕亲临”的记号，具有至高无上的杀伐决断的权力。绿林豪侠们来偷盗此牌，同样带有对统治者的藐视与调侃意味。比如《施公案》第二百三十八回的采花贼飞来燕，夜半三更“从窗外穿到屋内，如燕子相仿，走到施公身旁，在大人胸前轻轻地将身上那块‘如朕亲临’御赐金牌拿在手内，将金链子割断，回身便走”。这全过程的细节描写，表明飞来燕无心加害于施公，只不过是作为一名盗侠想在钦差的眼皮底下显显自己的身手而已，也许在他看来，此举的完成令他觉得无比痛快，在心理上获得了巨大满足！

彭公因为“参革昏聩贪愚之辈，剪除势棍，清查匪类”有功，在官复河南巡抚时，康熙皇帝也赐了他一面金牌：长有八寸，宽有二寸，一面是龙凤篆，一面是“如朕亲临”字样。然而在连洼庄武连家中私访时，这金牌不但不具有丝毫权威性和镇慑力，反而被当做“狗官”的标记确证了彭公是来私探的钦差，因此彭公被多般虐待折磨，还差点儿被杀掉。

皇上的珍奇玩物乃是皇上的心爱宠物，绿林侠客身入内宫偷珍盗宝，除了逞能斗气之外，本质意义上是跟皇上开开玩笑。《彭公案》第二十九回赛毛遂杨香武为了证明自己不窝囊，在武成面前夸下海口，说三日之内也要做一惊人的事，以攀比金镖黄三太得了佛爷所赐的八宝团龙黄马褂。于是他跟到康熙避暑的京西海甸畅春园把九龙玉杯从康熙的眼皮底下偷走了。小说描写得很细致，因而也十分耐看：

他趴在龙椅下，蜷曲着身体，“好像偷油鼠儿一般，一声不敢言语，连大气也不敢出”，等皇上及手下众人正聚精会神于精湛绝伦的“八骏图”时，“一伸手便把那九龙玉杯拿在手中，还有皇上剩的半杯酒他也喝了，蹑足潜踪，慢慢地溜至后边，顺着屏门出去了”。

其动作十分灵巧，充分体现了杨的足智多谋和胆略过人。《施公案》中的琥珀夜光杯弥足珍贵，“火树银花不夜天”的元宵佳节，临潼山的飞云子将杯盗走，在三大寨主间辗转迂回，其实这三大寨主都不是强盗，但最后还是被官侠、官兵分化瓦解、全部歼灭了。《彭公案》还写了两起偷盗皇上玩好的案例，它们均带有较强的功利目的：一次是第一百一十八回为伍氏三雄鸣不平，碧眼金蝉石铸在康熙避暑的热河安乐宫将皇上用来当笔架用的九点桃花玉马偷走了；另一起是第一百二十九回飞云和尚尹明为报弟弟采花蜂尹亮的被杀之仇，在秘香居趁人多混乱之际，把微服出宫的康熙佛爷二纽上的珍珠手串偷走了。

如果说盗窃皇上的珍奇玩好是“小偷”的话，那么牵走御用宝马就可算是“中偷”了！这便是《施公案》中的大英雄窦尔墩的“壮举”：他只身闯进仁寿宫将日月骕骦辅千里龙驹马牵出京城，骑着回他的连环套。他将御马藏在绝密之所，并扬言说即使被发现了，也要把他的冤家黄天霸的父亲黄三太扳上，栽赃与黄，让黄赔上全家性命，以报一镖之仇。这一案使施公及众英雄吃尽了苦头，窦尔墩武功之高、威名之盛、势力之大，使作者不得不用三十个回目来写这一大案的破获过程。

比起意在“窃国”者来，前面所述的偷杯盗印之举根本算不了什么。《施公案》里没有写到此类大案，而在《彭公案》中却是重头戏，小说的绝大部分篇幅都用在写这类大案上去了。就在宝文堂书店节选的三百四十一个回目中，就写了六起预谋造反案，其中有计划、有组织、有规模的有四宗，绿林好汉为复仇而起事的有二宗。作者是持什么态度来写这类案件的？我们该怎么看待、评价这些谋反事件?这都是我们在读小说时值得十分重视的问题。

还是让我们先来看看这些人是出于什么动机和目的蓄意谋反的。

河南上蔡县的宋仕奎家财万贯，富甲一省，有“成王霸之业”的心（第六十三回），打算“起兵举事”，于是在家中设立了招贤馆，招聚天下能人贤士，“明则是看家护院，暗里谋反起兵”，并且专门请了神拳教习尤四虎操练庄兵，准备在中秋大会的热闹节日趁势起兵，“招聚几万之众，先取汴梁城为基业，后分一支兵取归德、夏邑、虞城等县，再派一路兵进取彰德、卫辉、怀庆等府，随入北直，长驱大进”（第六十三回）。分步骤，分阶段，绝非乌合之众。江湖相士小张良的话——“隐隐君王相，堂堂帝王容。祥云白雾起，处处献青龙。至三十六岁，大运亨通，必有高人扶助”，更使宋仕奎雄心勃勃，只可惜彭公面前的武林高手太多了，游侠欧阳德、徐胜等人里应外合，起义之火尚未点燃即被掩息了。宋仕奎被凌迟处死，全家问斩于市。

宋仕奎本身是个地方霸主，他的谋反自有他的政治理想作动力，但没有发动更广大的劳动大众，他的皇帝梦只能以破灭告终。倒是成全了彭公，使他升为兵部尚书，加太子少保衔；游侠张耀宗也因此升为河南开封府参将。

宋仕奎不过是一地之主，格局终归有限。身为大同总兵的傅国恩自然气派不凡。他是朝廷大臣，兵权在握却思倒戈，目标很明确——要夺权，要分庭抗礼。他的准备也十分周全：在大雄山修了一座画春园，方圆有三百里，内中暗藏的机关无数，设陷阱，打埋伏，阴森恐怖。他利用职权之便，“拐印骗兵，招兵买马，聚草屯粮，抢了火药局、军装库”。彭公手下的高级侦探徐胜、刘芳、高源、张耀宗等先后中了埋伏，后来请到了画春园的设计师纪有德说出园中关键秘密，方破了削器，擒获了傅国恩。毫无疑问，吕祥的话即代表了他主子的意图，也就是傅国恩起兵谋反的真实动机：“自古及今，胜者为王，败者为寇，天下非一人之天下也，有德者居之，无德者失之。”可见，在傅的心目中，当朝的统治者乃是“无德者”！作为统治阶级的一员，傅国恩食君之禄而不思致君，倒要谋逆、反抗，矛头直指最高统治者，这不但值得今天我们回味与深思，更值得当时的封建统治者们好好反省一番，问个“为什么”！

有预谋、有计划地起兵造反中声势最大的是佟金柱兄弟。佟家坞位于潼关西北，佟家有千顷之地，买卖无数，还开有金矿，方圆二百里地均归其所有，还修了二十里地的城池。他专程请来了道教的人和教主白练祖，创立了天地会八卦教，设立了招贤馆，又从江西请来了天文教主张宏富和地理教主袁智干，收了五百弟子，尔后派遣分散到全国各地去传教、劝教，志在发动广大群众。造反的矛头直指清朝皇帝，正如他们旗帜上所标扬的，是要“改山河扶保真主，灭大清另正乾坤”。他们要用偷来的国玺九头狮子印来震慑、号令天下。教会的力量很大，很有感召力，连潼关总兵石文绰也归顺过来了。要不是出了内奸，又给细探混进了坞内的话，这一次较量将会是相当热闹的。

相比于前面这三起谋反，大王韩登的造反规模就小得多了。韩登原是八卦教中人，在庆阳地方势力不小，性情粗豪，骁勇蛮憨。在会仙亭给官侠马玉龙、石铸等打得惨败之后，发誓报仇，乃延请“三山五岳的英雄、四野八方的豪杰”，以设群英会为名，“暗中要取庆阳府，自立为庆阳王”。可惜这次举事因被官侠分化瓦解而“流产”了。

谋反者中典型的绿林豪杰唯有连环套的金清。他的根据地地理环境优越，方圆数百里，四十八寨相互照应，总共有十几万人，人多粮足，声势浩大，十分牢固，所以他敢大胆地说：“官兵来时，老夫下传牌传知四十八寨，调齐兵队，就此造反。”准备谋反的直接导火线是金清的兄弟金亮在群英会上被官侠杀死，因而金清到庆阳府偷走了官印，发誓要给兄弟报一剑之仇。官侠们为寻官印付出了巨大代价，忠义侠马玉龙还差点儿死在卧龙坞，最后是因为余家坡主余化虎兄弟是马玉龙的岳父余化龙，所以暗中投靠了官兵，并由内奸马德直接带官兵进了连环套，才使造反失败。

看了小说我们知道，宋仕奎、傅国恩原属封建统治阶级中的成员，因而他们的谋反，旨在夺取皇位归自己，重新以封建体制统治人民群众；佟金柱、韩登、金清本身为平民百姓，他们手下的兵都是江湖好汉、绿林英雄，都出身于贫苦百姓，有相当的“群众基础”，所以反抗的愿望特别强烈，因而他们的谋反在一定程度上带有“农民起义”的性质，其中佟金柱提出的“改山河扶保真主，灭大清另正乾坤”是以晚清的政治背景为依据的。二十世纪最初十年，“驱除鞑虏，恢复中华”是资产阶级民主革命的口号，因而小说创作受其影响是非常自然的，也是必然的。所以，我们要对《彭公案》中的造反案件作客观、具体的分析，不可笼统含糊。但有一点是共同的，也是值得肯定的，那就是他们为了争取公平和权力敢于反抗的勇气和行动。

但是，像《施公案》中余成龙一样的绿林响马，书中明明写着“不劫往来客人，专劫富贵人家”、专抢贪官污吏，“周围百里之内，他并不骚扰”，与百姓相安无事，却同样遭到全歼。还有黄天霸年少时的结义兄弟武天虬、濮天雕，既未占山为王，也没称霸一方，自有庄园、豢有家丁，结交绿林，与朝廷不合作也不明抗，属于封建社会里拥有自己武装的地方独立势力。他们劫持施公是因为在“义气”二字上分辨不出好坏是非，在他们看来，施公把其中只有两个人杀了人的“十二寇”全部斩首是滥杀无辜，于是要替哥们儿报仇申冤。黄天霸作为他们的“义弟”，完全可以给他们耐心解释、慢慢斡旋，以求和平解决问题，但他却以飞镖将两位义兄击毙，还逼死两位嫂嫂，纵火烧了庄园，显得太心狠手辣了点儿。类似这样官侠滥杀绿林盗侠的行为在《施公案》《彭公案》中还有不少，这都是施公、彭公及其差役们不光彩的一面。

所有这些复杂情形，都要求我们把那些占山为王、打家劫舍、称霸乡里、坐地分赃的贼寇恶霸，那些为了一时、一地、一个小帮派的利益而见红见白的侠客义士们同“农民革命起义军”严格区分开来，不要笼统地认为凡是与官府朝廷作对的就是该肯定的进步力量。

总之，施公、彭公以及他们手下的官侠黄天霸、马玉龙们在办理前两类公案（刑事案和大案）的过程中，每每深入下层，实地调查，历尽艰险，惩凶罚恶，为民除害，平反昭雪，做了很多有益于百姓的好事。在承办“钦案”

的过程中，他们（尤其是彭公）也镇压了带有“农民起义”性质的武装和反叛势力，还放手滥杀了一些“劫富济贫”的绿林豪杰。我们要实事求是地分辨清楚，不能因为他们给清朝廷办公事就骂他们是“汉奸”“奴才”，是镇压“农民革命”的刽子手或帮凶，要看到施公、彭公的办案在多数情况下既反映了统治阶级的愿望，也反映了人民的意愿，具有双重性、两面性，他们的行为决策是由他们的阶级和地位决定的。必须承认，在那个时代，作为统治阶级的一员，能做到像他们一样清廉正直的已是凤毛麟角了，无须苛求。

三　“梦清官”与“清官梦”

（一）“清官梦”产生、延续的社会心理基础与“清官”形象的流变

《施公案》《彭公案》都是写康熙时代的清官怎么安抚绿林武侠，然后带着这些归顺的侠客豪杰去探案、破案、断案的。因而在作者的创作构想中，无疑“清官”是第一主人公，其初衷乃在于褒扬清官的忠心、公心、断才、勇气、刚直清廉、不畏权贵等精神气质。

“清官”是指封建时代里清廉正直、秉公办案、较有同情心的官员。除暴安良、惩恶扬善、申冤昭雪，使社会秩序相对稳定，使人民的生命、财产有较大限度的保障，这应该是清官的职责，也是评价、判断一个清官的主要标准。

“清官”出现于小说，盖始于宋元话本，如《错斩崔宁》《简帖和尚》《合同文字》《金钗钿》等就是。表面上歌舞升平的大宋，统治阶级利用种种土地占有制度（包括授田、屯田、占田、均田、租田等）来剥夺农民的剩余劳动价值，用各种雇佣、赋税、征役办法压榨城市工商业者。除了这些合法的制度剥削以外，官绅之间蝇营狗苟，还使用一切非法手段对劳动者进行政治迫害、经济榨取。北宋以蔡京、王黼、黄潜善、贾似道为代表的朝廷重臣结成一个贪污卖国的官僚集团。他们吞并土地、贪赃枉法、胡作非为，手下所重用的一批贪官酷吏，在审理案件的过程中每每片面武断、屈打成招、草菅人命，因而造成了许多冤、假、错案，使民不聊生、怨声载道。劳动大众就在这种极端痛苦、一时又不能推翻其反动统治的状况下，便希望有理想的清官廉吏出现，来打击豪强、替民申冤出气。所以北宋包公包孝肃的民间传说的流传便成为十分自然的现象，其他清官题材的小说也迭见层出。

元时官吏的贪婪残暴较宋有过之而无不及，如仅1303年所揭发的一起贪污案件就牵连到赃官一万八千余名、冤狱五千多件，足见当时政治的黑暗透顶。元话本尤其是元曲中有形象的反映。伟大的戏曲家关汉卿的代表作《窦娥冤》便是写一个惊天地、泣鬼神的冤狱故事的。

到了明代，更有严嵩父子的专权、御史房寰等的贪污腐化而人莫敢制，乃有刚正不阿的海瑞故事传扬开来。刊于成化年间（1465—1488年）的北京“永顺堂”说唱集中就有《包待制出身》等七种，又有万历本《包孝肃公百家公案演义》和《海刚峰先生居官公案》，还有《诸司公案传》《廉明奇断公案传》《名公神断明镜公案》《神断详情公案》《名公神断详刊公案》五种，其中不少是民事、刑事案件。其体裁大致是一样的，即：先是案发，二是告状，三是补诉，四是判词。这些清官和狱讼题材的说唱文学判诉故事，内容上反映了生活现实中的重重矛盾，形式上它们在宋元短篇的基础上进一步形成了以人为辑的模式，为清代清官题材的长篇章回说部准备了条件。

清朝吏风浑浊，仅军机大臣和珅家就藏有赡金八万两、银十亿两；更有两湖总督组成大贪污集团，使无数百姓负屈含冤。所以，于成龙、彭鹏、施世纶、刘墉等深入下层、微服私访、注重实际调查、敢于同权势持理斗争、为百姓平反冤狱的清官们，当然备受百姓的拥戴，有口皆碑，并且相继被演绎为文艺作品，广泛传颂。

从这一源流我们可以看出，“清官”题材的小说在一定程度上反映了人民的一种朴素善良的愿望和正义激愤的民主要求。

而另一方面，“清官”在实际上也是统治阶级用来稳定民心的一种“装饰物”。尤其当最高统治阶级想励精图治时，更需要这样的“贤臣”“良吏”去执行他们的安抚政策。所以，统治者也提倡“清官”题材的文艺作品，但必须以歌颂自己为前提。因而这类题材的作品又比较具有麻痹人民斗志的副作用，统治者每每用它来欺骗人民，用“清官”来遮掩他们的卑鄙肮脏处，用“清官”来混淆人民的视听。

所以我们说，“清官”这一概念，不同的阶级有不同的涵义和价值取向。从人民群众一方来看，“清官”是法度、正义、权力的象征，它反映了朴素善良的幻想，又含有对统治阶级的轻信，有积极与消极两个层面；就统治者一方而言，清官的励精图治当然比贪官的腐化好，而这有时又是用来蒙骗百姓的，故同样有积极与消极两个层面。因而，“清官”这一概念贯穿着人民意愿与统治者意志两条线的交织，它既有一定的民主性，也有一定的封建性，我们切不可脱离它产生和演变的特定历史条件来轻易草率而笼统地给它作注释。

“清官梦”固然难以圆满，却也不易短缺，中国老百姓做了千百年都似乎还没有从中醒过来。水深火热中的劳苦大众，受着政治与经济的双重压迫，没有任何发言权，只有默默地忍受，于是在想象中总巴望能有个清廉贤明的官吏来到他们中间，替他们说话、撑腰。同“侠客梦”一样，“清官梦”同样是带有弱者心理色彩与特点的社会意识。

封建社会是典型的人治社会，天子一言堂，法律不健全，老百姓也不可能依恃法度来为自己主持正义，申冤报仇，更不能揭竿而起、奋而反抗以求得自己的平安、解放和自由，于是他们每天都梦想着能有那么一个清廉贤明的官吏来拯救自己，这样来平衡自己的心理。这就应了马克思在《路易·波拿巴的雾月十八日》中所说的一句话：“弱者总是靠相信奇迹求得解放，以为只要能在自己的想象中驱除了敌人就算打败了敌人。”因而我们可以说，在一定程度上，《施公案》《彭公案》对封建帝王和清官的粉饰与招魂式的描写，是缺乏历史般的严肃与科学的，是缺乏令人信服的力量的。

（二）历史上的施公、彭公与小说中的施公、彭公

施公、彭公，历史上都实有其人，都是康熙朝著名的“清官”，而且两个人都是福建人，相距很近，彭公是莆田人，施公是晋江人。

历史上的彭公生于清太宗崇德二年（1637年），卒于康熙四十三年（1704年），享年68岁。《清史稿·彭鹏传》（见第二百七十七卷，列传第六十四）称他于“顺治十七年（1660年）举乡试”，康熙二十三年（1684年）谒选中后授任三河知县，历任工科给事中、刑科给事中、贵州按察使、广西巡抚、广东巡抚，与小说《彭公案》所写的始为三河知县、继为工部右侍郎、再升任河南总督、终为兵部尚书，多有不同。

小说主要写彭公怎么安抚诸侠客而后率领这些官侠屡破江湖盗寇、频征各地叛乱、安抚西夏的故事，《清史稿·彭鹏传》未见著录，却说康熙有云“彭鹏人才壮健，前知三河，闻有贼，即佩刀乘马驰捕”，可知小说的演绎也并非全无根据。

《清史稿·彭鹏传》里说“彭鹏拒伪命，立身不苟，在官亦以正直称”，指的是耿精忠叛逆时曾强迫彭鹏就任伪职，而彭鹏假称有病，“椎齿出血”仍

“坚拒不从”。《清史稿·彭鹏传》又赞彭鹏在三河县任上“拊循惩劝，不畏强御”，“治狱，摘发如神”；在广西任上“省刑布德，减税轻徭”；谓“鹏视事勤敏，遇墨吏纠劾无少徇”。他死后，康熙皇帝深为惋惜，“称其勤劳，赐祭葬”，并祀以“广东名宦”。可见现实中的彭公在皇帝的心目中是有相当分量的。

小说中亦多次写到康熙对彭公的夸赞与赏赐：第十九回赞他“勤慎忠正”，第七十四回赐其“剪恶安良”匾额，第九十三回又赐以“忠君爱民”金匾，第一百八十七回更是高度评价：“彭朋勤劳卓著，办事精明，屡次剿灭巨寇，安抚黎元，实有先贤之风。”小说写彭公平定西夏后，“起身回都之时，（宁夏）所有官民等人俱皆感念大人，送来了一顶万民伞，上写‘忠君佑民’四字”。封建时代的“万民伞”代表了人民的心意，应该是至高无上的荣耀，代表了该官员最大的政绩。我们不否认作者的夸张，但也不能否认这种夸张的合理性与可接受性，即这是“清官梦”的一个很明显的印记。

《清史稿·施世纶传》说施世纶（小说作施仕伦）是靖海侯施琅的第二个儿子，系八旗子弟——汉军镶黄旗人。他生于顺治十六年（1659年），卒于康熙六十一年（1722年），享年64岁。康熙二十四年（1685年）以“荫生”出任江苏泰州知州，历任扬州知府、江宁知府、江南淮徐道、湖南布政使、安徽布政使、顺天府尹，直做到太仆寺卿、左副都御史、户部侍郎、漕运总督。小说与之大体相符，只是任职省略了许多——起于江都知县，治理有功而升任顺天府尹，忽又调任通州仓厂总督，有功而加太子少保衔，以钦差身份被派往山东放赈救灾并出巡稽查，以破贼擒寇有奇功而升为漕运总督，外查河路各州县。

《清史稿·施世纶传》里称赞施世纶“聪强果决，摧抑豪猾，禁戢胥吏。所至有惠政，民号曰‘青天’”，有能有贤，在百姓中影响很大。小说中有多处提到钦旨称许施公的，如第五十二回的“为官爱民，作事清廉，不惧势利，忠正可嘉”，第一百零四回的“施仕伦视国事犹如家事，竭尽勤劳，整顿仓储，纤悉备举，不避权势，杜弊除奸。其才智心力，颇有古大臣之风”，评价都是很高的。

《国朝耆献考证》《国朝先生事略》等野史中都载有施世纶的事迹。清代文人笔记也多有记述。阮葵生的《茶舍客话》中说：“施公世纶，于康熙□十□年莅淮……漕政肃清，军民安堵。”邓之诚在《骨董三记》中描绘施仕伦的形状：“苏州施抚军世纶……貌甚奇，腿歪、手瘫、足跛、口偏……”

悉同小说所谓。如第九十一回作者是这样写的："足穿官靴，左带矮拐，右带点脚，前有鸡胸，后有斜肩，身体瘦小歪斜，十分难看。"第一百零四回亦云："长脸，细白麻子，三绺微须，萝菔花左眼（萝菔即莱菔，亦即萝卜，属十字花草木。说人的左眼像萝卜花，喻似京剧丑行眼眶图案，呈十字形状），缺耳，凸背，小鸡胸，细瞧左膀不得劲。头里着他走路，就是踮脚。"道光刻本《绣像施公案》的序里说施公秉性"峭直刚毅，不苟合，不苟取。一切故人亲党有谒者，俱以正色谢绝之，江都为之语曰'关节不到，有阎罗施老'，以其比宋朝包公也。所可异者，而其为官，克己怜民，凡民有一害，必思有以除之，有一利，必思有以兴之。即至密至隐之情，未有不探赜索隐，曲得其实者。"叠赞非一。

施公的本传里说他在扬州任知府时，听说扬州的老百姓"好游荡"，于是"力禁之，俗为变"；在湖南任上，听说"田赋丁银有徭费，漕米有京费。世纶至，尽革徭费，减京费四之一，民立石颂之"；在顺天府尹任上，"疏请禁司坊擅理词讼、奸徒包揽捐纳、才行霸占货物、流娼歌舞饮晏，饬部议，定为令"；调任漕运总督后，施公"察漕运积弊，革羡金，刻贪弁，除蠹役，以严明为治。岁督漕船，应限全完，无稍愆误"。这后面两项，在《施公案》中都有形象具体的描写。

本传里还说康熙帝曾经说过这么一句话："朕深知世纶廉，但遇事偏执，民与诸生讼，彼必袒民；诸生与搢绅讼，彼必袒诸生。"这句话很重要，可以作为我们从总体上给施公下评语的一个重要参考，从而也看到小说中的赞语并非尽皆"装点粉饰语"。如第一百六十六回的"性情忠烈，到处除暴安良，爱民如子"，再如钦赞"贤能廉介……尽瘁鞠躬……吏治才长……多筹广略……不避威权，力除恶习，洞达利弊。……屡著劳绩，诚不愧为治世之能臣。……保恤灾黎……精察廉明……能镇慑不肖官吏并刁绅恶监势恶盗徒……才力有余，算无遗策……"都是有一定事实作根据的。而施公自谓"权威仗势，我不惧怕！"便是可信的。

因其政声颇著，俾益于民，而致有口皆碑，社会上广为流传其替民办案、平反冤狱的故事。如陈康祺《郎潜纪闻》中就说："少时闻父老言施世纶为清官。入都后则闻院曲盲词有演唱其政绩者。盖由小说中刻有《施公案》一书，比公为宋之包肃、明之海忠介，故俗口流传，至今不泯也。"可见，《施公案》一书实是以史实为根据，经民间"二百年茅檐妇孺之口"的传颂，而渐渐衍化成文学作品的。

从上面的论述我们看到，历史上的彭鹏、施世纶与《彭公案》《施公案》中的彭朋、施仕伦是大体一致的，从生平业绩、个性气质等方面来讲与历史演义小说所要求达到的“七分真实、三分虚构”的创作原则基本吻合。或许正是因为坐得太实了的缘故，小说中的彭公、施公缺血少肉，没有生气，只像个木偶、像尊菩萨，这是两书共同的大缺陷、大遗憾。

（三）试圆“清官梦”——谈谈小说中的施公、彭公

我们前面说过，“清官梦”是千百年来中国人一直做着的一个美梦，难圆更难破，朝朝代代都有人在试图“说”圆它。《施公案》《彭公案》就可以说是两部形象的“解说词”。那么，作者到底是怎样“圆”的，又“圆”得如何呢？

中国人一直颇看重一个人的“面部相貌”，由脸部的长相推测一个人的命运。施、彭二人既为官，我们不妨从他们二人的“官相”谈起。小说中的施公虽赫赫有名，威震八方，却长得十分难看。小说开篇就交待在先：施仕伦，“御赐讳‘不全’，为人清正，五行甚陋”。那到底是怎么个“陋”法呢？小说曾在四五处作过较详细的描述，而以奴才乔四的概括较为简要：“前鸡胸，后罗锅，短胳膊，麻面歪嘴，左眼萝菔花……走道儿，还是个踮脚儿咧！”（《施公案》第一百四十四回）所以，施公其貌不扬到不止于一般的官员看不进眼里，连土豪恶霸都目中无他，觉得他好欺负，每次微服私访都能被一眼认出来，尔后百般虐待折磨，这不可不谓是施公的遗憾！

而彭公却恰恰相反，他品貌不俗，一表人材：“才高七尺，面如满月，眉分八彩，目如朗星，准头端正，四方口，沿口黑胡须，漆黑透亮，身穿灰宁绸的罩袍儿，腰系凉带，带着扇套槟榔荷包全份活计，足登官靴，头上未戴官帽，天生福相。”（《彭公案》第三十回）人见其貌，先敬三分，就是恶霸劣绅们也不敢等闲视之：“五官端正，四方脸堂，双眉带秀，俊目有神，白净面皮。”（《彭公案》第四十七回）更有康熙佛爷在彭公被人诬告免职后，因见其“五官端正，二目有神”推测其“必定忠正”而当即恩准其官复原职（《彭公案》第四十四回）。或许在世人的眼中，彭公的相貌就是标准的“清官”相貌了吧！

由是观之，一副丑相于人贻害不少，一副俊貌给人好处更多。以貌取人，看来在所难免。

中国人向来对“官”有一种本能的恐惧心理，多敬而远之。就连小说家对“官”的心态心理都不敢作过多过深的探测与描绘，似乎对这些官们只有褒扬才是天职，而不宜轻易加以心理解剖。其实，一个人的人生观、价值观的真实体现，自我解剖是重要途径之一。施、彭二公既为一代名宦，其行为清廉正直自是主要的表现，而作为小说艺术，其自我表白似乎也是不可或缺的人物塑造的重要一环。可惜的是《施公案》《彭公案》二书加起来在这方面都屈指可数。《施公案》对施公的描述有两次：

一次是大侠金镖黄天霸来县衙搭救他的绿林哥们儿，半夜三更把大刀横在施公眼前的时候，施公故作镇定，对壮士“言明肺腑”“细详大理”。他说：“忠孝节义，人生在世，都须有点，不枉奔走风尘。……俗说为臣要忠，作子必孝，大丈夫不忠不孝，枉生世界；为官要与地方除害尽忠，岂能顾众?”又说：“人有善念，天必从之；心怀恶意，众祸相侵。……施某若是(对黄天霸的江湖兄弟)留情，我即不忠。”(《施公案》第三十回)这无非是“忠孝节义”的陈腐论调。

另一次是施公升任顺天府尹以后，大胆申斥九门提督陶花歧潜越国律，私放对子马，施公的父亲劝他看在同僚的分儿上，不必太苛，以免得罪于人时，施公道：“受禄不做险中险，怎能名传天下扬。为儿在街当人已夸口，若不面君，落人笑谈。……权威仗势，我不惧怕!”(《施公案》第七十三回)这里倒是让我们看到施公办事秉公，胆大心细，但名利心很重，视政声比生命宝贵，似乎他生活在世上，就是要尽忠尽孝，以求死后能“今古标名”。

而《彭公案》或许是因为重心虽名为彭公而实在武林的缘故，对彭公的心理描写更加薄弱，只在首回对其人生观带上了一笔，乃弥足珍贵。在被皇上特授三河知县以后，彭公表示：“我一到任，必要为国尽忠，与民除害，上报君恩，下安民业，剪恶安良。男子汉大丈夫生于世间，必要轰轰烈烈作一场事业，落个流芳千古，方称一件美事。”很显然，这是作者心目中“清官梦”的最好脚注。

于是，我们知道了，施、彭两位大“清官”的价值取向都落在了“功”“名”两个字上，其清其廉、其正其直均以功、名为圆心，他们的行为模式乃是由他们的功名心决定的。

《施公案》《彭公案》都是写一位清官领着一群归顺的忠义侠客四处去除恶安良，为国去害，替民申冤，最后功成名就，清官位至极品，侠客封妻荫子。书名虽取“施公”“彭公”，而实际上小说中最有生命力的都是那些侠客们。彭公、施公奉旨破案，而侦察调查、捉拿追捕一应事务都是官侠们干的。这些侠客们先前都是绿林盗侠，是施、彭二公在破案过程中以不同的方式、前前后后招抚过来的，几乎每破一案都要招进一些，使其办案人员越来越多，能人高手也愈聚愈众。因此，施、彭作为朝廷命官、钦差大臣，怎么对江湖武侠有吸引力、感召力和说服力，并最后使之为其奔走呼号、赴汤蹈火，就成了公案小说一个十分关键、十分引人注目的问题，因为没有这些“盗侠”的加入，“清官”就一筹莫展，别说破案，连自身都难保。“清官”与“盗侠”的合作是两厢情愿的事，而作为代表朝廷、代表政府的清官施、彭对盗侠的认识、态度成为具有决定意义的一环，尤其使人感兴趣。

金镖黄天霸血气方刚，武功卓绝，在江湖上大名鼎鼎，享有崇高威望，颇富镇慑力。这样一位名侠，后来是怎么匍匐于施公的跛足下，成为施公的得力干将的呢?是施公的恳切意气所致。

带醉被捕以后，黄天霸被五花大绑押进公堂，不知是施公感念夜半不杀之情，还是果真怜惜英雄的胆略与武才，其态度极为宽厚温和，在公堂上弯腰给他“亲手松绑”，并以“英雄”“壮士”相称。左右因捕之不易，怕黄逃走，忙劝施公不能松绑，施公登时喝斥：“有眼不识泰山！他乃盖世英雄，今日何以至此?”天霸不跪，施公也全不介意，还“带笑说：‘壮士受惊！’”县官非但不以“盗寇”看待，还如此诚恳，倒令黄天霸羞愧不已，终于野性知化，当即“下跪说：‘老爷今释放我，心下何忍，愧见朋友，愿求一死。不然投到老爷台下，少效犬马微劳，以报饶命之恩。’”施公赶紧说：“你有真心，施某万幸。”在清官眼中不是“盗”，“盗侠”就这样与“清官”合作了。

后来，施公奉旨回京，黄天霸因嫌施公未曾提拔而托辞返归绿林，施公立即感觉到仿佛少了一条胳膊。在前往山东放赈救灾的路上几次差点丧命于贼寇手中之后，施公终于不辞跋山涉水之辛劳，徒步登上了卧虎山恳求黄天霸下山，而黄天霸“此时心灰意懒，情愿老死在林下，永不出仕，誓无二心”。施公竟可怜得说出这样的话：“你一定要安心苦守宝山，我施某也就无意于功名了。我也在此山寻些清闲自在何妨。”情辞恳切，充分表明了黄天霸在施公心目中不可或缺的重要地位，也足见“盗侠”与“清官”的利害成败息息相关。

施公把侠客们当工具、阶梯用，但在言辞上、态度上却有讲究、推敲，颇善于揣摩侠客们的处世心理，并充分加以利用，多以“封功赏爵”诱引侠客们归顺于己并为自己出生入死。《施公案》第三百六十九回有这样一段文字：

“黄天霸向来好名心重，别人办不来、做不到的事，他偏要去办去做，等到成功之后，却争了这个‘名’字，哪怕龙潭虎穴，为这‘名’字上，也要拼死去的。所以施公知道他有此性情，惯用这个激将法激他。”

俗话说“知人方能善任”，正因为施公摸透了黄天霸的脾性，所以能让他为了救自己的命而出镖击毙了少年时代的结义兄弟，为“忠”丧“义”。他常对侠客们作这种大而无当的许诺：“差满回去京，本院面圣乞奏当今，有功之人一定加封。但能身沾恩宠，封妻荫子，强似身在绿林。”（《施公案》第一百八十回）这对黄天霸式的侠客是颇具诱惑力的。因为招进了黄天霸，他后来果然提拔甚快，施公在江湖世界里便有了“爱惜英雄”的美名，这样施、黄的团结协作便凝聚成一股强烈的磁力、向心力，在广大的江湖绿林身上产生效应，施公身边的武林高手乃日见其多，施公不但可高枕无忧，功名也是侠客们拱手奉上。这是这位“清官”的高明处，也是他成功的要诀奥秘。

《彭公案》写武斗的成分比《施公案》重得多，其“公案”也多为叛逆谋反等钦案要案，因而武林豪杰对彭公来说比以办刑事案为主的施公宝贵得多，这样，彭公对武林侠客的招揽安抚就更为直接地影响到他破案的成败了。

彭公看中的第一个侠客乃是威震京东的白马李七侯，他趁李七侯来为弟弟李八侯求情的时候，以理相劝：“大丈夫生在世上，总要扬名显亲，方是立身之本。你今天前来，本县看你相貌非俗，我有几句话告诉你，你要是真正英雄，本县要收你做个头役，跟我当差，不知你意下如何?”李七侯怕得罪绿林好友，以辞推托。而彭公初到三河，很想假借李七侯的威名镇慑地方，乃一而再、再而三地派人去请。半推半就，无可奈何的李七侯最后还是勉强来了。而他来了就是忠心耿耿。彭公逮捕恶霸左青龙得罪权贵下官后，李七侯以其特有的影响力，在北七省号召所有绿林盗侠凑齐了一万两银子，半个月内帮助彭公官复了原职。这原是彭公所不敢相信的，以为他乃说说而已，“不能认真的”。事毕，彭公对李七侯说：“李壮士你甚是分心，容日后再谢，你我尽在不言中就是了!”（《彭公案》第二十回）甚是肝胆。

如果说施公对侠客是以“诚”动其情的话，那么彭公对侠客的利用则除了名诱之外，还使了一分心计。他对南霸天金镖黄三太的态度就足以窥斑见豹了。黄三太乃一代名侠，威震四海，在彭公官复原职的过程中出了大力。他在京城大红门镖打猛虎得了皇上赏赐的黄马褂后，衣锦还乡，荣耀故里。赛毛遂杨香武为了攀比黄三太，在康熙的眼皮底下偷走了正用着喝酒的九龙玉杯。康熙大为恼火，以为是黄三太夸功所致，着彭公将盗杯贼连同黄三太火速拿获进京斩首。而彭公为了黄三太，竟愿意抗旨，暗中“要修书一封，命李七侯给黄三太送去，叫他远遁他乡，隐名埋姓，我再送他路费二百两纹银”。等黄三太上门自首时，彭公更是以礼相待，谦恭备至，“连忙站起身来，说：‘老壮士乃英烈之人，我久仰大名，今幸相会，三生之幸。前者多蒙厚爱，借仗威力，得有今日，我心中实实感佩，老壮士请坐讲话。”又对黄三太说：“老壮士若不愿打官司，我就放你逃走。”（《彭公案》第三十回）他明知黄三太根本不会逃跑，只不过是藉此谦恭以收买天下更多侠客的心而已。

又比如张耀宗，他因为在彭公私访恶霸张耀联时救过彭公的命，彭公当即许诺：“你不必走了，就跟我当差，我定然保你做官。”没过几天，果然给张补了一个京制外委，充当武巡捕，加六品衔，令张受宠若惊，因而十二分卖力。

第一百三十八回出场的忠义侠马玉龙是《彭公案》后半部的官侠统帅，品貌兼善，文武都绝。他在红龙涧救了彭公之后，彭公立即表示：“我要保举你。”以后，每有功，彭公都特别提拔他，到后来他在很大程度上都成为彭公的代理人了。

这些都是彭公善于利用侠客的极好例证。

可见，施公、彭公都是在与侠客义士相互间产生一定的利害关系之后，以答应保举“功名”“官职”为诱饵，信誓旦旦，辞气恳切，因而博得侠客义士的信赖的——因为侠客原是最讲信用、重然诺的。而当收伏了一两个江湖大盗并委以重任之后，就开始产生“滚雪球效应”，越来越多的绿林豪杰归顺在他们麾下。原因在于江湖世界本是一个侠客大群体，侠客之间最易产生共鸣，最易相互感染。当某一名侠客效力于某一清官并功成名就之后，就立即产生一种新的凝聚力，越来越多的侠客便会朝着“清官加名侠”组成的新的结构靠拢，因而这一特殊组织会日益壮大，愈来愈具有战斗力、威慑力和感召力，成为统治者十分信赖的高效率的工具。这或许可以说是作者心目中“清官梦”的极至吧！

由于作者对近乎完美的君臣关系的强烈渴望完全压倒了对艺术创作规律的追求，他们并没有把施、彭二人当做文学形象来进行加工塑造，所以《施公案》《彭公案》中的施公、彭公形象十分模糊，几乎见不到他们的个性脾气，见不到他们的音容笑貌和言行举止的特征，缺乏可感性，他们只是忠君观念的化身，只是“清官”的符号，这是作者创作过程中概念化、抽象化的结果。但他们毕竟是全书贯穿始终、组织众多官侠侦破数百起公案的中枢人物、领袖人物，他们像一副骨架，支撑起了《施公案》《彭公案》数百回的文字和数百个人物。

施、彭原属于封建统治阶级的一员，但比较有人民性和同情心。他们微服私访，深入虎穴，铲除恶霸，伸张正义，惩治邪恶，站在被害者的立场上说话办事，在相当程度上反映了百姓的愿望，这在封建社会是属凤毛麟角的，是难能可贵的。他们代表了人们的一种期望，因而备受百姓的拥戴，呼之为“青天”。人们一直对他们念念不忘，编出小说和戏曲来歌颂他们。这是施、彭值得肯定的一面。

同时，《施公案》《彭公案》又是一种“报主模式”的小说，渲染的是这样一种伦理命题，渗透着以等级和人身依附为主要内容的依附关系，且常以“忠义”二字为面纱把这种关系神圣化。黄天霸、马玉龙们是施公、彭公的奴仆，施公、彭公是康熙的奴仆。小说中的忠君意识、奴才观念极为突出，我们应当加以批判。

但我们又应当看到，作为统治阶级的重要成员之一，施、彭不忠于皇上是不行的，别的且不说，就连帮百姓申冤出气的机会都没了。要求封建社会里除了皇帝以外的每一个人都起来革命、造反是幼稚的、可笑的、荒谬的。我们首先必须尊重历史，才能更好地认识历史、理解历史、掌握历史。

我们更应该看到，施、彭在很大程度上乃是励精图治的朝廷官员，他们忠君报国，力除暴虐，体恤黎民，兴修水利，赈济灾民，给社会和百姓做些有益的事，保家卫国，平定边疆叛乱，在历史上是有积极意义的。

这些乃是我们在读《施公案》《彭公案》时必须引起注意和深思的问题。

四　“侠客梦”及其幻灭

(一)　“侠客梦”与“侠意识”

我们说过，《施公案》《彭公案》是公案小说与侠义小说合流的代表作。“公案”的主角原是“清官”，而“侠义”的主角本为“侠客”。“侠客梦”比“清官梦”来得更源远流长，坦白地说，今天仍有不少人尚未从侠客梦中完全清醒过来。此梦何以有如斯魅力?它源自哪里?应该说，它源自多灾多难的中国百姓内心的深处、潜意识底层。

"侠"是具有独立的人格和江湖身份，敢于通过自我去寻求、体现、实践和恢复受到践踏的社会公正和道义理想的人。太史公早就给"侠"作过规范：

"其行虽不轨于正义，然其言必信，其行必果，已诺必诚，不爱其躯，赴士之困，既已存亡死生矣，而不矜其能，羞伐其德，盖亦有足多者焉。"（《史记·游侠列传》）

有人把有血性、有强烈的正义感和责任感；言行深得人心，有深厚的群众基础；有超人的武艺，视为做"侠客"的资格。刘若愚更试图把中国"侠"的特征概括为以下八点：（1）重仁义、锄强扶弱、不求施报；（2）主公道；（3）放荡不羁；（4）个人性的忠贞；（5）勇，体力与道德上的勇气；（6）重然诺，守信实；（7）惜名誉；（8）慷慨轻财。（刘若愚《中国的侠》）

在常人看来，侠视人如己，视死如归，从助人的观念出发，"路见不平，拔刀相助"，为人报仇。出于自愿的助人利他，是中国侠最鲜明的特征。他们直截了当地伸张正义，匡正扶弱，不惜用武，不恤法律，多半站在弱者的立场上打抱不平。侠的生活准则是"天下人管天下事"（《三侠五义》第四十四回）。

在中国武侠小说史上，侠客通常是英勇无敌、不怕牺牲的，侠客面前往往无难不克、无坚不摧，于是侠客成了偶像化的神秘人物，站在天上俯视、监视、保护众生的救星。他们不但武功超群，而且注重个人品德的修养，重然诺、讲信义，尚气节、重情操，有一股浩然正气。正因为侠客具有如此特殊的品质和超群的能耐，享有行为上的自由，所以历来处于兵、匪、官绅压迫下孤立无援的中国人都把希望寄托于侠客身上，幻想靠侠客奇异的本领来铲除邪恶势力，伸张正义，拯救受压迫、受凌辱的自己，一泄胸中愤恨。这是"侠"的特殊魅力所在，也是武侠小说产生并能广泛流行、经久不衰的最重要的思想基础和最有营养的社会土壤。

郑振铎先生在论述武侠小说发达的原因时有这么一段话，切中肯綮，颇有说服力：

"最重要的原因，便是一般民众，在受了极端暴政的压迫之时，满肚子的填塞着不平与愤怒，却又因力量不足，不能反抗，于是他们的幼稚心理上，乃是悬盼着一类'超人'的侠客出来，来无踪、去无迹的，为他们雪不平、除强暴，这完全是一种根性鄙劣的幻想，欲以这种不可能的幻想，来宽慰了自己无希望的反抗的心理的。……民众中的强者们便天天在扼腕于自己的不

能立地一变而成为一个侠客，为自己，为他人，一雪其不平。”（郑振铎《中国文学研究》下卷《论武侠小说》）

由是观之，“侠意识”是一种带有明显的弱者心理色彩与特点的社会意识，它归根结蒂是属于下层平民的。它的起因有两个方面：一是人世间的不平与危难之事，这是外因；二是个人的气质、血性和良知，这是内因。侠意识体现了中国人追求自由、解脱的心态，它是中国人在永远追求“公平”的过程中形成的一种心理补偿。有人说侠义小说是“成年人的童话”，认为这种心态的本质“跟小孩子办家家或玩玩具的想象活动是相同的，都是一种短暂的、忘却现实的心理状态”（侯健《武侠小说论》）。读着武侠小说，民众在精神上得到了某种宽慰。

晚清的天僇生在谈到武侠小说的创作缘起时说：

“一曰，愤政治之压制。吾国政治，一夫为刚，万夫为柔，务以酷烈之手段，以震荡摧锄天下之士气。士之不得志而能文章者，乃著小说，以抒其愤……一则设为悲歌慷慨之士，穷而为寇为盗，有豪烈之侠，忘一身之危，而急人之急，以愧在上位而虐下民者。”（天僇生《中国历代小说史论》）

通俗地讲，侠义小说的写作动机和风行原因，主要基于作者和读者的“梦侠客”与“侠客梦”——前者指其不满于世间的不平与黑暗，白天都做梦希望有侠客来拔刀相助、惩恶扬善；后者则指阅读中、创作过程中的读者、作者都会自觉不自觉地“替入”，硬去充当一个其中的角色，实现在现实生活中根本无法实现的梦想。读者（作者是第一个读者）不单希望看到正义得到伸张，更希望看到邪恶被惩治——在拟想的惩治中得到极大的快感。藉此，我们可以看出中国人对自身处境的不满与困惑——明知“侠客梦”不过是夏日里的一场春梦，还是欣赏其斑斓的色彩与光圈。

自司马迁把“侠”作为一种理想的完美人格的载体以来，侠的形象便成为某些人理想人格的象征。小说中的侠客所表现出的对人类的伟大的同情和爱心，对公平和正义的执著追求，对恶势力永不屈服的斗争精神，及其朴直、真率的气质和谦虚、无私的品德，都引起了人们广泛的共鸣。

侠意识对后世的最大影响是促成了向不公道的命运进行抗争的精神，一种不屈服于无理的控制或拨弄的精神，即是一种敢于向不合理、不公平的现实挑战的精神。侠客在很大意义上就是鲁迅先生所谓的“拼命硬干的人”“为民请命的人”“舍身求法的人”——他们是“中国的脊梁”（《且介亭杂文·中国人失掉自信力了吗?》）。这种反抗精神既是拼搏，也是憧憬；既是否定，也是肯定；既是满腔仇恨的发泄，也是人性存在的表征和对人性尊严的维护。这本是国民性中最闪光的东西。

其次，侠意识所体现的侠的扶贫济困、锄暴安良及仗义疏财的助人精神，是一种浑然忘我的无私的献身精神，是对长期以来“各人自扫门前雪，休管他人瓦上霜”的极端利己主义的否定，是对儒家“独善其身”、道家“明哲保身”和佛教“遁世修行”的逃避主义的反对和批判，表现出了勇于干预现实的过人胆识，它与墨家的“摩顶放踵”精神、儒家的积极入世精神和佛教的普度众生思想一起构成了中华民族国民性的一个亮点。

再者，侠意识深深影响了中国人的自强意识，成为“富贵不能淫、贫贱不能移、威武不能屈”的民族气节和国格观念的来源之一。当然，这也是中国人盲目自尊心理的源泉。（罗立群《中国武侠小说史》）

侠意识标榜我行我素，怡然超脱于世俗的政治和法律社会之外。明清两代秘密黑社会的泛滥不可谓与侠意识无关。结拜成交、江湖义气、江湖恩怨，使走投无路的百姓加以仿效，或结帮聚伙、啸聚山林，或秘密结社、反叛官府，或组织帮会、垄断地方。另外，侠意识中的率性而为，目无法纪，使人争强斗狠，不顾社会公德，一味任性放纵，扰乱治安。这纯以个人恩怨为是非的江湖义气，与中国固有的小农经济意识一起，养成了人们不分是非、不顾大局、目光短浅，只图个人和小集体利益的小家子气。

还有，侠意识能暂时满足“无希望的反抗心理”，这成为众多百姓所乐于就道的解脱捷径，使人们沉醉于迷人的等待中。跟菩萨、清官一起，侠客也成为百姓的一个依赖对象。这助长了中国人的惰性，不求进取，缺乏开拓精神，纵容人们毁灭自我，甘愿沉沦，养成一种浑浑噩噩依附潮流的心理定式，成为中华民族的劣根性。这些都是侠意识的副作用、消极影响。

通过以上的论述我们认识到，对囿于封建意识、束缚于封建制度、哀苦无告的市民百姓愤懑不平孕育出来的“怪胎”——“侠客梦”及侠意识的本质内涵，必须作客观的辨析、严肃的阐释，既要看到其积极向上、阳刚的一面，又要看到它消极片面的不良影响。

（二）从“义侠”“盗侠”到“忠侠”“官侠”——“侠客梦”的幻灭

本来施公、彭公都是朝廷命官，而案件既是“公案”，也应该是“公事公办”，但我们在小说中看到，在办案过程中得力的没有一个是“官差”，尽是一些归顺的“盗侠”们，而且几乎每一宗大案、要案的侦破，每一名钦犯、要犯的擒获，都离不开仍在江湖绿林的武林高手的帮助。从头看到尾，我们只觉得侠客们纷纷“改邪归正”“为王前驱”，领着官兵去剿灭“匪寇”“邪教”，江湖世界再也不是侠客们“众里寻他千百度”的精神故乡——“桃花源”了，而成了“英雄”未出山时的隐居之地，倒是清官的衙门成为“盗侠”变“官侠”的“转正所”，成为盗侠们来去匆匆、成就功名的“大本营”。

先后归落在施公麾下的有黄天霸、贺天保、关小西、计全、何路通、褚标、朱光祖、贺人杰、张桂兰（女）、郝素玉（女）、金大力、王殿臣、郭起凤等，曾经给施公出过大力、起过关键作用的有甘亮、邓龙、邓虎“金陵三杰”和武功盖世的万君召老侠客。

而归落在彭公麾下的就多了：光老侠客就有李七侯、邱成、蔡庆、伍氏三杰、胜奎、刘云、景万春、余化龙、余化虎、钱文华、纪有德等十数个，他们一般只在关键时刻才出场收拾局面；日夜侍候在彭公左右的有李七侯、张耀宗、马玉龙、高通海、刘芳、石铸、徐胜、邱月明、邓飞雄、魏国安、曾天寿、姚广寿、武杰、纪逢春、胜官保等。

他们归顺的时间不同，归顺的方式也不一，大体上可归结为以下几种情形：（1）仰慕清官的大名而自愿前来效力的，如《施公案》中的关小西、计全、何路通、贺天保、贺人杰父子，《彭公案》中的主角马玉龙；

（2）有罪被擒而得清官赦免，因而感恩戴德、愿效犬马之劳的，如《施公案》的主角黄天霸、金大力，《彭公案》中的石铸、曾天寿；

（3）在破案过程中与官侠交手而相识相亲的，如《施公案》中的张七张桂兰父女、郝其鸾郝素玉兄妹、殷家五虎，《彭公案》中的蔡庆蔡金花父女、纪有德纪逢春父子、余化龙余金凤父女、项国栋项金花父女；

（4）行侠仗义过程中与清官邂逅并有救命之恩的，如《彭公案》中的张耀宗、欧阳德、胜奎；

（5）感念兄弟义气而愿意辅助兄弟成就功名的，如《施公案》中的王栋王梁兄弟和李昆、朱光祖是因与黄天霸兄弟义气而加盟的，《彭公案》中黄三太是因为与李七侯友善、高恒高源父子则是与黄三太亲密；

（6）特请的，如《施公案》中的万君召乃是由褚标荐举、施公出面邀请的，《彭公案》中的关键人物李七侯也是彭公慕其名而恳请来的。

我们前面说过，“侠客梦”是中国百姓做了千百年尚未醒过来的一个令人流连忘返的神奇的“梦”，中国百姓把超凡的本领、清纯的品质都赋予了侠客，并给他们构筑了一个特殊的“江湖世界”，让他们在这里为了江湖义气而完全置王法于不顾，把对于公道和正义的希望寄托在他们身上。那么，从“江湖世界”转向“官府衙门”的侠客们又是怎样的一副面貌了呢?简言之，是变了——侠的气质消失了，侠的个性磨灭了，而被清官的人格、职责同化了，这是根本的一点。他们由“义侠”变成了“忠侠”，由“盗侠”变成了“官侠”，由“护民”变成“护官”了。

作为江湖侠客，绿林豪杰，诸如施不受报、不矜德能、不矜其功，藏命作奸、不问国法，不分是非善恶来求则助，独来独往，不沾不滞，名利之心或无或淡薄，行踪诡秘、去留无常等都本应是他们的一般性特征，他们常与官府作对，以义气为重。清末的盛世培说“侠客”应该是这样的：

“上不畏王侯，下不恋妻子，远离世之妙想，发救世之苦心……傲帝王，蔑王侯，平尊贵，轻名节……”（盛世培《瑞西独立警史》《三题·二序》）

人们眼中的侠客都是无拘无束、自由自在、我行我素、不依不傍的，而所有这些，在《施公案》《彭公案》的侠客们身上都消失了，他们堕落成为了功名利禄可抛弃信义性命，为了官府朝廷而砸烂毁灭绿林江湖的人，有了依归、有了原则、有了纪律，服从清官、服从命令，常常不辨明好坏是非而打击剿灭不愿与官府合作的其他绿林侠客——即便这些侠客并没有触犯法律条文，并没有给百姓、给社会造成任何危害，相反还在某种程度上抑制了真正的强盗棍匪的胡作非为而不自觉地充任了“义务治保人员”的角色。所以，我们完全可以说，“归顺”就是侠客的堕落、变节，是秦汉以来中国传统侠士精神的没落、悲剧，标志着“千古侠客梦”的破灭。这些侠客由平民百姓的自发保护者、救星、公正人变成了清官的仆役、差吏、保镖、侦探，由平民社会的精神领袖摇身一变成为朝廷官府的行吏、走卒，由被统治阶级的监护人变成了统治阶级的保卫者，成为封建社会末期维护垂死的封建制度的得力干将。

这些侠客一离开他们曾逍遥自得的江湖世界，投进了清官的怀抱，就带着仇恨的目光来对付身处江湖的清白侠客，大有小人得志的意味，似乎非为新主子拿几个血淋淋的人头以邀功就于心不安，很容易使人想起“做了婊子还要立牌坊”这句话。

黄天霸恶狠狠地把结义兄弟武天虬、濮天雕杀了之后，对那些喽啰兵更是毫不留情，滥杀一气，跟到玄坛庙把吴成、马英等响马头子抓了之后，“遇人便杀，逢人便砍”，把喽啰兵杀得惨兮兮的。

最令人觉得遗憾的是竟形成了“归顺盗侠”与“江湖盗侠”对峙的局面。比较典型的是《施公案》第二百一十四回至二百三十三回与沧州薛家五虎、方世杰、吴成等的长时间相持。五虎将施公劫持过来作为人质，于是波澜起伏，难分难解，最后黄天霸与“金陵三杰”将五虎、方世杰全杀了。还有第三百六十二至三百六十八回与聚夹峰铁头僧等的残酷厮杀，官侠们久攻不下，最后由叛变的林保带路抄幽径上了山，方将盗侠们杀败。《彭公案》中韩登为报仇招延了四面八方的绿林好汉，所谓“水旱两路英雄，明劫暗盗豪杰”数以百计，他们还带来了自己的喽啰，声势浩大，让马玉龙等觉得棘手，严阵以待，最后是用瓦解分化法让绿林侠客们不战而溃，官侠才松了一口气，也极具代表性。

为什么《施公案》《彭公案》中的侠客们会转而投降官府并立即把矛头直指自己刚刚才迈步出门的那个“自在家园”呢?

从作品所写的康熙朝来讲，它是封建专制主义高度强化和思想文化极为禁锢的岁月，作者为了较真实地反映那个时候的历史面貌，便一反写侠客们不与统治阶级合作和目无法纪、以个人喜好为原则的传统，转而写他们投靠官府、平叛除侠以图封妻荫子、享受荣华富贵。

从《施公案》《彭公案》诞生的清末社会来讲，鲁迅先生的分析论述是比较中肯的：“这些书（指《三侠五义》《彭公案》及《施公案》的续书）大抵出于光绪初年，其先曾经有过几回国内的战争，如平长毛、平捻匪、平教匪军，许多市井中人、粗人无赖之流，因为从军立功，多得顶戴，人民非常羡慕，愿听‘为王前驱’的故事，所以茶馆中发生的小说，自然也受了影响了。”（《中国小说的历史的变迁》）

这两点是从归顺的外部环境来谈其客观原因的。

如果要从侠客们自身去找原因，则大体离不开“功名利禄”四个字。我们挑选有代表性的自我解剖看看就清楚了。《施公案》中的计全在开导何路通的时候是这么说的：

“……想你我幼年之间，不务正业，打劫为生，空混了半生，年纪都不小了，须当想个养老的主意，方能保得住收个结果。你瞧哪一个挣下房屋地土咧?一辈子不落人手，这就算头等的光棍。我如今跟着他（指施公）吃碗闲饭，冻不着，饿不着，我就算知足。像贤弟，依我的拙见，何不跟着大人南巡?路上但能立一两件功劳，大人回京时见驾面圣，只要当今圣主一喜，你的功名有份，强似一生落个贼名。”（《施公案》第一百七十九回）

他这番话可以说表达了绝大多数自称“改邪归正”者的心理。而在连环寨为窦尔墩看双钩的头目吴用人的“弃暗投明”心理则又可视为绿林大众的心态：

“窦尔墩他虽然现在强横，不过是一名草寇，终久都要被老爷们剿灭的，何必在那里随他为寇。说起来都是强盗，将来天兵到比，或竟由老爷们焚毁山寨，将他等捉住正法；小人如在寨里，也不免玉石不分。因此左思右想，还是投到老爷麾下，哪怕当个马夫，执鞭随镫，总比那做强盗的声名好多了。”（《施公案》第三百九十六回）

赤裸裸地，说得很可怜，却句句是实话。

《彭公案》中八旬老侠鱼眼高恒“要名不要命”，说了几句话颇能解释侠客们堕落的内在原因：“大人（彭公）施恩提拔我的儿子，我舍命去探寒泉穴，给大人捞上金牌来就是。”他因窒息送了老命后，他儿子高源再下水的时候也把心理表白得十分具体：“故去的父亲阴魂保佑，叫孩儿快找着金牌，我也好光宗耀祖，显达门庭。”（《彭公案》第五十回）另一老侠余化龙对着众多人的面信誓旦旦：“我将来办一件大事，总要天下扬名，立下功名给我姑老爷（官侠统帅马玉龙），能官居一品，那就遂心愿了！”

如此看来，曾在江湖绿林大显身手、叱咤风云的武侠豪杰们，归顺官府并卖力卖命的原动力完全在于“功名利禄”四个内涵丰富而具体的字，堕落变节的侠客们与追名逐利的禄蠹竟然毫无二致！他们把自己曾逍遥过的绿林江湖视为“暗处”，而把官府朝廷看作“明灯”；把自己曾全身心惨淡经营的事业视为“没出息”，而把投官靠府、竞功争利看作“光宗耀祖”的神圣举动。他们一从“江湖世界”返归到世俗社会后，就立即表现出强烈的功名心，显得比一般人更庸俗化、更铜臭化。于是，野心勃勃地持剑抱拳上了“名利场”，见个高低输赢，拼个你死我活。基于这些，我们说他们已经不是“侠客”了。这是中国小农经济孕育的农民式思维必然导致的结局，这是地道的“我”的失落。

想想以“我”为名作姓、“大胆江湖无伴侣”的黄天霸行侠仗义，夜半单刀来逼迫施公释放他的江湖朋友时是何等威风、何等潇洒、何等令人钦羡与敬仰：施公正秉烛夜读，“忽听门外脚步之声，贤臣往外问：‘什么人?’那人豪气答应：‘我呀！’一掀帘帏，闯进书房。……那人大叫道：‘施不全听真！我本豪杰英雄，江湖朋友被拿进监，我心不平，有意反狱。你把众家兄弟快放出来，若有一字不允，今晚伤你性命，除却众害，好叫朋友任性而行。'言罢，抽出刀来，用力一扬，举在空中。……'不全，不拿印出来，定要杀你。'……'吾便留名，有何惧哉，吾大名就叫"我"！'告罢，纵身一跳，踪迹全无。"（《施公案》第二十九至三十回）

而到后来，"我"成了"民子""奴才"，只能唯唯喏喏、俯首听命，无耻地用先前兄弟的鲜血染红自己头上的顶戴，踩在兄弟朋友的脑袋往上爬的时候，黄天霸又是何等的令人惋惜与遗憾！

假如要从更深刻的方面来看，我们认为，盗侠们归顺官府的文化心理机制或许可以用"忠大于义"这么一个公式来解释。

本来，"义"是"侠"存在的伦理基因。唐李德裕的《豪侠论》说得很清楚："夫侠者，盖非常人也。虽然以诺许人，必以节义为本。义非侠不立，侠非义不成。""义"乃是侠之所以为侠的精神脊梁。"行侠"即"行义"，即凭借武功和胆量去索取、维护、伸张所谓"义"者。

何谓"义"？《中庸》引孔子语云："义者，宜也。"朱熹在《四书集注》中解释道："宜者，分别事理，各有所宜也。"胡适的解释是："宜即是应该。凡是应该如此做的，便是义。"（胡适《中国古代哲学史》六编二章）《孟子·离娄》篇说："义，人之正路也。"故"义"即是"正义""合理""应该"。"助人""重然诺"即是侠义精神；按照侠义精神行为处世的人就是侠。

侠常以个人是非为是非，突出个性自由，不拘小节，任性而为，根本不顾及传统习俗与社会舆论，在感情和行为上偏好走极端，不以礼法为意。侠十分重视友情，忠于"知己"，愿意为知己献身，可以对社会不负任何责任，对朋友却愿意承担一切义务。所以，侠客们眼中的"义"，既包括路见不平、拔刀相助，也包括结拜金兰、彼此援引、相互包庇、不讲原则等不乏落后因子的行为。

"路见不平，拔刀相助"是武侠小说中最具抗争性的主题，沉积的却是一种弱者的心理，是平民无助无力的体现，也是弱者自我安慰、寻求心理补偿的产物。它一方面继承了传统武侠的正义精神和社会责任感，另一方面也显示出在传统道德伦理观念已内化为平民百姓的内在道德精神时，人们对如何伸张社会正义方式的选择。它伸张的是"正义"的"义"，希冀以此维护封建制度大秩序下的局部的公平、正义。

我们在《施公案》《彭公案》中见到的侠客们是接踵而至地投靠了官府衙门，为绿林侠客们开辟了一种以武侠手段行圣王事业的行为模式，把侠士形象引领到令人眩目的“英雄境界”。这时，如果说这些昔日的侠客们还在“行义”的话，那行的是“主仆”之义，它以“报主”为指归，是一种由天命观念和君臣观念派生而来的依附者忠于权势者的“义”。实际上，自从盗侠们在清官面前下跪的那一瞬间起，侠客们生活信念中的砥柱“义”就已换成了神圣化了的“忠”字了。这种转变的不可抗拒的推动力乃是主宰着中国封建社会数千年的儒家教义。

封建的中国，伦理道德观念规范着人们在纲常秩序中的权利和义务，规定了人们的生活位置和生活方式，代替了一切具有鲜活力量的感情，把人变成了君臣父子、三纲五常大罗网里的一个符号。江湖世界虽说相当程度上游离于现实的世俗，但江湖绿林的主人却依旧受了伦理文化的熏陶，至少在积极入世、强烈干预生活现实、关心民生疾苦这一点上，侠与儒是一致的，也因为这一点，便有所谓“儒侠”“阳侠阴儒”的称呼。所以，同样只有能够支撑起中国传统政治结构的儒教才能支撑起江湖世界中侠客们的思想大厦。儒家伦理以“君君臣臣父父子子”为纲常，重礼乐、尚贤孝，维系着一个礼乐规范的伦理型社会，具有极强的制造臣仆、奴才的功能。无法逃避这种文化观念自觉不自觉的熏染、有形无形的左右，侠士变成奴才也就成为一种必然的历史命运。

《施公案》《彭公案》写侠客们纷纷从以“义”为准绳的江湖绿林回归到以“忠”为中轴的官府朝廷，便是历史性地告诉人们，在封建的中国，“忠大于义”是不可逆转的，谁也无法摆脱它的钳制。所以，我们从《施公案》《彭公案》中便很能看出以伦理为本位的中国传统文化对中国小说家的思维定势和审美创造所具有的强劲的制约力和吸附力。《施公案》《彭公案》续书不断，广泛流行于坊间里巷，而且时常搬上舞台，显示出旺盛的生命力，同样突出地反映了宗法等级观念在人们思想意识形态中根深蒂固的地位。

施、彭二公捉了绿林盗侠，又表现出看重他们的武艺与侠气，以仁者之姿相待，释放了他们，盗侠们的虚荣心得到满足，立刻表现出他们本能的感恩戴德的情操，履行了太史公所称的“士为知己者死”“众人遇我，众人报之，国士遇我，国士报之”（《史记·刺客列传》）的处世原则，当即匍匐于地，发誓将死心塌地地忠于“知遇了我”的清官钦差，永不变心地做皇家的“特别侍卫”，听命于皇家的一位更高级别的臣仆。此后，这些盗侠们便不再具有独立的个性，丧失了令人欣羡的“独立人格”，丧失了以个人是非为是非、个人喜恶为喜恶的思维、行为自由，丧失了对事物的判断权，好恶得随主子，开始过“骑在虎背，身不由己”的新生活。这是浸透在国民性格中的世俗化了的顺民、奴才心态。

这些投降了的盗侠们以成为统治阶层中的一员奴才为一种光荣，标志着中国传统侠士精神的没落和悲哀。此后他们行的所谓“天下大义”是被一统的君权和纲常礼教严格规范了的“义”了，如果还要硬以“侠客”称之的话，那只好用“奴才侠客”四个字了，我们客气一点，叫他们“官侠”。与《水浒传》相比，他们完全丧失了聚义厅反抗官府、替天行道的强烈的反封建的斗争性，过于强调报知遇之恩，忠君，乐于为统治阶级所颐指气使。

《施公案》《彭公案》直到后面的《刘公案》等小说中的清官侠义斗争，矛头主要指向反抗朝廷的绿林英雄，大力渲染奴顺思想，极力鼓吹效忠皇上，歌颂镇压与朝廷作对乃至准备武装起义的绿林豪杰的官府忠臣。这是我们在读侠义公案小说时必须特别注意的一点。

无疑，投靠了官府，就是在实践着忠大于义。从此，原先盗侠引以为荣的反抗性、主人意识完全消失，而奴性急剧膨胀。黄天霸被施公的“大义”所感召，施公赦免其罪后，要他易名“施忠”，他立即说“太爷吩咐就是”。后来他对少年时结拜的义兄狠下毒手就是对忠大于义最最形象生动的解释。

施公奉旨进京，黄天霸的结义兄弟武天虬、濮天雕为给被施公滥杀的江湖哥们儿报仇，把施公劫持进了恶虎村。其时黄因嫌施公未曾提拔重用自己，携王栋、王梁兄弟返归绿林，但已揣测到施公会遇险，乃随后跟上。他没有多作解释与调和，心狠手辣，抖手出镖，击毙了两个兄弟，并将两位嫂夫人逼着上吊，玷辱了江湖绿林。他还以威胁的口气对当年曾一同共患难的绿林兄弟们说：“众位若无义气，以天虬为样，一镖一个，谅无处可跑！试试天霸狠毒手!”不讲信义至此。

杀了兄长，他还能“满面带笑”地在昔日的兄弟们面前诡辩道：“当日天霸归顺施爷，既有当初，必有今日，小弟全信，难以全义。”“既然骑在虎身，要想下虎，万万不能。”

是的，他手刃兄弟手足是绝对理智的，他清清楚楚：“为施公难以顾义，不免从今江湖落骂之名。”毋顾刺血之盟，镖打兄弟，断义绝交，都是“因为施公一人”。“忠”与“义”二者不可得兼，乃舍“义”而取“忠”，以忠大于义也。

归顺盗侠对清官朝廷的忠贞，是“妓女从良式的忠贞”，不敢有丝毫的折扣，不敢讲任何价钱，始终战战兢兢，诚惶诚恐，唯恐自己的言行稍有唐突，获罪于新的主子。藉此，我们可窥见伦理型文化渗透力之大之一斑——竟能让先前无法无天的武林高手最后自觉地、乖乖地以服从、恭敬为天职。

从上面的论述我们看到，侠客的归顺最深的文化根源乃是忠大于义这个论调，“侠客梦”的幻灭归根结蒂也在忠大于义的强劲摧毁力。这一点提醒我们，读武侠小说也必须以中国传统文化为制高点，才能总揽全局，把握实质，而不至“一叶障目不见泰山”，因点失面。

（三）说说“清官”与“侠客”的联袂

《施公案》和《彭公案》都在写一名清官怎么逐步收伏天下绿林豪俊，供“使令奔走”，率领他们“除盗平叛”，“（创作的）大旨揄扬勇侠，赞美粗豪，然又必不背于忠义”（《中国小说史略》）。两书大体上是写清官与侠客联手，组成一个独特、微型的新式“政治小社会”，代表“官府世界”去打击摧毁“江湖世界”，以“政权暴力”加法律来惩治无视法律、不受法律管制的“山野暴力”，“替天行道”，收拾剿灭不与官府合作或企图反抗官府、谋变叛乱的绿林豪杰。

我们不妨说，这是在专制极严的社会里人们所做的一种新的“安乐梦”。单寄望于“清官”，真千载难逢，而光有“侠客”，也是昙花一现，稍纵即逝，朝不保夕。于是，富于想象力的中国人便异想天开，巴不得清官兼有侠客的勇武，侠客握有清官的权威，以谋求一种精神上的新的和谐、心理上的新的平衡：假清官的权力与法人代表，借侠客的神武与赤胆忠心，平定社会，安稳人心，二者融为一体，相辅相成，铲除不公不平，清理冤案错案，弘扬真善美，摒除假恶丑。让清官与侠客形影相吊，互相提携，折射出的乃是这样一种平民意识：受制于传统文化观念的平民百姓，既渴望惩罚罪恶、摆脱欺压，又不可能真正去反抗斗争，只能希望在维持现存秩序的基础上稍作改良，使正统的社会伦理道德能真正实现。基于这种心理，他们不断地创造出忠于封建纲常的清官和侠客来拯救世道民风。

《施公案》和《彭公案》在某种意义上说，乃是“清官梦”与“侠客梦”碰撞的艺术结晶，十分典型地体现了清官与侠客相互依存的特殊关系。小说将清官与侠客联为一体，行侠仗义与理狱断案互为补充，清官利用侠客的武艺，侠客仰仗清官的英明，在君权神授不可否定的大前提下，一位清廉正直的清官率领众多陆续归顺的勇敢而武艺超群的侠客，打击贪官，铲除恶霸，维护正常的封建社会秩序。小说中的清官如果没有侠客的救护，连命都保不住，多少次死里逃生、虎口脱险都是侠客神出于危难之际，故没有侠客，贼不得以除，盗不得以清，案不得以破，冤不得以白，狱不得以断，清官不得以升授，廉名不得以远扬，“清官”则不存矣！从小说中我们看到，在大多数时候与场合里，非名侠出面绿林不会服膺，社会便难以安宁，百姓要经常遭殃。归顺了的侠客们依旧用他们先前在绿林江湖闯荡时的偷盗杀伐绝招，同仍在山林旷野中逍遥自得的侠客好汉们斗智赛勇、比高试低。

多少次在施公生命垂危的时候，都是侠客挺身而出、舍命相救。《施公案》第六十四回在施公恶虎庄险些挨武、濮二人刀子的时候，是黄天霸及时赶到，杀了劫客，救了施公；第一百零七回在三义庙、第一百十五回在张豹店，施公两度遇上歹徒都是贺天保救驾；还有第一百三十三回褚彪和朱光祖受命来行刺施公、第二百十四回薛家五虎劫持施公，都是黄天霸大显身手才使施公化险为夷，转危为安。

再看彭公，在五里屯被张耀联绑架，是张耀宗救了；在连洼庄被武连捆缚，是杜清、杜明兄弟救了；窦尔墩行刺彭公，是徐胜救了；法空行刺，是欧阳德救了；张黑虎行刺，是石铸救了；在红龙涧坐水牢，是蔡庆和马玉龙救了；金风道赵智全行刺，是刘天雄救了；窦家店袁虎行刺，是纪逢春救了；在飞龙岛被叛军所困，无路可逃，十万火急，是隐侠景万春奇迹般地出场，救了驾；在宁夏公馆石铎行刺，也是景万春救了。真所谓险象环生，危情迭出，好在都有侠客不期而至，救其出水火。

这是施、彭个人生命危在旦夕的时候由侠客相帮。另外，每当官侠与盗侠鏊兵对峙，难分难解，甚至官侠处于劣势的紧要关头，也是有仗义明理的武林高手帮上一把，才成全官侠、彭公和施公的功名。这些绿林好汉们为官侠、为彭公和施公出生入死、赴汤蹈火，置自己的生命于不顾，变“义”为“忠”。我们举其要者简述于后。

《施公案》第二百一十回，活阎王李天寿率众劫法场成功后，黄天霸等兵围玄坛庙，结果被李天寿、赛猿猴朱镳、玉面虎马英、七煞神张宝和于七、吴成等杀得死去活来，手忙脚乱，黄天霸等“料想不能胜了，他们三人也不想活命的了，正要有个拙计——自刎了，落个忠臣的英名。忽然看见半空中噗的落下一个人来”，是谁呢?来帮谁的?原来是官侠们的新朋友，金陵三杰甘亮、邓龙、邓虎兄弟，他们武功超群，这才把活阎王等杀得落花流水，丢盔弃甲。而金陵三杰到后来既不图官，亦不求利，继续栖身江湖，行侠仗义。

第三百二十七回，德州殷家堡的老百姓因为遭了黄河水灾而没有得到官府救济，于是拦劫了进京的官家粮饷，黄天霸率众征讨殷家堡，双方越斗越狠，势均力敌，僵持不下，老侠客朱光祖出面调停，才化干戈为玉帛，避免了一场更大规模的血战。

当彭公在长辛店遇刺时，救驾的张耀宗被红眼狼杨春及吴太山等八九个人合力围击，张力不从心，形势十分不利，恰好他父亲的高徒小方朔欧阳德及时赶到，才救了彭、张两个人；又当彭公等为破白天王的牧羊阵吃尽苦头、才穷智尽而离期限日近的时候，牧羊阵的设计者赛诸葛周百灵却神通广大，闹得不可开交，东奔西窜，要不是周的结拜兄弟、双龙山的震西方妙手先生项国栋"交友无信"、用酒灌醉了周百灵，真不知彭公、马玉龙怎么去破牧羊怪阵，更不知他们怎么去完成钦差、回京面圣?

以上谈的是侠客于清官的再生之恩，及其在官侠盗侠斗争中所起的扭转局面的重要作用。再从已经变色的"侠客"们来说，他们舍弃江湖绿林而投靠官府，乃是因为有了强烈的功名利禄心，一心要成就功名、建立勋业，以博得封妻荫子。从小说中我们看到，他们的欲望要得到满足，当官做员，非清官也无法得以实现；没有清官，他们要由"盗"而变为"官"似乎是不可能的，这一质的变化非由清官的认可不行。没有清官让他们去侦破公案，他们就没有建功立业的机会，那提拔也就无从谈起。事实上，在侠客们辅佐清官由七品芝麻官升到一品命臣的升官途中，官侠们自已也慢慢地从千总做上了头品武官。

黄天霸的第一任官职是漕运副将，到后来升任为淮阳总镇，遇缺即补提督。马玉龙从龙山寨主下来当差时只是一个小小的把总，最后得了钦赐头品顶戴、建威将军。张耀宗救了彭公的大命后，彭公赏他一个把总，破了宋仕奎谋反案后即升为开封府参将，没几天又升了宣化府副将，最后做到了大同府总镇，真可谓扶摇直上！看来，清官也没有食言。而正是这样，才使得来归顺他们的侠客越来越多，最后形成"一名臣大吏为中枢以总领一切豪俊"（鲁迅语）的局面，达到清官与侠客最大的和谐。他们之间取长补短，互通有无，各取所需，使各自的欲望都得到程度相当的满足。这不能不说是封建中国官僚社会里的一种奇特现象。

(四) “官侠”的榜样——金镖黄天霸和忠义侠马玉龙

黄天霸和马玉龙分别是《施公案》《彭公案》中归顺清官的“盗侠”的代表人物。他们在绿林时，赫赫有名，威震八方，是江湖好汉们崇敬的“英雄”；效力于清官后，他们大显身手，叱咤风云，是朝廷官府信赖的“干将”。因而，我们说他们是“官侠”的典型、榜样，他们的思维和言行可以让我们看到盗侠变官侠的大致情形。

黄天霸是南霸天黄三太的儿子，因出生于黄三太打败另一盖世英雄窦尔墩之际，众英雄乃取其名曰“天霸”。黄三太武功非凡，名震一世，轰轰烈烈，是个“宁叫名在人不在”的英雄。六十大寿时，他嘱咐八岁的小天霸“别败了为父之名，我就死在九泉之下也甘心。为父一生性情高傲，南北各省皆有名望，久后你要是现眼，做那下流之事，叫别人说我黄三太做事遭了报应，就为不孝。孩子，你要争一口气，为人总要立志，光宗耀祖，显达门庭”。天霸连忙答应：“孩儿必然争这口气，定要名登虎榜、显耀门庭。”(《彭公案》第二十七回)

在《施公案》出场时，黄天霸已是一个潇洒英俊的小伙子，豪气一声“我呀!”回答县太爷，充分地体现出了他少年英雄的胆量、勇气与自信自傲，堂堂正正一派大侠风度。小说这样给他写形：

“小帽青衣，浑身钮扣，腰紧搭包，单刀横腰，薄底快靴；年纪二旬有余，颏下无须，满面凶恶，带着怒容，身轻体健，甚是雄壮。”

他是来反狱、胁迫施不全释放他的江湖朋友的，他大声对施公说：“若有一字不允，今晚伤你之命，除却众害，好叫朋友任性而行!”

醉酒糊涂后，黄天霸被差吏拿获了。在公堂上，经过施公的“善化”，黄天霸被感动了，当即表示愿意为施公“少效犬马之劳，以报饶命之恩”，并听从施公的话改名叫“施忠”。随后他便在施公面前听差，帮助施公破了许多男盗女娼的大小案件，成全了施公的“清廉”名声。

施公奉旨进京时，黄天霸因嫌施公没有提拔他而返归绿林，但想到恶虎村施公可能有性命之忧时，他又赶紧追了上来，并下毒手杀死了少年时代的结义兄弟武天虬和濮天雕，还逼死了两位嫂夫人，破坏了绿林规矩，伤了江湖信义，为豪杰侠客所不齿。气愤之余，他对施公愤愤不平地袒露了自己不愿随其进京的缘由：“使碎心机，总买不动恩公之心。老爷只顾不用我天霸，闭塞投者，以挡后来。”他屡次尽心，“痴心妄想，总成画饼”，“如做春梦。临急回头一想，因此心灰意懒”，表示“从此不再跟官了”！满腹牢骚，一肚子不服气。

后来，施公奉旨前往山东放赈救灾，因连遭巨寇，心有余悸，觉得难处太大，便一心想请黄天霸回来帮忙，于是亲自跋涉上了卧虎山，恳求黄天霸出山，而黄天霸此刻“心灰意懒，情愿老死林下，永不出仕，誓无二心”。这可把施公急得不行，竟说：“你一定要安心苦守宝山，我施某也就无意于功名了，我也在此山，寻些清闲自在何妨。”可见，武艺高强、忠心耿耿的黄天霸在施公的心目中是何等举足轻重、不可或缺！在义兄贺天保的“刺激”下，黄天霸到底还是下了山。

“飞镖三只，单刀一口”，是黄天霸的传家绝技。《施公案》第一百二十五回有这么一段词句专门称赞他的飞镖：

“号飞镖，猛英雄，纯钢打就两三支。凭百炼，却非轻，昼夜操练苦用功。战败中，能取胜。纵百发，能百中。专取敌人命残生。父传授，子用功，远合近，都可行。流落江湖传美名。……（这飞镖）手头准，腕下轻，浑如巧匠运斤风。门路熟，武艺精，保护贤臣立大功。”

后来他使飞镖在皇帝面前逞尽风流，对准悬挂在绒线上的三个鹄子连发三镖，齐中红心，博得在场文武官员的齐声夸奖，更使龙心欢喜。他的刀法亦极为纯熟，“刺砍劈剁，蹿蹦跳跃，体态轻灵，实然的便利，井井有法”，似彩凤抖翎，春风摆柳，婀娜多姿，《施公案》第一百七十四回写道：

“但见他蹿蹦跳跃，那口刀耍得上下飞腾，光华一片，如雪片绕身一般……但见刀光上下翻飞，并看不见身躯隐在何处。”

并赋诗赞曰：

“舞来秋水雁翎刀／闪烁寒光浪欲淘／海马朝云身屡仰／犀牛望月首同搔／漫空飞白迷江练／映日摇红吐彩毫／六合尘氛应已净／趋朝奏捷系征袍。”

他还会使一独绝兵器“甩头一子”，令皇上刮目相看，十分器重。

此后，他就是用手中的金镖击毙了打死义兄贺天保的赛袁达于六、中伤了前来刺杀施公的朱光祖；也是靠这支神镖，他冒着生命危险，把施公从虎口龙潭般的罗似虎家、薛家窝、落马湖李配处拼死救了出来；镇压惩处了与皇亲国戚、太监内廷有密切关联的恶霸乌马单鞭尉迟公黄隆基和他的小舅子恶阎王罗似虎，以及欺世盗名、盘剥人民的假县令毛如虎；借金镖的神威，他擒获了很多大盗小贼，侦破了好些大案钦案，诸如剿灭落马湖的李配、摩天岭的余成龙、聚天峰的万世雄、连环套的窦尔墩，等等。因全心全意为施公尽职尽责，他曾多次流血重伤，如在真武庙就被恶僧六和尚的攮子在左膀扎了一寸多长的三尖口子，鲜血涌注；在追捕采花贼一枝桃的时候，又被连珠镖击中了左腿。

黄天霸固然功夫不凡，出类拔萃，然而天外有天，在好几个强人面前，像采花大盗谢虎、赛罡风蔡天化、双飞燕、活阎王李天寿和窦尔墩等，他都技不如人，无可奈何；他也曾两次在强手面前差点要自刎以殉职：一次是与李天寿等四人大战，随他怎么闪展腾挪都招架不住李的攻势时，他“长叹一声：‘罢了！’便欲将刀来自刎，免得落于强人之手，受他们的羞辱”；另一次还是同这几个人群斗，他和关小西、何路通三个人见对手越战越勇，眼见就要败下阵来，这三个人“也不想活命的了，正要行个拙计——自刎了，落个忠臣的英名”。可知，作为皇家的卫士，钦差的保镖，黄天霸也的确有点“骑在虎背上”的感觉，像枝头的花一样，要开要落，由不得自己。

然而，终归是“屡获巨寇，叠破大案”，功绩昭然，黄天霸享受了被皇上单独召见的殊荣，完成了父辈的夙愿，同他父亲在京门镖打猛虎而得御赐黄马褂享誉绿林可媲美并举，他由一介莽夫得封漕运副将，最后升至淮阳总镇，遇缺即补提督。他为皇家出生入死，浴血奋战，竭尽忠诚，皇家到底没有亏待他，让他能光宗耀祖，完成了父亲的嘱托。

黄天霸利欲熏心，绿林豪杰和读者都大失所望，但他毕竟叱咤风云，威震武林，名传后世，他到底是个怎样的人呢?

《施公案》第一百二十二回他曾自谓：“我是个年轻的人，没有深谋远虑，不过是一味忠心，有勇无谋。”小说写他“一味高傲，只知有己，不知有人”。他经常在众人面前信誓旦旦，目空一切，而且脾气急躁，良言难进，故不免时有闪失，如被谢虎镖中大腿就是以其高傲轻敌所致。当贺天保以激将法激他时，他道：“慢说他弟兄（于六、于七）两个，就是十个八个，我天霸也放不到心上。”这是他最通常的口气，里面充满自信，也有自负。施公是他的知遇者，长时间的合作与互通有无，使他们相互了解得颇为深刻了，因此施公对黄天霸个性的解剖很能帮助我们认识黄天霸的性格：

“天霸向来好名心重，别人办不来做不到的事，他偏要去办去做，等到成功后，却争了这个‘名’字。哪怕龙潭虎穴，为这‘名’字上，也要拼死去的。”

施公又称黄天霸“有胆识，有忠心”。我们引用黄天霸在江都辞别施公回归绿林时说的话作为参证，就会清楚施公的分析是准确的，他说：“小的为老爷，只为图名上进，孰知劳而成空！”

在别人的眼中，黄天霸又是怎样的一个人物呢?我们将较有代表性的评语援引在此。在天子的眼中，“天霸是区区一草莽之民”；作为他的主子，施公颇满意于黄天霸的胆识才艺，在张七、张桂兰面前极力夸赞黄天霸是“不世奇英，勇冠群伦，干城上选”；先前是江湖上的哥们儿，日后又成为同僚同事，老侠客褚标也很看重黄天霸，称他“弃暗投明，上为国家栋梁、下为苍生造福，前程远大，功业昭重”；而在卧牛岗的三个强人抱不平王勇、唬死人薛超、都不怕胡广的眼中，黄天霸乃是“天下第一大英雄”、平时“极敬重”的人，“何等威风！何等有名”，对他佩服得五体投地。这是从一方面讲。

再有另一方面或许显得更为重要，那就是他出身的那个世界——绿林中人的看法。在某种意义上，这些人的看法和评价更有说服力、更令人深思。被镖打伤的盟兄濮天雕对黄天霸破口大骂道：“断义绝交！你心太狠！彼时说同生同死，有官同做，有马同乘。今镖伤同盟，理上欠通。”另一盟兄贺天保也说：“(天霸本来）栖身绿林……情性狂放，举动俗野。皆因天霸遵父遗训，故弃绿林，归了正道……那天虬、天雕，本是同盟一拜。算他一片心痴念旧，失了江湖信义之真，逼死两家人的性命，江湖上的朋友，无不怨恨。”为了个人利益而丧失“信义”，本是江湖大忌，而身为一代大侠的黄天霸偏偏触犯规矩，故绿林义侠多引为不齿，并每每寻找机会要惩罚他以替江湖上众多被冤枉的朋友报仇雪恨。如“平时并不劫掠往来过客，专门打劫富贵人家”的摩天岭过天星余成龙便十分恼火，于是盗走了施公的金印，故意捉弄天霸，并不无揶揄地道：“素闻黄天霸武艺高强，随了施大人，建立许多功劳，立了许多事业，我们江湖上、绿林中的朋友，不知被他害了多少。”由此看来，作者的话“天霸本是个有义气、有血性，傲上不凌下之人”（《施公案》第四百回），需要打好些折扣才敢听。

这些立场不同、阶级非一的人自然各有各的“黄天霸印象”，而今天的我们则当客观地加以分析，力求得出一个较为公允的结论来。

从小说中我们看到，黄天霸自从出离了那个他曾驰骋纵横的江湖世界以后，固然铲除剿灭了不少扰乱社会治安、危害商旅百姓的山盗水寇、采花淫贼，打击惩处了好些无恶不作、涂炭百姓的皇粮庄头、土豪恶霸、地方势棍、流氓匪徒，但在总体上，他却以“服从命令为天职”，带着仇视乃至敌视的眼光来对待一切绿林豪杰，其中竟也包括了从父辈就开始的世交盟兄武天虬和濮天雕二人。较典型的还有“不劫往来过客，专劫富贵人家”的摩天岭余成龙部和仅与朝廷作对的连环套窦尔墩部。另外，殷家堡的百姓劫留了进京的官家粮饷，只是因为受了水灾而没有得到赈济的发泄性行为，并不带半点儿强盗土匪的性质，而曾经是侠客、打过抱不平的黄天霸却根本不去明辨是非，也不听殷家堡主作解释说明，盲目服从施不全的命令，率领众官侠并众官兵列队阵战，鏖兵多时，劳民伤财，非但没有替平民百姓申冤雪白，反而杀气腾腾，毫不讲理，与百姓敌视对垒。

总之，为了一个“忠”字，为了一个家传的“名”字（他父亲从小就告诫他“宁可名在人不在”），为了能爬上高官显位、出人头地、光宗耀祖，黄天霸有时心狠手辣，甚或丧心病狂地滥杀绿林好汉，为死心塌地效忠皇家官府而干净彻底地背叛了江湖世界。在相当的程度上，他由一个豪俊盗侠沉沦堕落为一个良莠不辨、奴性十足的奴仆式官侠。“今日强盗，明日受爵”（1909年《扬子江小说报》第一期，石庵著《忏恐室随笔》），黄天霸是个由盗侠变官侠的典型，是千古侠客的悲剧典型。

但我们同时也要看到，他归顺官府以后，为了扶保封建王朝，曾经为民除害、为国除奸，清恶霸、扫盗寇，安定了社会秩序，稳定了百姓人心，做了不少有益于国家、民族和黎民大众的好事。因而长期以来，他也同施公一样受到百姓的称赞、颂扬，虽不见于史传而为文学虚构人物，却长期流传于民间，成为妇幼皆知的典型形象。

归顺即意味着成为统治阶级的一员，为了维护本阶级的利益，对异己势力实行武装镇压，这是政治斗争的问题，而不是用“义气”二字可以来解释清楚的。九黄、七珠是杀人犯，十二豪客中也有两人牵涉杀人案，因此武天虬、濮天雕光以“哥们儿的义气”劫持处死十二寇的施不全并要谋其性命，就显得过于草率和简单化了。

所以我们最好多持一分理解去看待处于“夹缝”中左右为难的黄天霸，这样也许得出的结论会更公平一些。他本人是矛盾的，只是对江湖侠客手段太残忍了一些。这使我们在读《施公案》时必须具体分析、辩证对待，却不可一叶障目，以偏概全。

马玉龙虽然是《彭公案》中由盗侠归顺的官侠典型，但出场较晚，在一百回的正集中并没有露面，至第一百三十八回才于刀光剑影中姗姗来迟。他是继白马李七侯、玉面虎张耀宗之后第三个鼎力佐助彭公的武林高手，他到彭公身边效力时，彭公早已升任兵部尚书，正行进在去西夏贺兰山查办白起戈有意进兵中原事件的路上。但他一出台，其他归顺的侠客就大大地相形见绌、黯然失色了，他却一直光彩夺目，成为此后整部小说的核心人物。有他彭公安然无恙，没他则劫事接二连三。可见，该书的作者是着意要把他写成全书举足轻重的梁柱人物，写成盗侠的典范、盗侠的出路和盗侠的希望。

先于他为彭公卖命听差的白马李七侯本是京东大名鼎鼎的义侠，但他对彭公并未全身心地投入，在恶太岁张耀联家败给圣手仙邓华以后，他就怄气不辞而别，远遁至玉清庙出家去了；而于彭公有救命之恩的张耀宗本为游侠，受彭公的赏识，他平步青云，一路顺风，由千总升为开封府参将，再升为宣化府副将，直做到大同府总镇，真似"芝麻开花节节高"。唯独犯有"前科"、曾出过人命的马玉龙是道地的绿林出身，曾占山为王，也唯有他最后官至极品，荣耀一时。他究竟是个什么样的官侠，又是怎样发迹变泰的呢?下面我们就慢慢来分解。

马玉龙从小长得清秀伶俐，因此而得到飞玉虎蒋得芳和海底捞月叶得朗的真传，并得到一身麒麟宝铠、一口湛卢宝剑。他从小就富于正义心、同情心，因抱不平失手把索皇亲的管家童老虎一下扔死，而后挺身出来吃官司。越狱出来后又遇上了龙雅仙师铁牌道人诸葛山真，学得绝招鹰爪力重手法和一力混元气，学会了念《达摩老祖易筋经》，在春竹岭上得了"忠义侠"的雅号。功成以后，遵照师父的指点到了龙山，夺了寨主位、立起镖旗来，从此"四处客官都齐奔龙山镖，走在道路之上，真是太太平平，没人敢截"。两年过去，"远近四方，无人不知"，人们亲切地称他为"龙山公道寨主"。他进入彭公的视野，就是在往二营山追镖途中拦劫飞云淫僧和焦家三鬼时开始的。

伍氏三雄见他功夫超群，劝他投到彭公麾下，他立即说："我久有此心，恨不得其门而入。"第二百一十六回，他跟余金凤二度洞房花烛时，对妻子说："我如今保着大人西下查办，所为功名富贵。"赤裸裸、袒露无遗地表白了自己的心迹。可见，他后来对龙王庙赛达摩正修僧所说的——"据我看来，人生世上，都是虚名假利，真不如跳出三教外，不在五行中，倒是一场乐事"（第二百六十二回）——竟完全是违心逆意的假话了。所以，他归顺到彭公手下后，全心全意，赤胆忠心，大显身手，施展出浑身解数，竭忠尽智，为保护彭公、成全彭公立下了汗马功劳，最后也成全了自己的功名。

打马忠救彭公、打清风道于常业救彭公，马玉龙都是舍生忘死。破红龙涧戴魁章、宋起凤后，他由小小的把总擢升为六品旗官。之后，他跟在彭公身边，奉命剿灭了清水滩水龙神马玉山部，平伏了兴隆寨余化龙部，破了佟家坞佟金柱的起兵谋反大案，为皇上追回了九头狮子印，擒获了协助起义的潼关总兵石文倬，剑刺金亮于会仙亭，击溃了为韩登复仇的各路绿林，二败金清，大破了连环寨，冲破牧羊阵，平定了贺兰山预谋叛乱的白起戈部。在平叛剿寇的战斗中，他还多次陷入困境：在兴隆寨被余金凤的红莲套索给套住了，险些一世英名化作流水；在佟家坞卧底时更被张天师一指制伏，目瞪口呆，若非张天师正义为怀，其性命早已付诸东流了；船没卧龙坞，他更是死里逃生，那本是鹅毛俱沉的怪水潭；勇赴“忠臣会”，却被困飞龙岛，他与彭公二人左逃右窜，好不狼狈，势同燃眉。好在“吉人自有天相”，每次危在旦夕的时候，都有高手从天而降，化险为夷。站在统治者的立场来说，马玉龙可谓是“劳苦而功高”矣！这当中，我们必须看清一点，就是他所剿灭的武装力量，除贺兰山白起戈部带有民族分裂性质以外，其余反官府反朝廷势力均是具有相当的人民性的，特别是佟金柱的谋反，应该说是地道的农民起义了，他盗来了皇上的九头狮子印准备号令天下，以“改山河扶保真主，灭大清另正乾坤”为宗旨，以天地会八卦教义感化天下的好汉豪杰、发动全国各地的百姓，只可惜被人出卖、被官侠们扼杀在摇篮里。所以，马玉龙随彭公所剿灭的绿林均非盗寇亡命之徒，而是对封建统治不满的英雄豪杰。从这个意义上说，马玉龙是统治阶级的一员猛将，是农民起义的死对头！这本是与他出身官僚世家密切相关的（他父亲曾做过云南大理知府），我们并不能苛求于他。

接二连三地破了这些大案，统治者把这个杀人逃犯从小小把总升为六品差官，继而升为四品守备，再到三品副将，最后赏了他头品顶戴，升为宁夏府将军。至此，马玉龙由一介盗侠摇身一变为皇室将军，从一个“仆人的仆人”转变为一个大仆人、小主子，从此他也有可以供自己役使的小仆人了。从马玉龙身上，我们可以读出一部简明扼要的“封建社会官僚发达史”。皇上每次颁旨都要把马玉龙特别提出来加以表扬，每次加官封爵他也要高于其他官侠一等。他使龙心大悦，也使御亲王甚为青睐，“把他叫到王府，认为义子”。显然，这种殊荣是地位和身价的象征，也是其阶级属性最精彩的说明。

或许，因为他武艺精绝，相貌又潇洒——书中说他“生得面如傅粉，双眉带煞，二目有神，鼻如玉柱，四字方海口，俊俏人物”，第一百九十二回也写他“面皮微白，透出粉红，如桃花一般，目似朗星，眉如漆刷，鼻梁高耸，虎似丹霞”，俨然一美男子，故修养高深的赛达摩正修见面就夸：“我看大人五官清秀，将来必定显达，真乃国家柱石。”

他的英武更令妙龄少女一见倾心，人见人爱，这使他在桃花运中几度颠簸，几度烦心：女盗班立娥一见了马玉龙立刻魂销魄散，笑语吟吟，对着他眉来眼去，结果被他剑起头落，“可怜红粉多娇女，化作南柯一梦中”。而甄家岭的甄丽卿、尹春娘姑嫂见了这位“二十多岁，生得五官俊秀，眉分八彩，目如朗星，鼻如梁柱，唇似赤霞，品貌出众”的郎君，也情不自禁地春心萌动，柔情脉脉，直想立刻“扑在马玉龙怀中一坐才好”，要先图云雨之欢，再成百年之好，致使姑嫂俩争风吃醋到了刀枪相见的地步，足见马玉龙的魅力巨大！

只是他全真身体，一世童男，当然不愿因此而废了一世名节和一身的混元功！他虽不排斥儿女之情，但惧怕男女之欲，严格实行性禁忌，因为一泄元阳，就意味着与“童子功”的告别。他与余金凤两次洞房花烛，但两次他都明白地告诉妻子：“现在你我虽是夫妻，但我有一种童子身上的硬功夫，善避刀枪，不能破身。如今你是个开脸的姑娘，我是个童身的新郎，暂为夫妻，却不做夫妻之事。”至于作者出于偏爱，写他先后半推半就接纳了四位既是美女、也是武艺高超的侠女为妻室——第一百三十八回的结发妻子、知县的女儿关佩玉，第一百八十六回的余金凤，第二百一十七回的刘玉瓶和第三百一十二回的白玉仙——该如何消受，并不是我们所要论述的话题。

马玉龙能鹤立鸡群，对元阳的迷信、对童男的保守是其重要的一个方面，一如《三侠五义》中的欧阳春能技压群芳，缘于他是“一世童男”一样，这多少带有一点儿玄虚，而实实在在的决定性因素是他手中的那把湛卢宝剑及其炉火纯青的八仙剑法。

或曰，“剑为兵家之祖”。剑是最适合于侠客打斗而且最有文化味道的兵器。它不只是一种杀人利器，而且是一种大侠精神的象征，一种人格力量乃至文化传统的表现。台湾著名武侠小说家古龙在其《飞刀，又见飞刀》的自序《关于飞刀》中曾把剑与刀作过比较，他说：

“剑是优雅的，是属于贵族的；刀却是普遍化的，平民化的。……剑有时候是一种华丽的装饰，有时候是一种身份和地位的象征。在某一种时刻，剑甚至是权力和威严的象征。刀不是。”

剑是登堂入室的，它本身具有一种高雅飘逸与浪漫神秘的气质，可显示主人的高贵。马玉龙的湛卢宝剑由其师父蒋得芳所赐，“乃春秋时欧冶子所造，能削铜铁，剁纯钢，水斩蛟龙，陆断犀象，杀人不见血”（《彭公案》第一百八十六回)。他用这把宝剑将叶守敬的宝剑削为两段，进而削破了他那神秘莫测的八卦太极图黄旗，反败为胜。作者赞道：

“湛卢宝剑寒光绕／常在英雄怀中抱／斩金剁银削铁铜／杀人不带血光豪。”

他这宝剑还能破童子功，《彭公案》第二百三十四回他就是使出八仙剑法把有金钟罩、铁布衫、一力混元气护身的童男子金亮杀死而后大败前来替韩登报仇的各路绿林的。可见，这剑乃是马玉龙致胜的法宝和护身符，而不是一般的战斗武器。

凭藉他的童子功和八仙剑，更有他的赤胆忠心，马玉龙技压群芳，功盖一世。同黄天霸一样，他也是封建社会里“今日强盗，明日受爵”的典型，而又比黄天霸更不含糊、不动摇，自投到彭公麾下之日始，就死心塌地的为主子赴汤蹈火，在所不辞，从而把自已塑造成了统治者心目中的榜样，江湖英雄眼中的败类、克星。

五　对《施公案》《彭公案》的美学批评

武侠小说能风行于世的主要原因除了它们投合了孤立无援的中国人的侠客崇拜心理，即鼓励他们做“侠客梦”以外，另一方面就是迎合了中国人喜欢紧张曲折、离奇怪诞情节的欣赏习惯。扑朔迷离的情节，惊心动魄的场面，栩栩如生的人物，复杂变幻的人情，通俗流畅的文字，以及严谨缜密的结构，本当是侠义小说魔力合成的基本要素，而这些在《施公案》《彭公案》中却样样都大打折扣，实在令人引以为憾。然而，它们毕竟都曾被一续再续，在坊间里巷中下层读者群中长时间造成过很大影响，除了前面我们已经谈过的“侠客梦”“清官梦”心理期待的原因以外，它们在艺术上有什么特点呢?我们拟从情节结构、人物形象、语言文字三个方面来对它们作一番美学巡视，谈谈它们在创作上的特色与缺憾。

(一) 勾连串套，结构独特

有人把情节与文采视为一部作品的肌肤与衣服，而把结构视为作品的骨骼。严谨的结构有助于故事的连贯，更有助于人物形象性格的有机统一。有始有终，首尾呼应，交代清楚是对故事结构的基本要求。

当代的武侠与公案合一的小说能以跌宕起伏、意外连接的情节来构成悬念层出的故事，加上它们推理的破案方式，能令读者如入迷魂阵中，爱不释手，卷终方休。百年前的《施公案》《彭公案》显然尚未能达到这一艺术水准。鲁迅先生说《施公案》《彭公案》一类公案小说“大概是叙侠义之士除盗平叛的事情，而中间每以名臣大官总领一切”，其“文意俱拙，略如明人之《包公案》，而稍加曲折，一案或亘数回；且断案之外，又有险遇，已为侠义小说先导”。这里说的是《施》《彭》的大体构架方式问题。

《施公案》《彭公案》以“公案”勾连串套，形成独特的艺术结构，别具一格。它们往往是交叉安排，前案未水落石出，后案已波横山见，前案未结，后案已生。有时数小案悬结于一大案，有时一大案被切割分成若干段，分散到若干回以至数十回中去，让若干个公案故事同时穿插进行，它们既相对独立又前后照应，情节线索此断彼续，故事波浪般此起彼伏，形成一个较为严密、交织成整体的故事网。这种体制是对中国公案小说以前那种结集短篇、各自独立的结构方式的突破，并为后来的侠义小说所继承、发展。

比如：《施公案》以胡秀才告父母被杀而无头这一玄案为全书开局，施仕伦正无头无绪之时，有“九只黄雀”“七个小猪”入得梦来，他便命差官去访拿“九黄”“七珠”归案。差役也被弄得焦头烂额，一筹莫展。这宗刑事大案一直到第二十四回才结案判决。在这当中，作者前前后后插进了水獭通人性登堂告状（第四至二十六回）、朱信刘永争银子（第四至六回）、哑巴冯氏告假丈夫董六（第五至十一回）、海潮女儿被劫（第十二至二十三回）、李天成遭抢伙计被杀（第十二回）和李志顺告土地庙神昧银子事（第十八回）等六七个大小案件，有的很快就破了案，如朱、刘争银子一案，有的则一直牵连到后面去了，如水獭所告一案。这样，大案尚悬而未结，小案已接踵而至，悬念一直挂着，解不下来，虽多少有点儿混乱之嫌，但故事性却很强。这种结构能产生“系包袱”“勾肠子”效应，吸引着读者一直想往后看，直到这么多大大小小的案件都真相大白方善罢甘休。大案中间穿插中案，中案过程里又穿插小案，多头并进，这是《施公案》在情节构架上的一个很大的特色。

《施公案》，尤其是其续书部分，在体制上大致像链式结构，即以钦案、大案为主线，这个破了，接写另一个，在这当中穿插进一些小的民事、刑事案件。像施公携黄天霸等去淮安赴任途经山东、江苏交界地段时，先有采花大盗飞来燕一枝兰把施公“如朕亲临”的御赐金牌给偷走了。在写黄天霸、计全、关小西等怎样寻访捉拿一枝兰的过程中，插进了谢豹替一枝兰行刺施公和陈氏与奸夫用蛇害死病弱的朱天佑两案；一枝兰、谢豹都被擒获归案了，接着便写施公怎么扮算命先生去访“红如桃”，探得真情，于是破了朱天佑被害一案；而后，凤凰岭的女侠赛云飞张桂兰又盗走金牌并点名要黄天霸去取，牵出黄天霸与张桂兰比武并联姻佳事；才写完天霸桂兰洞房花烛，接着又是关小西三战郝素玉，最后二人结为百年之好。这样一场接着一场，戏路连贯。

《彭公案》的结构也大体是环环相扣的链式结构，但比起《施公案》来，它又显得单纯明了些，一个案破了、结了，接着便写下一个，中间很少穿插别的故事情节。这或许是《彭公案》本身比《施公案》更富武侠小说味，且所破案件多为钦案、大案而少民事、刑事案的缘故，而使《彭公案》的整体结构显得简单明了。比如第一百七十回马玉龙等破了红龙涧的戴魁章、宋起凤部，把飞云僧、清风道两贼追击得屁滚尿流之后，立即有清水滩马玉花来盗黄马褂、大花翎替飞云僧和清风道报仇，于是从第一百七十一回到一百八十四回就写马玉龙怎么奉彭公之命率领官军追剿清水滩的马玉山部，其残余力量逃窜至卧龙湖后，第一百八十五至一百八十七回又写官兵怎么进了卧龙湖进行追捕搜剿。这场战斗才偃旗息鼓，又报皇宫失窃九头狮子印，限彭公一月缉拿案犯归狱，所以从第一百八十八至二百一十四回就专一写彭公领着马玉龙等官侠寻印、破佟家坞起义谋反的故事。线索单一，思路清晰，读起来毫不费力。

中国说书评话艺术中的“卖关子”其实就是设置“悬念”，它使故事的发展一路险象环生、疑踪遍布、意外迭出、惊险离奇，这样来紧紧地抓住听众、读者，使之欲罢不能。英国著名的小说批评家佛斯特在《小说面面观》中说：“唯一能使他们（读者、听众）清醒的就是故事中的悬念：下面又发生了什么?”

小说应该具有让人们不得不问“后来呢?”的艺术魅力，这样才能获得读者大众，得到社会的承认。《施公案》《彭公案》就有一些惊心动魄的场面和曲折离奇的疑案，它们显示了作者在布局安排上的一些技巧。比如《施公案》第一百六十六回一起杀人案，小说先写旅馆老板娘冯氏替丈夫蓝田玉鸣冤，然后向施公诉说蓝被捕的缘由——旅店里住进了一男一女，翌日晨发现男的被杀，女的逃跑了，蓝田玉作为老板被当成凶手抓了起来。可是，蓝是否杀了人，为何杀人，被杀者大概是谁，作者都没有交待。于是施公再度提审蓝田玉，通过州官之口说出杀人者又可能是店中伙计；再传讯死者的家属，才搞清死者的身份。案情至此只知被杀者大概是谁，仍不晓杀人者究竟是谁，杀人的缘由何在?同宿的女人又是何许人?于是施公微服私访，黄天霸侦察，施公“净宅驱鬼”，案子才得以水落石出：地痞恶棍佟六见色生歹，勾结流氓无赖贺重五，设计陷害了白富全，为报仇雪恨，美丽多姿的朱氏假意迎承，趁机杀了仇人佟六，为丈夫报了仇。这样，蓝田玉自然无罪，佟六死有余辜，朱氏“侠烈流芳”。案情扑朔迷离，曲曲折折，悬念迭出，作者用了七个回目的篇幅，细细破解，露一点、藏一点，像剥笋一样层层深入，最后才真相大白。

《彭公案》较《施公案》更有不少奇巧情节，情趣盎然。如第八十六、八十七回，写官差与游侠都在捉拿采花蜂尹亮。上蔡县的班头苏永福奉命前来追捕采花蜂，但远不是尹的对手，恰好遇上了病愈回衙的徐胜，于是他们连夜赶往三圣庙要齐拿尹贼。进到庙中，徐胜按住一人，正要行捆绑，却反被那人夹住大骂“混帐王八羔子”，原来庙中人是也在等尹贼的小方朔欧阳德，他拿的武杰的婚书、回信俱被采花贼盗走了，正要访拿盗贼呢！接着，写采花蜂于晚间偷窥美女胜玉环，企图采花作乐，被武杰、胜奎等围住交战，尹亮见寡不敌众，要“走为上”，才跃上墙头，武杰也随即跟到，抬脚踢过去。人刚掉下墙来，李环、李佩兄弟立即用绳子“将贼人捆好”，等抬到大厅，往灯前一放，却大呼“上当”，原来拿住的是苏永禄，采花蜂倒逃之夭夭了！两次都让人以为拿住了采花贼，却两次都阴差阳错，拿住的也是来“拿贼”的！很有戏剧性，很有趣味情调。

又如第二百四十二回，马玉龙斗气冒险去追捕金清，结果船沉卧龙坞。这里水势甚狂，怪得可怕，鹅毛飘至都会被卷下去。众人都以为马玉龙必死无疑，悲痛不已，余化龙、余金凤父女俩更是心如刀绞，发誓要报此仇！第二百五十六回余金凤煞有介事地穿起重孝，要去坞边烧纸祭奠，余化龙担心女儿会寻短见，以“打捞马大人的尸首、拿金清的人头人心祭灵”来安慰女儿，在场的官侠们忍不住哭成一团。这给读者造成一个印象：马玉龙真的丧身卧龙坞了。而到了第二百六十回众官侠率领官兵大军与金清部列阵对峙、“正要开兵”之际，却见小神童胜官保往山坡上抬手一指，说：“众位请看，马大爷来了！”令读者倍感意外，而细想一下，又确在情理之中，因为马玉龙毕竟水性过人，武功超群。

以上我们谈的是《施公案》《彭公案》在情节设计、结构布局上的一些特点，即“公案”串套，纵横勾连，作者已经注意故事发展中逻辑性与传奇性的巧妙结合，形成“中国型侦探小说”的独特风格。这一具有中国民族风格的“公案”小说文体成为后来武侠小说结构体系的母胎。这种结构固然不无粗糙之嫌，但我们却不可轻鄙。

另外，《施公案》《彭公案》在情节内容上还有一个特点不容我们忽视，那就是它们对“侠情”的点缀。武、侠、情，可以说是当代新派武侠小说鼎足而立的三个支柱。《施公案》中涉及情韵的地方还不多，《彭公案》则在宣扬童子功的同时，偶尔写一点儿男女风流事。应该说，对男女问题、对性问题敏感一些，“人情味”就浓一些。比如《施公案》《彭公案》都写了采花贼“采花”的故事，其中《施公案》有四个，《彭公案》有七个，每一个故事的篇幅都不小。《彭公案》尤其花了不少笔墨去写风流女侠九花娘的妖冶、妩媚、多情，她见了俊俏男儿就想占为己有，为之不择手段。后面还写了尹春娘、甄丽卿姑嫂的自作多情，马赛花、马金花的淫荡好色和白凤英、万素贞、孟常姐三个偷情作乐的故事。

最值得一提的还是《施公案》《彭公案》对女侠的注意，这使小说的情感色彩平添了不少。这些女侠一般都在武打场上与某一男侠比过高低，尔后与该男侠结为秦晋之好，其中相当部分女侠的武功高于她们后来的丈夫。《施公案》只写了三个，她们是嫁与黄天霸的张桂兰、嫁给关小西的郝素玉和嫁给贺人杰的云中雁殷赛花。《彭公案》则多得多，后来成为官侠夫人的就有恶魔女蔡金花（配张耀宗）、胜玉环（配武杰）、陈月娥（配徐胜）、周翠香（配胜官保）、关佩玉、余金凤、刘玉瓶和白玉仙（四人同配马玉龙）、张秋娘、项金花（同配姚广寿）、孟巧云（配曾天寿），另外还有金头蜈蚣窦氏、侠良姑张耀英、九花娘桑氏、马赛花、马金花、白凤英、万素贞、孟常姐和尹春娘、甄丽卿姑嫂等擅武的女侠。相对于全书数百号人物而言，这二十几个女性固然是少数，但却给后来的武侠小说作家们一种艺术启迪，使他们领悟到了女性在文学艺术中所具有的无可替代的魅力，所以作为一种尝试，这是很值得珍视的。女人是半边天，有她们出现，就多一种光泽，多一层色彩，这才使文学多一分情韵，多一种品味。

另外，《施公案》《彭公案》还有一个共同的缺点，就是故事的格局布置落入俗套：铲除恶霸势棍案，则先有百姓怨声载道，群至告状，于是施公、彭公微服私访，而又必然遭凶遇险，关键时刻豪侠从天而降或官侠及时赶到，将施公、彭公救出水火，然后豪侠官侠将恶霸捉拿归案，并破其家园，最后结案判罪；豪杰盗宝、英雄谋反之事，则常是官侠夜行侦察，正与案犯打斗时，得遇行侠仗义又忠君的游侠，于是官侠、游侠同心协力，在官兵的辅助下，破山寨水滩，把“盗寇”打得落花流水，最后擒获归案。这样公式化、程序化的故事模式往往使人看头知尾，淡化了悬念，减弱了艺术魅力。

（二）人物众多，形象模糊

文学是人学，文学的价值是写人，写人的内心冲突，写人的复杂心理，写人的情感欲望。

中国传统文化是以伦理为本位的文化，它对中国小说家的思维定势和审美创造具有很强的制约力和吸附力。小说创作在形象构成的思维活动中，也就常表现出一种直观依附理性的运思意向，即强调以理想人格的价值取向来选择、组合和构筑人物形象，群体意识压倒了个体意识，“阶级人格”淹没了“个体人格”。

《施公案》《彭公案》就严重受了这一影响，作者忽视了单个人的性格刻画和心理探测，加上两书本身均由十种以上的续书合成，因而不同的作者无法对同一人物的个性的发展变化作出合逻辑的描写，所以即便是书中的主角也形象粗糙而模糊，有的还有前后脱节的现象。施公和彭公本当是两书的中心人物，偏偏这两个人物是脸谱化、偶像化、公式化了。作者缺乏对他们作为正常人、普通人的七情六欲和喜怒哀乐的表现的必要描写，没有对他的日常起居、言行举止的动态的、立体的描写。因而，在读者的印象中，施公和彭公都只是一个刚直不阿、竭尽忠诚、清廉正直、秉公执法、断案如神的“清官”而已，只见其性格的一个侧面。在相当的程度上，我们可以说，施、彭只是个“单面人”，除了清廉正直、尽忠效劳是明的以外，其他性格均被置于阴暗面当中，作者没有触及，我们更无法知晓。所以，我们从小说中见到的施公、彭公，均不是立体的个人，而是平面的偶像。

这里，施公因为判的民事、刑事案件比较多，故在公堂上坐镇审案、断案的时间长些，与黄天霸等接触、沟通的机会多些，自己下去微服私访、接近平民百姓的时候也多些，所以他的断案如神、清正刚廉性格的侧面尚明朗一些。而《彭公案》因为所破案件多为反抗朝廷官府的政治性重大案件，而且反对力量的声势都比较壮大，侦破的时间拉得长了，所以破案过程中的武打场面占据了小说的绝大部分。《彭公案》的武打味、火药味、血腥味较《施公案》浓烈，而这些与彭公是无缘的，故彭公只是在众官侠把盗寇或谋反的武装剿灭以后，宣判一下而已，并无更多旁的举动。一宣读完判决书，作者就把他搁置一边，又接着写下一宗案件的侦破了。这样，小说中的彭公比施公更木偶化、僵化，不说不笑，无血亦无肉，无情更无欲。

作者把施公、彭公当“工具”来写，结果不同程度地将他们写成了“机器人”，只会按照某种固定的程序活动的缺乏生命力的傀儡，成为寄寓了一定政治理想的符号。因此，所谓“书中所写的‘清官’也都是按照封建纲常的模子塑造出来、用以宣传封建道德、维护封建统治的政治偶像”，大抵是符合事实的评价。施公、彭公的形象都是小说的败笔。

小说中的侠客们本是阳刚血气的男儿、侠勇合一的人物，但由于作者因太过于注重案情故事的发展变化而忽略了在此过程中刻画人物性格，挖掘人物内心状态，对他们个人的命运及感情的发展关注不够，所以这些侠客们也同样缺血少肉，没有力度，缺乏人性深度。加上两书归顺的侠客数以十计，他们接踵而至（尤其是《彭公案》），作者的笔锋不停地转移变换，来去匆匆，这个还没写到几笔，那个又来了。于是作者对每个侠客都是“点到为止”，根本来不及作全面、深入的描写刻画，自然人物形象就显得单薄而没有分量。

《施公案》中除了黄天霸，《彭公案》中除了马玉龙、石铸、徐胜、欧阳德、纪逢春几个稍见个性外，其余官侠大多类型化、雷同化。倒是《彭公案》中的九花娘桑氏更鲜明突出，富于人情味。她美貌风流，多情好色，见了美男子就爱恋不已，而且想方设法去制服他，但又不轻易伤人；她武艺高强、心狠手辣，机智灵活、敏捷善变，既能迷惑武林中人，又能让宣化知府唯命是从。所以在小说中，她上窜下跳、左右逢源，让徐胜等吃尽了苦头，显得有情有义、足智多谋，成为《彭公案》中不可多得的个性化人物。但因为一直被官方追捕，她一直处于逃遁、流浪状态，她的活动断断续续分散在好多回中，所以很容易被忽略。

虽然性格刻画不成功，但《施公案》《彭公案》在人物形象塑造方面所作的努力和尝试，我们仍然不可抹煞，因为这些努力和尝试必然给后世的武侠小说作者们以启发和借鉴。这主要表现在对人物的外貌描写和心理描写两个方面它们所取得的一定的成功。

先看外貌描写。相貌外表给人留下的第一印象常常成为对这个人物喜恶臧否的首要标准。《施公案》正集的九十三个回目当中，人物描写很少，且语言极为简略。如第二回白描九黄和尚：“浓眉大眼，满脸横肉；头戴佛冠，身搭红衣。”十六个字将其身份与性情告诉了读者。再如对主角施不全的外貌描写是从恶霸关升的眼中出来的："麻脸、缺耳、歪嘴，鸡胸驼背，身躯瘦弱。"只十四个字，就将丑陋不堪的施公的所有外在形貌特征简练而清晰地描绘出来了，突兀在读者面前，十分醒目。

到了续集，《施公案》的外貌描写就大大增多了，观察也更仔细了，文笔也更细腻了。比如第一百七十八回鱼鹰子何路通从黄天霸的眼中出场亮相：

"身上穿黄色小夹袄，一条搭包系在腰间，下穿紫花布的鸡腿裤子，绑在磕膝盖中，鱼鳞靴子足下紧登；……年纪不过四旬开外，身材不高，约有四尺有零，鹰鼻相配微须，两扇薄片嘴，眼大眉浓。"

从年龄、身材、面部形状及整个的穿着打扮、衣饰佩带都作了描述，较之正集，大方多了。作者还在肖像描写的文字里注进了感情色彩，如第三百八十七回描写郝天龙：

"身长八尺相开，五色脸，凹眼睛，尖鼻梁，扫帚眉，颔下一部红须，实在相貌狰狞，穷凶极恶。"

褒贬见诸文字，好坏自然分明。

《彭公案》问世远迟于《施公案》，后《三侠五义》尚有十余年，因而可以向前人学习和借鉴的地方很多，人物外貌描写的意识就强多了，几乎每一个较为重要的角色出场都给描写一番（可能因为续书多的缘故，有的人物多次描写其外貌），让读者先在感官上留下一个印象。但有一个缺点也非常明显，即描写的词语单调重复，颇多雷同，作者屡用不厌，却令读者心烦。比如写愿意归顺或愿与官府合作的侠客都是"五官端正，二目有神，唇红齿白……"一大通好话。

而大体上《彭公案》的人物肖像和外貌描写是成功的，对刻画人物形象起到了一定的作用。黄三太、窦尔墩和周应龙都是闯荡江湖不遇对手的武林泰斗式人物，相貌堂堂，各具风采。且看黄三太：

"年过花甲以外，面如古月，鹤发童颜，身穿蓝宁绸小夹袄，青缎裤子，青绸夹套裤，白袜青缎子双脸鞋，怀抱金背刀。"

再看周应龙：

"身高七尺以外，甚是魁伟，头戴新纬帽，身穿灰宁绸单袍，红青宫绸外褂子，足登官靴，年约四旬，面如紫玉，四方脸，双眉带煞，二目有神，精神百倍。"

窦尔墩更是威风凛凛，大将风度：

"身高八尺，项短脖粗，虎背熊腰，并未戴帽，身穿元绉绸长衫，蓝绸巾衣，足登青缎薄底快靴，四方脸，面皮微青，青中透蓝，雄眉直立，阔目圆睁，准头端正，四方口，虎头燕颌，年约三旬，英气勃勃。”

既写面貌，又写穿戴，年龄不等，气质各异，都是英雄本色，好汉风采。

《彭公案》的肖像描写亦颇带感情色彩，比如李七侯、李八侯原是同胞兄弟，但一个是侠心侠肠的著名侠客，一个是作恶多端的地痞势棍，因而外貌描写也就迥然有别：

李七侯“长的仪容非俗，五官端正，身高八尺，淡黄脸膛，双眉带煞，二目有神，准头端正，四方口，沿口微有胡须。……威风凛凛，虽是儒雅打扮，另有一团侠气英风”；

李八侯则“身高九尺，膀大腰圆，粗眉大眼，怪肉横生”。

大名侠小方朔欧阳德是“面皮微紫，四方脸，稠眉毛，丹凤目，高鼻梁……元宝耳朵”，大恶霸活财神宋仕奎则是“面皮白中透青，两道剑眉，一双三角眼，二目光华乱转”，完全是根据人物的身份、德性来写外貌，力争表里一致、内外吻合。这是《彭公案》值得后世作家借鉴的地方。

经验告诉我们，心理描写对刻画人物显得更为重要、不可或缺。《施公案》《彭公案》虽然未能把人物形象的塑造置于创作的中心，但在心理描写方面却也作了不少努力，对突出人物形象起到了相当的作用。

施仕伦头脑转得快，机智聪敏，好在腹内做事，凡遇事皆能先三思一番，因而心理活动的描写很有助于突出他的这一个性特征。《施公案》第三十六回他去私访鱼肉百姓的土豪恶霸关大胆，偏偏在路上就给关的管家阎三片认出来了，并假意相迎：“客家，老爷请客官一叙。”这时，“施公心下惊疑，腹内自思：‘莫非他识破本县?若前去，吉凶不保；不去，又可惜施某劳苦。俗言不入虎穴，焉得虎子。’”这样就把施公既能谨言慎行，又能为了实地侦查置个人吉凶于不顾的可贵品质和工作作风表现了出来。

又如第九十一回漕运御史赵索色初见施公身残不全，于是暗生一计搞“射鹄”比赛，想让施公出丑。施公十分难堪，却又不便发作，“心内暗自说道：‘索色，你虽然箭法纯熟，只是一件，未免目中无人，眼空四海。这些无能之辈，俱都教他将钱赢了，这虽小事，岂不以后更教他夸口?况且他的主意，与众人比较是个题目，原是安心叫我在大众的面前现丑，因此他才出这个主意。’施公想罢，暗说：‘若不如此这般，他们如何肝胆佩服于我?’”于是赌钱来比，众官都极力附和，作者又写道：“贤臣明知众人凑趣，心中暗骂：‘好一群趋炎附势之徒，竟敢如此欺我，那岂不是妄想！尔等既如此，我若不叫尔等甘心认罪，尔等岂肯佩服?’”结果引得索色用脚踩住赢来的铜钱，施公大呼“救驾”，让索色吓得心惊肉跳，诚惶诚恐，乖乖地呈书送礼恳求施公免于参奏，这时小说又有一段文字写施公的心理：“贤臣看罢，不好明言。心中暗自说道：‘你索色倚仗钦差二字，眼空四海，原来也是胆小之辈，惧怕提参。我想了此礼若不收他，他放心不下，反怨我过于刻薄。这并非国事大事，参与不参，无甚要紧。但只一件，收下此礼，难免合郡官员不知。那时风声传出，圣上知道，岂不败坏我为官清廉正直之名，说我贪财受贿。’左思右想，忽心生一计：‘除非如此这般，方保无事。’”这件事前前后后的施公心理活动都充分地体现了施公足智多谋、善于攻心的性格。

黄天霸出身豪侠，后来归顺了施公，功名熏心，因忠丧义，尽负江湖朋友，为绿林好汉所不齿。其实黄天霸本非愚鲁之人，因此其内心矛盾也是常有的。下毒手杀了结盟兄弟武天虬和濮天雕后，黄天霸的心理负担、伦理负担都是很重的。第六十五回书中写道：“施忠也觉伤心：为施公难以顾义，不免从今落江湖骂之名。”第六十六回又道：“房中施忠暗叹自己绝情；因为施公一人，绿林中全伤义气。”通过心理活动的描述，既写出了他两难的境地，又写出了他为了功名能下狠心背信弃义。

续书部分的心理描写更加强了，如第一百七十六回黄天霸在皇上面前施展武艺博得满场喝彩，激惹了达木苏王子的斗欲。正被王子逼得走投无路时，作者写道：

“天霸在腹内暗暗叫着自己的名字说：‘黄天霸，你在江湖之中，不是一年半载的工夫，活了二十八岁，跟随施公却有七八年的光景，学成满肚子艺业，无曾施展。到了如今，蒙施大人抬举，把我领到帝王驾前，引见圣主，有本事不在此处施展，还想往哪里去卖?说不得我今把那作贼的本领使将出来，也叫当今万岁看看我黄某，二则惊吓惊吓合朝文武。’”

比较准确地传出了黄天霸自负好胜、爱显才逞能的性格，这些对全面刻画黄天霸这一主角都是十分关键的。

《彭公案》比《施公案》晚出一个世纪左右，外貌描写较《施公案》的正集更自觉一些，心理描写方面也尽了更大努力，企图藉此来加强人物塑造的力度。

黄三太为武侠中的佼佼者，因为出名心特重，老而益旺，负气斗狠，不减当年，都六十了，还忍不住要与拜兄赌气，夸下海口要进京去劫圣驾、盗库银，但自己年逾花甲，难处不小，所以心事也不轻：

“自己闷坐书房，细想濮大勇虽然与我结为弟兄，但所说的言词傲慢，欺我无能。……我这一入都中，必须见机而行。”

见出老侠客胆大心细，能瞻前顾后，三思而行，这是闯天下走江湖的重要素质。

采花淫僧飞云是官侠追捕的要犯之一，被赶得屁滚尿流、东躲西藏，却依旧本性难移，他见余金凤袅娜多姿，便“把脖子一伸，两眼一眯缝，心中说：‘真是深巷卖好酒，兴隆寨竟有这样美貌的佳人，今天我飞云要不走，晚上去找她追欢取乐，凭我的小模样也算过得去。’”正对着余金凤的花容月貌浮想联翩时，忽见马玉龙都被她摔倒拿住，“只吓得他一吐舌头：‘这个手艺，我可不敢了！我要去采花，惹翻了她，也这样揍我，不用打草稿。’”再听到余化龙请石铸去给马玉龙提亲时，飞云更冷了半截，说：“我和尚再没有这样的便宜事了，我们想法赶快逃走，别等死了。”这几段心理刻画，既写出了飞云的淫荡好色，也见出了他的机智善变、诡计多端和精明强干。

作为含苞待放的黄花闺女，春心荡漾时的心理反应是十分微妙的。飞天彩凤侠义女项金花一见俊俏少年姚广寿就“不由得目荡神移”，考虑到自己早已到了婚嫁时刻，而姚本是来捉拿父亲的拜交周百灵的，姑娘心内想：“我父亲一世英雄，三个哥哥和一个兄弟，也是当世的豪杰，我今年二十二岁，虽练会了一身功夫，尚未有人家。自己父亲这件事也做得太糊涂，周百灵虽系知友，但做的是叛逆之事。只顾护庇周百灵，岂不惹下灭门之祸，死了还落一个乱臣贼子的骂名。”自己不敢对姚广寿坦白心事，竟埋怨起父亲来，而正是这种微妙的心理把人物的思想映托出来了，让人物生活起来，站立起来，显得有情有义，有思有想。只可惜这样的心理刻画分散到个别人物身上时就显得很少了，因而从全局来看，《彭公案》的人物形象依旧是单薄的、平面的。

总之，《施公案》《彭公案》因为将创作重心置于演绎“公案故事”本体上，加上犯公案和参与破公案的盗侠、官侠人数众多，因而忽略了对单个人的性格刻画，使人物形象显得模糊朦胧。而就具体的某一个人来说，有时小说的外貌肖像描写和心理描写都不乏成功之处，虽然很少，却很值得我们注意，因为这些成功无疑都给后来的武侠小说作者以借鉴和启悟，影响是久远的。

（三）字句拙劣，语言粗糙

语言本是文学最最基本的要素，是文学创作的材料、构件，所以语言本身的质量如何，自然与文学大厦的结构和建筑质量息息相关。文学语言要求准确、生动、清晰，这样才能有清晰流畅的篇章。

《施公案》《彭公案》都是洋洋百万言的长篇巨制，可惜语言艺术不高，写人状物叙事的语言都缺乏锤炼，不到火候，有时过于简朴，有时则嫌太拖沓，且常有不通畅、拗口处，使两书的美学价值大打折扣。论家几乎无二致，评价甚低。鲁迅先生在《中国小说史略》中称它们“字句拙劣，几不成文……千篇一律，语多不通”，郑振铎在《文学大纲》中指出它们的“文辞殊拙直”，刘大杰在其《中国文学发展史·侠义小说》中亦云它们的写作技巧“皆拙劣粗陋，甚至文句不通，实际上只是粗具故事的轮廓，谈不上什么文学作品了”。这几位大家的批评都是一针见血的，也是严肃的。

《施公案》《彭公案》以讲述为主，但其叙述语言古朴简略，平铺直叙，每每给人枯燥乏味的感觉，使文章不奇不诡，无波无澜。如《施公案》第六十三回，施公奉旨进京，武天虬、濮天雕为了给十二寇报仇，在恶虎庄拦劫了施公一行，要请施公“进荒庄一叙”，别有意图，施公见势不得不答应。本来可以好好渲染一下双方的心理反应及一场大战来临前“山雨欲来风满楼”的紧张氛围，但小说却是这样写的：

二寇闻听甚喜，随叫人引路，请贤臣坐的驮轿骡子在前，二寇上了马，跟随后面，往恶虎庄而来。转眼至庄门首，众寇下马。施孝等上前与骡夫搭下骡轿。贤臣即曲躬下来。二寇相让，一同进门上厅，分宾主坐下。立刻置酒，贤臣告辞。不允。

行笔匆匆，过于简略粗糙，语句生硬，根本无法渲染气氛，烘托人物。类似这样的叙述比比皆是，不胜枚举。

人物语言本是表现场面、刻画人物的重要手段，《施公案》《彭公案》二书中人物语言太少，且有限的几段也不生动、不形象，缺乏凝聚力和吸引力。我们引《彭公案》第四十一回的一小段为例，即可窥斑见豹：

彭公正着急，忽见一个穿官服的进来，口称是抚标守备，说：“卑职给大人请安。”彭公说：“好！你急速到院中，把那道人拿住。”彭云龙把衣服一掖，拉出太平刀来，说：“好万恶的道人，休要逞强，待我拿你。”马道元喊说："你等好不要脸，有几个人是有能耐的。"他把刀一摆，行东就西，一往一来，连李七侯与彭云龙二人都不行啦！彭公站在东配房内说："无知道人，着实可恶，你们官兵何不过去与他动手?"

彭公、彭云龙的话都说得干巴巴的，没有一点力量，不止无生气，反而显得有点紊乱拉杂，条理不清。没有个性化的语言，人物的个性特征就很难显现出来，人物形象也无法鲜明生动，这是《施公案》《彭公案》人物塑造失败的重要原因之一。

文学描写语言包括人物肖像描写、环境描写和场面、细节描写等多种。至于环境描写，本来应该是《施公案》《彭公案》二书分量较重的一个方面，因为两书的绝大部分"公案"都与江湖、绿林有关，占山为王、霸水为主，两书中的山寨水滩不计其数，可以远描近写的青山绿水、古木香花很多，但读完小说我们却发现，这种文字段落寥寥无几，即便是偶有描写也极为简略，是粗线条的勾勒。比如《施公案》第二百九十三回对余成龙占据的摩天岭的远眺：

那摩天岭，甚是高险，四面皆是峭壁巉岩，山顶上有十来间房屋。在山的左首，有一条石路，由山根下直达山顶，约有五里之遥。半山有一道栅栏，上面钉着许多三棱钉，栅栏里面有好些人看守在那里。

简略到了我们几乎无法从字里行间推出一座崇山峻岭的概貌来，对渲染随后而来的武打气氛也没能起到应有的作用，实是一大遗憾。

在《施公案》里，像第三百八十六回对窦尔墩所盘踞的连环套的描绘文字——"但见峭壁巉岩，由山根上去，大概有二十余里。山顶上并不见什么房屋，唯见树木森森，上蔽天日，这山势好生险峻"——已属凤毛麟角了，因为从这几十个字当中我们已多少可以预见后来战斗的艰巨性了。

到了《彭公案》，环境描写的意识仍旧不强，甚至到了续书部分用心描写的地方依然屈指可数。我们从三百多个回目中搜检了几段写得较好的引在后面，供大家一起来鉴赏。

一处是第二百三十八回对甄家岭的描写：

(马玉龙) 正往前走，远远看见有一村庄，及至身临近处一瞧，稀稀朗朗也有七八十户人家。马玉龙进了西村口，一直往东走，见路北有一处瓦房，盖的甚是齐整，门口有八字影壁，大小门一概都是磨砖对缝，雕刻着花草。

暗示里面住的不是一般的人家，因而像马玉龙那样仪表堂堂的进去了必然会有些瓜瓜葛葛。

再一处是马玉龙进了连环寨的套口后，对连环寨的简笔勾勒：

只见里面山岛连络，水势浩大，正北偏东数里之遥，是一座高山，正中是中平寨，乃金家所住，山前水八寨就环绕在那里。当中是金清的水师营，东北是孟家岭，西南是尹家川。

这段文字已隐隐约约托出这连环寨的宏大气势和强劲实力，预告读者一场大厮杀不可避免。

还有一处是第三百零二回对赛诸葛周百灵的家园所在地八卦山的描写：

（进了山口）是一块平川之地，方圆足够十里，四外皆山。当中有一座山峰、借着山坡，随高就低盖出一片房屋，楼台亭阁总有五六百间。往北一看，树木不少，透着杀气。

隐密阴森的地势，兆示了前去侦探的纪有德等人凶多吉少的下场，后来他们果然被机关困住了。

这几段环境描写都能与情节发展紧密结合起来，起到了渲染气氛、暗示情节的作用，是十分可贵的。

在前面我们已经说过，《施公案》《彭公案》虽系破案、武打交叉合一的小说，但其情节精彩处不多，缺乏扣人心弦的艺术魅力，而且每每给人以拖沓繁冗的感觉。然而两书也有一些武打场面写得生动活泼，这些为数极少的片段文字零星点缀在几百个回目中，一定程度上增强了小说的可读性。

《施公案》正集中的武打场面不多，作精笔描写的更是没有，但在续集里则有了一些。如第一百九十二回方世杰连接李公然绝活“连珠三弹子”的场面；第二百零四至二百零五回黄天霸、李公然与李天寿、宋镳的拼命场面；第二百五十九回关小西三战郝素玉，写得很有“戏味”；尤其是第二百五十六回黄天霸与张桂兰的比武场面更是刀光剑影，二人杀得难分难解，袖箭对金镖，你来我往，或明或暗，时上时下，有高有低，描写的文字颇富灵性、颇具动感，因而很见生气。

《彭公案》的武打场面比《施公案》多多了，打得好看的自然也多些。第二十二回年逾花甲的黄三太与年在而立的窦尔墩的比武就写得十分精彩，场上打的不敢有丝毫的疏忽大意，旁边看的更替自家的好汉捏汗受惊，直恨自己帮不上一把，倒是我们读得不慌不忙，却读得有滋有味。

又如第一百八十一回打虎太保纪逢春边打边喊口诀——“捅嘴，扫腿，掏心，贯耳，捅屁股，打麻筋，划拉腰腿，砸屁股蛋”，一路轧油锤，招招落到实处，把个癞头鼋吴元豹锤得懵头转向，顾首顾不了尾，败下阵来。这样有声有色的场面描写在《彭公案》和《施公案》中都是绝无仅有的。

再如第一百九十二回来佟家坞卧底的马玉龙与胜昆为争会总职务在佟金柱面前比较武艺，二人打得十分过瘾，由比拉弓到举刀弓石，由比拳术到比刀法，由步战到马战，最后还是见了高低强弱，让胜昆心服口服，甘拜下风，令观赛的众人齐声喝彩，连连称好。

以上我们是在总体上分析了《施公案》《彭公案》语言方面劣大于优这一情况。在这同时，我们不要忘记，《施公案》《彭公案》源自城镇茶肆“蔓活儿”这一特点，因而其中口头语的运用成为它们的一个特色，通俗易懂，老幼咸通，有浓厚的生活气息，这是它们能广为流传、在群众中站稳脚根的重要原因。比如《施公案》第一百七十八回写一座小饭店有个客人等急了拍桌子，跑堂的连跑带嚷地过去：

“来了……您老人家要吃鱼呢，是糟鱼，是酥鱼，锅烧鲇鱼，熘鱼片，烩甲鱼、白鱼；要吃肉呢，烧紫姜盐煎肉，排骨、丸子，炸肉骨碌儿……”

滚瓜溜熟报上菜谱，我们读来也一气呵成。

口头语运用的另一个方面是“江湖黑话”。这种俚语行话虽“土气”，却最富“江湖味”，乃是武侠小说不可缺少的一种特殊语言，它给侠义小说增趣不少。

《施公案》第一百三十三回乔三等用黑话表明他们之间的行踪有不可告人之处，后来我们知道原来是乔三、朱光祖要去刺杀施公。《彭公案》的黑话用得更多，不少场合绿林响马的对话完全是黑语行话，只有他们自己才听得懂。比如第一回小蝴蝶和胡铁钉见了一风流俊俏的妇女，立即用黑话对话起来：

“合字调瓢儿招路把哈，果衫头盘儿尖尺寸，念孙衫架着入神，凑字训训，万架着急付流扯活。”

弄得在旁的彭公“听而不闻”，一窍不通。原来是探花郎意欲调戏这个妇女。

又如第四十四回周应龙的余党红眼狼杨春和黄毛犼李吉在宴芳楼一眼认出了彭公，便立即用黑话商量着怎么去行刺：

“合字儿，调飘儿，招路儿把哈，海会赤字搬山青散留丁展，亮青子摘遮天万字的飘。”

特定场合，非用特殊语言不行。

综上所述，我们说，从总体上看，《施公案》《彭公案》语句欠流畅，文笔不优美，还有不少拗口别扭、生硬古朴处，见出口头说唱文学的局限，也是续书繁多、作者不同、粗制滥造的必然结果。语言枯燥无味，词汇不丰富，在相当程度上影响了《施公案》《彭公案》的流传及对它们的阅读与研究。这原是文学创作的一大忌讳，而作者没能避免，这是与作者的文学素养紧密相关的。

《施公案》《彭公案》及其续书的作者大抵为一般的文字匠人或说唱艺术者本人，他们本身的文学功力、才气、性情以及准商人身份都决定了《施公案》《彭公案》语言文字缺憾的无可逃避。

六　应该给《施公案》《彭公案》一个客观公允的评价

读完了小说，我们都会感觉到，《施公案》《彭公案》的艺术缺陷比较明显。两书均在总体上显得结构比较松散，文辞比较粗陋，叙述过于简疏，人物形象过于模糊，不生动、不突出，类型化、脸谱化现象严重，故事情节的安排设置流于程式化。

《施公案》中有不少案件的侦破、结案缺乏人证、物证和逻辑推理，经常还故弄玄虚，胡编乱造出牲畜通人性会告状、冤魂托梦之类的情节，荒诞不经，诚不可信。对这些缺点，历代评论家均有同感。光绪癸卯年版的《施公案全传》序言就云："叙事简略，用笔草率，大有疏漏。……书中语言，本系北音，辗转翻刻，殊多亥豕鲁鱼之讹。"鲁迅先生则云："……《施公案》亦续至十集，《彭公案》续至十七集，……千篇一律，语多不通，甚至一人之性格，亦先后顿异，盖历经众手，漫不加察，遂多矛盾矣。"（《中国小说史略》）

前后矛盾的地方，在《施公案》《彭公案》中的确不少。比如《施公案》第一百四十五回认认真真写黄天霸与关小西去寻找王栋、王梁兄弟，而到第一百五十三回他们真的见了王氏兄弟时，却似乎忘了他们的目的，压根儿不提请他们兄弟去见施公一事；再比如第二百四十七回才把一个采花贼张桂兰捉拿归案，第二百五十回又来了个张桂兰前来偷盗施公那块"如朕亲临"的金牌，这是非常明显的技术性错误。

类似的在《彭公案》中同样不少。如第三十回说彭公是"年约五十以外"，到了第四十七回就已是一位"年迈之人，年约花甲以外"，从小说里的情节中我们知道这十七回里时间才过三四年；又如第六十六回彭公升的是

“兵部尚书”，到了第一百八十七回却说是“吏部尚书”。诸如此类，不一而足。

《彭公案》在情节的叙述上还有一个严重缺陷，就是每每于某一紧张场面的叙述过程中将新参与进来的人物作一尾大不掉的介绍，把他的出身、来路大讲特讲，将刚才叙述的情节中断卡住。如第五十七回众官侠正围着周应龙要动手呢，忽又把侠良姑张耀英写上一大段，直到第五十八回才接续上去，使情节显得很不连贯，有“脱臼”的感觉；更严重的是第二百零二回，在佟家坞卧底埋伏的马玉龙等正在商量该如何处置汤英、何玉二人，被独行侠邓飞雄偷偷听见了，作者便搁下马玉龙等，用了五个回目的篇幅来插叙邓飞雄行侠仗义的故事，让读者看得很吃力、很不通畅，哽哽咽咽。

《施公案》《彭公案》的思想缺陷也比较严重，即它们大力旌表武艺奇绝者怎么因忠丧义依附清官，死心塌地甘为使唤，鼓吹效忠皇权不顾其他的“奴性人格”。特别像先前具有强烈的个性解放意识和反抗精神的“我”——黄天霸，以及敢于路见不平拔刀相助而进监狱又越狱逃跑的马玉龙，都被奴性人格所吞没、征服、同化，最后成了东征西讨、残酷镇压行侠仗义的绿林好汉和反抗官府朝廷的起义农民的毫不留情的刽子手。从维护封建统治、实行政治教化的需要来说，我们可以理解，但从原本反封建官僚、反特权制度、求平等自由的武侠的堕落而言，我们又不能不对黄天霸等加以批判。但如果就因此而称它们为“反动侠义小说”（人民文学出版社 1973 年版《中国小说史稿》第 7 编第 15 章）、为“欺骗、麻醉人民的毒药，镇压人民的软刀子”（南开大学中文系编《中国小说史简编》），则未免太轻率、太言过其辞了一点。

施公、彭公率领众官侠去惩治贪官污吏，剪除地方恶霸、土豪劣绅，带领众官兵去剿匪平盗（注意与反抗朝廷、旨在为劳苦大众谋公平的起义武装相区别）、平定边疆少数民族叛乱，为民除害，为国求安，该不是“反动”和“欺骗”吧?清官、武侠合力同心去侦缉谋财贪色的杀人凶手、采花淫贼，惩恶扬善，歌颂正义，诅咒邪恶，为民做主，与民申冤，这难道不也是我们所期待的吗?而通过与朝廷皇室有千丝万缕联系的土豪恶霸折射出封建制度的腐朽性和官僚社会的黑暗与丑陋，不正是我们所希望于作品的么?所以，我们对清官与侠客合二为一去侦破一宗宗“公案”，一定要作具体的、个别的分析，作出公正的评价，千万不可以偏概全，妄加臧否。要尊重事实，尊重作者的劳动、创作。从这个意义上看，下面这样的说法才是比较能服人心的：

“《包公案》《海公案》之类的公案故事，故事大多是凿空结构，缺乏历史根据，然而这些故事又都是人民群众的经验和智慧的积累，把它们集中在某些清廉正直的人物身上，向罪恶和黑暗投出了锋利的匕首。”（中国科学院文学研究所编《中国文学史》）

这提醒我们看问题要看“两面”，要见点也见面。

《施公案》《彭公案》内容上的道德说教，形式上的公式化、类型化和艺术品位的不高明，我们都应当看清楚。同时我们也应该记住，《施公案》《彭公案》开拓了小说艺术天地的一个崭新的领域，创立了一种小说模式，发展了古代的公案、侠义小说，完善、丰富了自宋代平话以来长篇说部的艺术，积累了长篇章回大书的表现手法。它们不但直接引发了《刘公案》《李公案》《济公案》《海公案》等的创作，而且即便是对它们评价不高的后来的武侠小说作家们仍无法完全摆脱它们所开拓的模式。

《施公案全传》序言中说“夫《施公案》一书，久已海内风行；南北书肆，各有翻刻”。清《花朝生笔记》亦云：“《施公案》说部，衍清初施公世纶事，人多知之。《彭公案》较晚出，而名与此埒……几于妇孺咸知，与《施公案》当年同。”（蒋瑞藻《小说考证》）郑振铎先生也说：“……一些长篇小说，像《施公案》《彭公案》《三侠五义》（即《七侠五义》之原名），以及《七剑十三侠》《九剑十八侠》之类，它们曾在三十年前掀动过一次轩然的大波，虽然这大波很快便被近代的文明压平了下去……但直到最近，它们仍在我们的北方几省、中原几省的民众中兴妖作怪。红枪会等无数奇怪的组织，便是它们的影响的具体的表现。”（郑振铎《论武侠小说》）可知，相当长一段时期，它们的的确确是“社会上很欢迎”的（鲁迅语）畅销书。

能被一续再续、一仿再仿，本身就说明了《施公案》《彭公案》所具有的生命力。无论社会进步以后的今天，我们怎么对它们挑三拣四，但历史地、辩证地、具体客观而公正地分析、研究、评价它们，依旧是我们的原则，也是我们的责任与义务。文学批评要求我们有严肃的、科学的态度。